ЧЕРЕЗ ЭКВАТОР

Страницы из дневника русского путепроходца

ЮРИЙ ВАСИЛЬЕВ

Order this book online at www.trafford.com
or email orders@trafford.com

Most Trafford titles are also available at major online book retailers.

Printed in the United States of America.

ISBN: 978-1-4669-2194-8 (sc)
ISBN: 978-1-4669-2193-1 (hc)
ISBN: 978-1-4669-2192-4 (e)

Library of Congress Control Number: 2012905602

Trafford rev. 04/03/2012

 www.trafford.com

North America & international
toll-free: 1 888 232 4444 (USA & Canada)
phone: 250 383 6864 ♦ fax: 812 355 4082

ОГЛАВЛЕНИЕ

В которой рассказывается как Филипп Ефремов расстался с Азией и направился на пакетботе в Европу.

Не все бывает гладко в морских путешествиях, и путепроходец получает возможность убедиться в этом сам.

В этой главе Филипп пересаживается с пакетбота на арабский парусник-доу и со своими новыми попутчиками плывет через Сокотру в Африку, чтобы там пересесть на корабль, идущий в Европу.

Предисловие

Э та книга была написана по следующим причинам. Первая
- желание привлечь или может быть углубить интерес
читателей к Восточной и Южной Африке, где мне повезло
побывать и где красота природы восхитительна, а своеобразные
обычаи и нравы безусловно диктуют необходимость познать
их, изучить, понять как они возникли, и в ряде случаев даже
посмотреть на них как на исторический пример, в который
есть смысл окунуться, разобраться в нем и возможно найти
там аналоги современной жизни. Иногда, если они заслуживают
того, восстановить в новой редакции эти обычаи, а иногда,
если они доказали свою тупиковую сущность, избежать их
возрождения в современном политическом и социальном
устройстве общества.

Именно здесь, в этой части земного шара находится
колыбель современного человека, здесь зародилось и взрослело
человечество, и все нынешние цивилизации должны быть
признательны Африке за то, что этот континент произвел
высшее создание природы — homo sapience. Здесь были
заложены первые звенья фундамента коллективного бытия и
базовых принципов человеческого общения, которые развиваясь

довели нас до нынешнего уровня социальной ответственности и сознания. Человечество должно помнить это, и как показывают политические и социально-экономические события последних лет, не вредно время от времени обращаться к истории с тем, чтобы люди не повторяли своих ошибок, а из позитивного накопленного опыта делали правильные и полезные выводы.

Вторая причина — это настояния моих близких и родных, которые хотели, чтобы я положил на бумагу воспоминания о тех местах, где я бывал, в письменной форме поведал о том, с чем для них новым или не вполне известным им я столкнулся там или узнал. Таким образом, прочитав написаное на бумаге, они смогли бы сопоставить это с моими устными рассказами, подсчитать, сколько получится несоответствий и либо похвалить меня, либо объективно покритиковать.

Под давлением их аргументов, а также имея твердое намерение развеять подозрения в том, что многое я просто выдумал, я все-таки взялся за перо, а точнее, за карандаш, которым удобнее всего для меня работать, так как очень часто приходится стирать написаное, выбирать более подходящие слова, вставлять полузабытые эпизоды, когда они достаточно точно и ясно восстановятся в памяти.

Работать с компьютером на должном уровне я так и не научился и отчетливо осознавая, что карандаш, бумага и ластик остаются единственными для меня средствами, чтобы откликнуться на просьбы близких, я достал из своей памяти, и таким вот несовременным способом перенес на бумажные листы события, которые меня в свое время сильно захватывали.

Наибольший вклад в попытку создать эту книгу внесли мои большие друзья: жена Марина, дочь Мария и косвенно, но очень эффективно, сын Сергей.

Мне в голову пришла идея, что мои дорожные впечатления будут лучше восприняты читателями, если они будут базироваться и сопоставляться с опытом предыдущих и намного более известных и авторитетных путешественников.

Меня всегда впечатляло умение первопроходцев африканской глубинки таких как Дэвид Ливингстон, Ричард Френсис Бертон, Генри Мортон Стэнли, Мунго Парк, ориентироваться в новой ситуации, находить себя в ней и бросать вызов судьбе. Их записки стали фундаментом современной африканистики.

Я в этой связи так же не могу не упомянуть русских путешественников и географов, оставивших заметный след в истории исследования Африки, таких как В.В.Юнкер, Н.С.Гумилев, А.К.Булатович. Мне хотелось, чтобы присутствие русских в Африке было правильно понято. Что оно в корне было продиктовано не столько, как раньше выражались империалистическими помыслами или мыслями об расширении экспансии России, а скорее желанием россиян открывать новые миры и рассказывать о них в силу своих талантов.

Пытаясь как бы раскрасить, популяризировать африканские исследования, восстановить не только экзотику, но и историческую справедливость, которую я по своему воспринял в ходе своего почти тридцатилетнего проживания на континенте и прилегающих к нему островах, я передумал массу вариантов. В итоге наилучшим мне показалось представить, что наш земляк Филипп Ефремов, живший в XVIII веке, собравший в одну книгу записи о своих девятилетних странствиях от Волги до Ганга и о последующем возвращении домой, обогнув Африку через Мыс Доброй Надежды (поскольку не было еще Суэцкого канала) сделал одну оплошность.

Я предположил, что Ефремов мог потерять ту часть своих записей, где он якобы описал свои весьма возможные приключения на африканском континенте. Ведь корабль на котором он отправился в плавание от Калькутты до Дублина был почтовым кораблем-пакетботом, курс которого лежал вдоль восточного побережья Африканского континента, где капитан наверняка делал остановки в различных портах Африки, и где Ефремов несомненно получил много впечатлений.

Мне показалось странным, что эта часть его путешествия не была включена в дневники и я самоуправно решил восполнить этот пробел. Допустив авторскую вольность я сфантазировал, что якобы нашел потерянную Ф.Ефремовым часть записок, которую мне с трудом удалось расшифровать и перевести в произвольной форме на современный русский язык худо-бедно подлаживаясь под стиль изложения автора дневниковых записей и тогдашнюю орфографию и лексику.

Здесь я должен выразить глубокую благодарность тем исследователям, которые работали над книгой Ф.Ефремова и значительно облегчили мою работу, сделали ее максимально приближенной к оригиналу по стилю и манере изложения. Признателен я и моим друзьям М.В. Кравчуку и Н.Н. Грамолиной, оказавшим содействие в появлении на свет этой книги. Большое им спасибо.

Книги пишут не тогда, когда их можно написать, а тогда, когда их нельзя не написать, когда появляется вызванная разными причинами острая потребность в этом. Она, эта потребность, загоняет вас в угол и начинает наносить удары в ваше сознание и совесть не хуже опытного кулачного бойца, и тогда обстоятельства приводят тебя к единственному выводу: пиши, Емеля, твоя неделя!

Здесь надо честно признаться что я имею в виду. Во первых, хотелось сделать что нибудь полезное для интересующихся Африкой людей. Во вторых, каждому приятно на минуточку притвориться писателем и заодно подзаработать на этом в смысле уважения и авторитета а таже в смысле гонорара. Если эта книга, конечно, увидит свет не в виде самиздата а в качестве нормального печатного издания. Американский писатель Марк Твен, правда, выразил эту мысль более красиво и предметно, сказав, что литература развивается лучше всего тогда, когда она наполовину искусство, а наполовину - источник дохода.

В данном конкретном случае мой доход прежде всего в том, чтобы пробудить или усилить у читателя интерес к этому региону мира, сделать маленький штрих в анналах изучения истории африканского континента. Что касается части искусства и литературных достоинств и стоимости-ценности этой книги, то об этом судить вам, читатели, я предпочитаю просто извиниться, если что не так, скромно потупить взор и молчать, ожидая приговора.

Галифакс, Канада, 2011 год.

"... Исторический роман
сочинял я понемногу,
пробираясь как в туман
от пролога к эпилогу...

Были дали голубы,
было вымысла в избытке,
и из собственной судьбы
я выдергивал по нитке...".

Булат Окуджава.

Пролог

Hа Оку опускался темный и теплый августовский вечер. Опускающееся за горизонт багрово-пурпурное солнце не давало яркого света уже темно-синему небосклону с голубовато-зелеными отливами и красно-оранжевыми красками заката. В наступающих сумерках обрамленная темной опушкой ив, ракит и ветл, зеркальная вода реки светилась как серебристая лента. В ней четко отражались звезды, начавшие вспыхивать в пока еще высоком но уже становящимся черно-бархатным небе. Приокские дали, раскинувшиеся вокруг меня казались необъятными, уходящими куда-то далеко за Среднерусскую возвышенность, в Заволжье, в степи и пустыни Средней Азии, а затем дальше в высокогорья Гималаев, Индию.

Колокольный благовест, доносившийся до Поленовской усадьбы со стороны деревни Бехово, добавлял торжественности к общему настроению, в голове роились воспоминания о рассказах и утверждениях историков о том, что в этом уголке России на реке Оке начиналась история нашей страны. Именно здесь первые люди, заселившие эти края в стародавние времена, деревянными оралами и каменными топорами заложили первый венец в строительство здания нашей истории, начали строить Великую Русь - то, что стало потом Государством Российским...

Мне в голову пришло, что рукопись, которую я перед выходом на берег Оки держал в дрожащих от волнения руках, хоть и является лишь крохотным кирпичиком в истории России, но как и каждая составная часть целого она важна сама по себе. Кроме того, этот кирпичик был заложен в здание нашей страны и ее истории Филиппом Ефремовым, уроженцем Казани, малоизвестным русским путешественником, совершившим в XVIII веке очень нелегкое путешествие, которое было описано в его дневниках и при содействии профессора Казанского госуниверситета П.С.Кондырева в 1811 году появилось в печати в виде книги местного издания под названием «Странствия Филиппа Ефремова в Киргизской степи, Бухаре, Хиве, Персии, Тибете и Индии». Путешествия Ефремова, собранные им богатые географические и этнографические материалы не потеряли значения и в наши дни.

* * *

Непреложным фактом является то, что знание и информация с незапамятных времен были самыми дорогостоящими товарами, цена на которые в отличие от золота и нефти никогда не подвергалась инфляции, не колебалась и стабильно шла вверх. Знание и информация, в которых мы все и всегда остро нуждаемся, кроме всего прочего объективно воздействуют нас, позволяют нам глубже окунуться в постоянно меняющиеся но все-таки конкретные реалии современного мира и более уверенно чувствовать себя в них.

Информация, содержавшаяся в этой стопке бумаг, накрыла меня как лавиной и понесла в своем бурном потоке, несмотря на то, что изначально она умещалась в небольшой кожаной, допотопного фасона сумке, прошитой сапожной дратвой, кожа которой потрескалась от времени. Попала ко мне эта «лавина» информации в музее-усадьбе в Поленово, куда на визит к своим давним знакомым Федору Дмитриевичу Поленову и к его жене Наталье Николаевне Грамолиной меня привезли мои друзья - семейство Кравчуков, общительных, гостеприимных и добрых людей.

Поскольку мой приезд в Поленово на этот раз был в основном любезностью со стороны хозяев и не носил никакой познавательной, практической и искуствоведческой нагрузки, тем не менее, они оказали мне исключительно радушный прием, предоставив мне возможность при желании ознакомиться с поленовским музеем и даже его запасниками. Несмотря на занятость, хозяева музея-усадьбы Поленово конечно уделяли мне значительную часть своего времени, гостеприимства и внимания, но общение с Кравчуками объективно занимало их больше. Во-первых, потому что они были давними друзьями и им было о чем поговорить, а во-вторых, как я уже говорил, и Михаил Владимирович и Александра Евгеньевна Кравчуки были веселыми и занимательными людьми, гораздо более интересными чем я в беседе и в застолье. Поэтому я, чтобы как говорится не встревать в беседу и не ломать ее плавного течения своими иногда не очень в тему замечаниями, предпочел пройтись по всем уголкам музея-усадьбы.

* * *

История человечества в целом или просто отдельного человека не всегда монументально значима, не всегда пишется золотом в граните. Есть мелкие составные части образа социума или одного человека, которые проявляются в его малоизвестных книгах, одежде, каких-то мелких предметах, окружающих или составляющих его мир.

То, что мы видим на экспозиционных стендах в залах музеев, конечно, яркие, наполненные информацией экспонаты, ценность которых понятна всем. Однако, известно, что в каждом музее-усадьбе кроме парадных комнат, залов и гостинных всегда есть маленькие комнатки: мансарды, чердаки, подвалы и тому подобное, куда просто посетители музея и даже не все эксурсоводы не всегда имеют допуск, и где до лучших времен хранятся вещи, до которых сегодня не дошли руки искуствоведов. Пока эти вещи кажутся малозначимыми, но завтра они могут стать сенсацией не только в музейном мире но и для общества в широком смысле.

Эти места всегда привлекали меня больше, чем официоз музейных усадеб. Я с гордостью считаю себя поклонником великого российского художника Василия Поленова и мне было интересно все, что связано с его биографией, творчеством да и с его семьей тоже. В случае с Поленовыми мне просто повезло: радушие хозяев и радение, с которым они относились к прошлому совпали с моим любопытством и стремлением увидеть то, чего другие не видят. Это дало мне возможность получить разрешение хозяев сначала залезть на мансарду музея-усадьбы, а после этого и на чердак, который также выполнял функции музейного запасника. Там я оказался среди старого фамильного скарба, накапливавшегося в старой дворянской семье Поленовых чуть ли не с екатерининского времени.

Воспоминания того, к чему это привело и сколько мне это добавило хлопот и переживаний, неплохо отражается в высказывании в духе Сэма Уэллера из диккенсовских «Записок пиквикского клуба», которое гласит так: «Ничего не поделаешь, любопытство его сгубило, как говорил повар, вынимая мяукающего кота из кастрюли с горячим супом».

Короче, забравшись на чердак-запасник этой старой поленовской усадьбы, я столкнулся с тем ставшим уже притчей во языцах тщательно продуманным академическим беспорядком, в котором музейные работники высокого класса хранят вверенные им исторические артифакты до того времени пока до них не дойдут руки. Эти артифакты, собраные семьей Поленовых из поколение в поколение, покорно ждут своего часа в тесноте, да не в обиде. Я употребил слово «теснота» как в прямом, так и в переносном смысле. Ведь в роду Поленовых было много моряков, врачей и юристов, поездивших и по России, и за ее пределами. Они привезли из своих странствий не только много воспоминаний, но и уйму конкретных предметов, рассказывающих о тех местах, в которых они побывали.

Протискиваясь в узком проходе между стеллажами и шкафами я остановился перед одним довольно высоким шкафом. Верхняя полка этого шкафа как магнит приковала мое внимание. Найдя в углу чердака скрипучую и шаткую табуретку, я поставил ее перед шкафом и осторожно забрался на нее. Даже с табуретки интересовавшая меня полка была еще довольно высоко и тем не менее, я потянул свои руки за одним из предметов. Это был один из привезенных Поленовым еще из Палестины фольклорных артифактов, лежавших вперемешку с другими предметами музейного значения, собраными за длинную историю семьи Поленова.

Как мне показалось, это была пастушья шапка, и ее было необходимо посмотреть поближе из-за ее орнамента и фасона и удостовериться, была ли она арабская или иудейская. Конечно, как всегда, я не смог сбалансироваться на табуретке. Закачался, попытался зацепиться за шкаф. Он наклонился, и после непродолжительного падения уперся в стоящий напротив стеллаж. Под таким углом, что все предметы, находившиеся в нем, а некоторые их них, замечу я, были довольно увесисты, свалились на меня. Не удержавшись на табуретке, я рухнул на пол, засыпанный предметами музейной старины.

Уже лежа на полу я вновь открыл глаза. Прежде всего оглянулся на лаз через который пробрался на чердак, опасаясь, что шум привлечет хозяев, и я получу хоть дружеский, но все же нагоняй. Я встал. Поставил шкаф на место. Снова залез на табуретку и начал запихивать на полки альбомы с черновыми набросками, зарисовками, эскизами, еще не готовыми для экспозиции. Потом я как можно аккуратнее установил на место африканские статуэтки из черного дерева. Вслед за ними легли на полку медные и бронзовые фольклорные украшения, которые Поленов привез из Палестины, чтобы срисовывая их не спеша в мастерской предельно точно в этнографическом смысле написать одежду и бытовые детали картины «Христос и грешница». Пропыхтев минут пятнадцать и полностью и как можно аккуратней завершив укладку шкафа музейной утварью, я увидел, что у меня в руках все-таки осталась старая истертая с потрескавшейся кожей сумка, на которую я вначале даже и не обратил внимания.

Удивленный тем, что из всей груды лежавших на полке предметов у меня в руках осталась сумка, которую не было никакой возможности запихнуть на уже до предела забитый мною шкаф, я решил поинтересоваться, что внутри этой сумки. Не без опаски и с максимальной осторожностью я попытался открыть ее, что было не просто, потому что кожа начала трескаться и был риск отломить крышку. Я умудрился все-таки сделать это не нанеся ущерба. Раскрыв сумку, я увидел, что внутри лежит довольно толстая пачка листов рукописи на старо-русском языке. Пожелтевших, с сильно обветшавшими загнутыми краями.

При тусклом свете чердачного освещения и с помощью фонарика, который предусмотрительно дали мне Поленовы, я посмотрел по диагонали, что там было написано и немедленно догадался, что это был черновик какого-то по тем временам объемного манускрипта написанного кое-где свинцовым карандашом а кое-где гусиным пером. Даже при моем слабом знании старо-русского языка я сразу понял, что орфография, пунктуация, а также небрежность записей, недописанные слова говорили о спешности набросков дневников. Все это как бы показывало сложность обстоятельств при которых эти записи были сделаны. Каких-либо признаков глубокой редакторской работы над стилем и ясностью изложения или других технических атрибутов писательского мастерства на первый взгляд здесь тоже не просматривалось, но одно было ясно и это ошарашило меня: это были неизвестные страницы из дневника Филиппа Ефремова или очень высокопрофессиональная подделка.

Я допускал, что где-то и когда-то мог объявиться человек, пожелавший привнести что-нибудь свое в эти интересные и к сожалению не очень многословные записки. И то, что у меня было в руках, могло, естественно, оказаться очень близкой к правде подделкой, но в глубине души мне очень не хотелось верить в такую возможность, и я не хотел расставаться с моей убежденностью в том, что листы, лежащие передо мной, исписаны рукой самого Филиппа Ефремова.

Читателю может показаться, что я провожу паралель между обнаруженной А.В.Мусиным-Пушкиным рукописью «Повесть о полку Игореве» и найденным мною дневником. Нет, это не так. Мое тщеславие так далеко не заходило. Мне просто очень захотелось поверить, и я был практически убежден в том, что это действительно были затерянные страницы черновика, которые не вошли в «Девятилетние странствия». Книги, рукописный оригинал которой, как известно, хранится в Пушкинском музее.

О Ефремове я узнал еще из прочитанной в детстве книги. История его жизни такова. В 1774 году он в звании унтер-офицера состоял в гарнизоне одной из застав в Оренбургской степи. Кочевники казахской степи захватили его в плен, увезли в Бухару и продали в рабство. Знание восточных языков помогло Филиппу Ефремову заслужить доверие одного из вельмож бухарского хана. Тем не менее он претерпел в неволе много мучений и лишений за отказ перейти на службу к бухарскому правителю.

Совершив побег, Ефремов под видом купца прошел по труднодоступным районам Центральной и Южной Азии в Индию. Первым из европейцев он прошел путь из города Яркенда по Западному Тибету в Индию через перевалы Каракорума. И где бы ни был путешественник, мысль о возвращении на родину никогда не покидала его.

Преодолев притоки реки Инд, перевал Зоджи-Ла, Ефремов пересек Западные Гималаи. Вслед за этим он прибыл в город Кашмир. В своей книге Ефремов описывает болота, расстилающиеся вокруг Кашмира, на которых жители разводят цветки шафрана. В Индии Ефремова поразил вид развалин когда-то цветущего города Дели, лет за двадцать до его прибытия разоренного междоусобными войнами, поощряемыми тогдашней английской колониальной администрацией. Стремясь сильнее подчинить местное население, они широко использовали феодальные пережитки, политическую раздробленность, искусственно разжигали национальную рознь между народами Индии.

В Дели Филипп Ефремов попал в руки английского коменданта, который держал русского путешественника под арестом безрезультатно пытаясь давлением и угрозой принудить его перейти на службу в Ост-Индскую компанию.

Дальнейшие странствия Ефремов совершил по реке Ганг до Калькутты. Здесь путешественник также собрал ценные сведения о жизни и занятиях, о природе этого края. Из Калькутты Ефремов отправился морем. Он пересек два океана и в конце 1782 года вернулся в Россию.

Издательство «Географгиз» в 1950 году, то есть спустя более ста лет после первого издания этой книги, переиздало ее под новым названием - «Девятилетние странствия», которую я когда-то, как я уже сказал, очень давно с интересом прочитал, даже не предполагая, что мне придется вернуться к этой книге спустя много лет.

Конечно, восстановив в памяти еще в детстве прочитаные записки российского унтер-офицера Ф.Ефремова, я почувствовал острую необходимость рассказать читателям о найденых мною дневниках. Ведь даже в школьные годы, я, тогда еще подросток, увидел, несмотря на странность изложения, на редкость авантюрный, переполненный приключениями сюжет. Там были и сцены пленения, и рабство, и служба у бухарско-хивинских вельмож, и побег из плена.

Большое впечатление произвели на меня упорство Ф.Ефремова, его настойчивость в противоборстве с судьбой. Эти качества были очень заметны в его повествовании о том, как он преодолевал степи, пустыни, заснеженные горные перевалы, проходил через территориию враждующих друг с другом государств, плыл через два океана домой. В дороге ему попадались правители, подвергавшие его мучительным испытаниям, чтобы обратить в «истинную» веру. Были люди, предававшие его. Но были также и друзья, выручавшие его.

Даже с первого взгляда я понимал, что без записей, которые я держал в руках перед собой, рассказ о девятилетних странствиях Ф.Ефремова был бы просто неполным, и я еще больше задался вопросом почему многомесячный промежуток времени между

Калькуттой и Дублином остался неосвещенным и не был включен в его дневники, хотя он очень хорошо вписывался в эту остросюжетную цепь записок первопроходца. И ответа на мой вопрос я не имею до сих пор, хотя много думал об этом.

Ведь с таким дополнением финал этих записок, где екатерининский вельможа А.А.Безбородко представивший Ефремова, одетого в азиатское платье, императрице Екатерине II, выглядел бы гораздо более убедительным свидетельством борьбы Ф.Ефремова с судьбой, которая не жаловала его легкостью в жизни. Для меня стала понятной очевидная истина: дополнение дневников Ефремова его африканскими приключениями повысит нтерес читателей к его странствиям, и этот интерес стал бы новой, уже посмертной наградой за его упорство, стремление к победе, желание выжить и вернуться на родину с честью и достоинством российского гражданина и человека.

Помимо общего интереса к старым манускриптам, особенно меня привлекло то, что в той рукописи описывались места где мне пришлось довольно долго жить или бывать и которые за двести пятьдесят лет до меня посетил автор этих записей Филипп Ефремов. То что эти затерянные страницы отсутствовали в оригинале, хранящимся в Пушкинском музее, добавляло мне азарта исследователя и желания опубликовать эту пропавшую грамоту.

Понятно, что я умолил хозяев разрешить мне сделать ксерокопии этих листков и забрать эти копии к себе домой для перевода со старо-русского языка и по возможности литературной обработки. После долгих попыток хозяев убедить меня в том, что это бесполезная затея, я все-таки получил согласие на это с условием, что ксерокопии будут делать сотрудники музея со всей необходимой осторожностью и тщанием, а перевод будет тщательно отредактирован специалистами. Мне это согласие, а также и то, что мне сказали спасибо за такое интересное музейное открытие, сильно подняло настроение.

Честно могу признаться, что радовался я этой находке по многим причинам. Но главными причинами были следующие. Я чувствовал себя первооткрывателем, и я очень хотел сравнить впечатления уважаемого мной первопроходца Ф.Ефремова с моими собственными, пусть поверхностными и зачастую дилетантскими.

Приехав домой и убрав в долгий ящик копию найденной рукописи, я за текущими семейными и рабочими буднями смог вернуться к ксерокопиям лишь по прошествии довольно длительного времени, когда у меня появился досуг. Тут я реально увлекся работой с этим старым текстом. И она заняла у меня несколько лет не только из-за того, что язык и реалии тогдашней жизни были для меня не очень понятны, а еще из-за того, что ход мыслей, логику поступков, стиль автора, его манеру изложения тоже было не просто осознать и осмыслить.

Так что рассказ о той части пути, где Ефремов добирается от Каликуты до Довлина[1], эпизод, опущенный в окончательном варианте «Девятилетних странствий», мне пришлось не только много раз прочесть со значительным трудом, но и пережить в себе. После этого, когда я стал абсолютно уверен, что эта пропущенная часть дневников Ефремова будет довольно интересна современному читателю, я начал по-настоящему серьезно работать над текстом, тем более, что у меня появилось достаточно времени для этого.

Отключив телефон и объявив всем, что я уезжаю за город, я сел за стол, на котором лежали стопкой ксерокопии записок странника. Вздохнул. Уперся локтем в край стола, положил

---

[1] Старо-русские названия современных Калькутты и Дублина. В данном тексте не надо путать упоминаемую Филиппом Ефремовым Калькутту с другим индийским городом имевшим ранее похожее лишь фонетически название — Каликут, известный сейчас под названием Кожикоде. и который находится на западном побережье полуострова Индостан. (Здесь и далее примечания редактора)

подбородок на ладонь левой руки, держа карандаш в правой, я долго смотрел на первую страницу записей. Я не решался окунуться в холодную прорубь своих опасений того, смогу ли я серьезно и обстоятельно сделать пригодным для прочтения другими людьми этот достаточно сложный для редактирования и перевода текст.

Приступив к делу, я с первых страниц отчетливо понял, что без вспомогательного материала, исторических документов, имеющих отношение ко времени Ф.Ефремова, а также трудов, посвященых этому первопроходцу, разобраться и тем более перевести написанное на современный язык с сохранением особенностей изложения в духе той эпохи, мне будет очень сложно, а может быть даже и невозможно. Откопав в библиотеках и в интернете и проштудировав более двух дюжин исторических исследований и статей по этому вопросу, я увидел слабый свет в конце тонеля, который становился все более и более отчетливым, и текст, несмотря на мое слабое знакомство со старо-русским языком и понятные орфографические и стилистические огрехи автора, стал мне как-то ближе, рельефнее и ощутимее в моем сознании и податливее для перевода.

Вгрызшись в текст я не смог остановиться, отдавая себе отчет, в том, что к сожалению я потратил слишком много времени на разгон и лишь только теперь после нескольких лет раскачки начал серьезную работу. Я почти физически понимал, что не должен расслабляться и обязан завершить начатое. Росла моя уверенность в том, что исполнив намеченное я окажу какому-нибудь одному конкретному человеку или даже может быть какой-то группе людей, только начинающих интересоваться Африкой и путешествиями в целом, услугу. Не исключая при этом того, что при чтении у особенно строгих читателей на лицах появятся критические улыбки.

Я надеялся, что мне все-таки удастся по мере своих возможностей и способностей восстановить интерес к путешествию Ефремова, превратить затерянную часть его дневников в увлекательную книгу тем более, что в найденных страницах, по моему мнению, содержалось кое что любопытное. Ведь даже в моем не всегда точном и не всегда достаточно стилизованном под старину переводе на современный русский язык с максимально возможной имитацией, колорита старорусского языка, эти записки порой читаются как детектив или триллер и содержат в целом достоверную, интересную, полезную, а иногда и просто забавную информацию.

Заранее принося извинения за некоторые показавшиеся мне необходимыми добавления в текст, пояснения и вольности в обращении с хронологией, я отдаю на суд читателя то, что у меня получилось.

ГЛАВА I

Наконец-то домой!

В которой рассказывается как Филипп Ефремов расстался с Азией и направился на пакетботе в Европу.

Октябрь, лета 1781 от Рождества Христова.

Ну вот и все. Наступил жаркий индийский октябрь 1781 года. Позади, но навсегда в моей памяти, остались мой плен и рабство у бухарского хана, побег, скитания по азиатским пустыням, по горным склонам Гималаев, Тибету и наконец, Индии.

По реке Ганг я добрался до Каликуты. Каликута - удивительный и чарующий город. Это очень большой город. Намного больше тех городов, что попадались мне на моем пути в Индию и в самой Индии тоже. Здесь теперь осень, но погода жаркая. Рядом с портом, к которому я сразу направился, вереница благородных, тенистых, большуших деревьев. Под ними сидят привлекающие взгляд группы индийцев - мужчины, женщины и дети. Тут же - факир в чалме со своими змеями и фокусами.

1

Вокруг меня течет поток тележек, фур с товарами и людей в самых разнообразных одеждах. Кажется, никогда не устанешь смотреть на все это вечно подвижное, сверкающее яркими красками зрелище. На огромном базаре даже в густой давке толпы наблюдать местных жителей глазу приятно: море ярких тюрбанов и одеяний торгового люда и пришедших на базар за разными надобностями.

Видишь здесь и работников и работниц. Одеты они не так, как остальные. Работник - это складно скроенный мужчина, хоть сейчас в гренадеры по стати и по силе годится. На нем одна набедренная повязка. Кожа у него коричневая, а под нею мышцы вздуваются, словно шары.

Женщина-работница изящное и стройное существо, прямая, как пальма. Все ее одеяние состоит из одного куска яркой ткани, которой она окутывает себе голову и тело до колен и которая плотно ее облегает. Икры и ступни ног у нее голые. Голые и руки. Только на лодыжках и запястьях множество разнообразных серебряных колец. Одна ноздря тоже украшена кольцом. По нескольку блестящих колец и на пальцах ног. На голове у нее или корзина с каким-либо грузом, или сияющий медный кувшин для воды. Она поддерживает его своей изогнутой голой рукой. Она очень стройная и шагает с такой легкостью, грацией и достоинством, что в голове кружение начинается от ее изяшества.

В старом городе, - в сердце Каликута, дома причудливы и странны. Стены тамошних строений, выходящие на улицу, украшены необычайно замысловатыми, но изящными узорами. На наличниках, балконах и дверях виднелись изображения слонов, князей и богов либо вырезанные в дереве либо написанные яркими красками: лазурью, киноварью, охрой, зеленью. Все нижние этажи домов на узких улочках этого города заняты лавчонками, неописуемо крошечными, до предела набитыми какой-то рухлядью, выставленную на продажу. В лавках и мастерских почти голые люди, сидя на корточках, стучали и звенели молотками, паяли, шили, кроили, готовили пищу, отмеривали зерно, мололи его, чинили или вырезали из дерева изваяния богов. Улицы заполнены толпами оборванных, крикливых людей, в голове все начинает мутиться от всепроникающих запахов и испарений.

Город Каликут расположен на одном из рукавов великой реки Ганг. Этот рукав, который называется Хугли, настолько полноводен, что в него могут заходить и морские корабли, что сделало Каликуту важным портом для Ост-Индской компании. Место, конечно, для здоровья не самое подходящее. Вокруг как паутина, а по ихнему, иностранному - лабиринт топей, рек, рукавов и бухт, где неожиданно возникают и столь же быстро исчезают илистые и песчаные острова. На островах этих даже растут деревья, но они частично затапливаются то наводнениями, то морскими приливами, которые оставляют на этих островах слой ила и остатки смытых животных и растений.

Это многообразие рек, вернее, рукавов великой реки Ганг, конечно, очень впечатляет. Я думаю, что устье этой реки - самое большое в мире. Во всяком случае больше всех известных мне рек, а повидал я их немало. Даже больше чем устья Волги-матушки или Яика-реки.[2] Постоянно меняющаяся здесь стихия водяная заставляет человека помнить о том, что природа мощнее его попыток плотинами и каналами овладеть ею. Понятно, что эта река является священной не только для местных жителей, но и для большинства людей, проживающих в Индостане.

Но религия-религией, а допрежь всего река эта имеет важную торговую значимость. Отсюда Ост-Индская компания отправляет огромное количество продовольствия и других местных товаров в Европу. Не только в Европу, но и в Китай, в Аравийскую землю да и в разные прочие страны света. А выращивают здесь кунжут, джут, бобы, перец, горчицу. Много здесь растет риса, сахарного тростника, чечевицы, разных

---

[2]   Яик — старинное название реки Урал.

масличных растений, картофеля да пшеницы. Благополоучие это не сваливается с неба конечно. Все это надо вырастить на затопляемых полях, защитить от ураганов и дождей, а порой, хотите верьте хотите нет, от засух.

Вырастить уже трудно, но ведь потом надо еще и продать. А чтобы все это продать нужно много делового люда. Самая большая купеческая контора в Каликуте - аглицкая торговая фактория - не справлялась. И было много простору для частного купечества. Потому окромя фактории аглицкой, торговых домов в Каликуте было полно. Что вобщем то для меня было неплохо. Больше торговых домов — больше кораблей в порту. Больше для меня возможности пассажиром либо в команду определиться да отплыть сначала в Европу а потом и домой. И для того, чтобы попасть на корабль, конечно, надо было мне с приказчиками во всех торговых домах поближе познакомиться, поскольку с кораблями в основном они дела имели.

Много мне приключилось побегать по местным конторам. В принципе, трудяги-то в них работают неплохие, но принять участие в моей судьбе у них не хватало времени, а иногда тормозило их равнодушие к чужим, то есть к моим бедам. Как говорится: «В большом городе что в пустыне», а Каликута город немаленький. Найти человека, который мог и хотел бы мне помочь непросто. Однако, серенькое утро - красненький денек, и в духе этой поговорки в конце концов мне повезло и пересекся я с неким сэром Эйроном Коттом как раз в аглицкой торговой фактории, найти которую было легко, поскольку ее все знали в Каликуте. А случилось это так.

В один прекрасный день вошел я в здание фактории и пошел искать где занимаются перевозками грузов всяких да почты, чтобы в толпе купцов и других торговых людей связанных с морем найти подходящего человека, и через него - способ на одном из торговых судов выбраться из Индии в Англию, а оттуда в Россию. Гоняли меня из комнаты в комнату, и наконец я остановился перед приоткрытой дверью откуда доносился приглушенный гул голосов стряпчих и щелканье косточек на счетах. Перекрестился на счастье и шагнул в дверь.

В комнате, в которую я вошел, было душно и сумеречно оттого, что окна были прикрыты решетчатыми ставнями, которые слабо, но защищали от палящих лучей солнца. Стены казались серыми от влаги. Вдоль стен стояли столы, за которыми сидело человек шесть стряпчих. Они щелкали счетами, скрипели перьями по бумагам и постоянно вытирали лица платками. В дальнем конце комнаты стояла перегородка от посетителей, а за ней над широким столом сияла потом лысина какого-то чинуши, склонившегося над бумагами. Видимо, начальника, потому что с обоих боков от его стола стояли две конторки, за которыми листали страницы амбарных книг два его подручных приказных.

За перегородку обращаться я не решился, а прошел вдоль стен по рядам столоначальников то к одному, то к другому с просьбой о моем проезде в Россию. Ответа ни от кого не получил. То ли люди были очень заняты, то ли не хотели понять мой бедный аглицкий язык и еще более слабый урду.[3] А скорее всего, разговором с посторонним посетителем не хотели перед начальником свою бездельность показать.

Уже почти отчаявшись я повернулся, чтобы уйти. В голове у меня крутилась одна мысль, что надежда у меня осталась только на порт. Может, на пристани мне больше повезет и удастся договориться с моряками кораблей, стоящих у причала. Но не успел я сделать и шага по направлению к двери, как вдруг из-за перегородки услышал оклик: «Эй, ты, с котомкой!». Я был один в комнате с котомкой и понял, что зовут меня. Повернулся и увидел, что ко мне обращается тот самый лысый человечек, сидевший за столом начальника. Так в лабиринте моих скитаний по Каликуту объявился сэр Эйрон Котт.

---

[3]   Урду — один из двух наиболее употребляемых языков на полуострове Индостан.

Эйрон Котт по внешности был человек, в котором не было ничего примечательного: плешивая голова, круглые очки, курносый нос, красное от жары и пота лицо. Камзола на нем не было. Парик белый, кудрявый лежал вместе с кучей бумаг на рабочем столе. То есть из одежды на нем были только короткие штаны-бриджи да рубаха из дорогого, тонкого полотна с темными пятнами пота под подмышками и белый жилет с длинными полами. На ногах были белые чулки и черные туфли с огромными медными пряжками. И общем вполне могло бы показаться что передо мной обычный, заурядный бумагомарака. Пожалуй, наиболее обращали на себя внимание его изборожденный морщинами лоб и сощуренные глаза, в которых пряталось его хорошее знание жизни в целом, добродушие и спокойный интерес к окружающей действительности.

И вот в прицел его интереса к жизни, на данный момент видимо, попал и я - сажень ростом, широкий в плечах служивый человек, когда-то унтер-офицер, закаленый морозами киргизских степей и гималайских гор и опаленный жарким солнцем Индии.

Осмотрел он меня снизу доверху. Внимательно выслушал краткий рассказ о моих приключениях и просьбу об устройстве на работу на корабль с тем, чтобы на нем вернуться домой. Встал он из-за стола, набил трубку табаком. Долго пыхал ею пытаясь запалить ее. Наконец запалил, сделал пару затяжек и не вынимая изо рта трубку, сказал:

- Что ж, парень ты по стати складный, что делает тебя пригодным ко всякой морской работе, а по лицу, рассказам твоим и по обхождению ясно, что ты странник много повидавший. Силой и благоприобретенным опытом тебя Господь видно не обидел. Отработаешь свой билет легко. Главное - найти подходящее судно и договориться с капитаном.

Говорит он эти слова, а я гляжу на него и думаю: росту в нем чуть больше двух аршинов[4], физиономия его выглядит как тыквочка в очках. Но по голосу его уверенному и по словам его можно судить, что дело этот сэр Эйрон знает и дай Бог, чтобы он слов на ветер не бросал.

При всей его на первый взгляд добродушной и домашней внешности, по глазам его да по манере общения видно, что в свое время он тоже по Индии да по миру поскитался и к нашему брату - вынужденным бродягам, которых судьба из дома вырвала и на прочность проверяет - уважение еще не потерял. Мои многочисленные напасти он понял и принял к сердцу. Видно, и у него за плечами были когда-то такие же или похожие беды. И он посчитал меня за своего человека. А к своим, как говорят, и черт хорошо относится.

- Так что, - говорит он мне, - милостей и благотворительности в коммерции, конечно, уже давно нет, а, по правде говоря, никогда и не было, но по-человечески хоть как-нибудь, но я тебе помогу.

Может статься, он не кидался словами. Действительно, если взять в расчет его знакомства в порту да и в кумпании Ост-Индской, уважение к нему в связи с тем, что он справляет большую должность в аглицкой фактории, знает и блюдет местные обычаи, то для него не надсадно помочь мне сладить с бедами моими. И в конце концов этот человек и его друзья найдут пути отправить меня на родину.

На сердце у меня после разговора с сэром Эйроном Коттом худо-бедно стало полегче. Несподручным для меня было только то, что разместился я в приютном доме, где в основном безденежный люд останавливается или те, которым все равно, где пьянствовать, в карты играть да блудом заниматься. В этот-то дом я, понятно, не по желанию, а по бедности своей

---

4   Аршин — старинная мера длины, составляющая примерно 70 см.

записался. И вот живу я в этом притоне, смотрю по сторонам, жду вестей от сэра Котта.

Тоска мне, конечно, сердце щемит невероятно. Очень хочется домой. Как говорит русская пословица: «Родная сторона - мать, а чужая - мачеха». С другой стороны, дело понятное, что у меня в сознании сумятица. Я настроился на возвращение к родным и близким людям, к землякам, на родину, а вынужден тратить время в кумпаньстве спившейся кабацкой теребени.

От этого, конечно, не спрячешься. Каликут - город портовый, так и тянет к себе отчаявшийся в жизни люд. Вокруг меня все больше либо рисковые сорвиголовы, либо хитрованы да жулье всякое оказалось. Отдельных нумеров в нашем приютном доме не было, и я спал в комнате, где стояло шесть коек. Днем они все были заняты храпящими мужиками, из глоток которых шел кабацкий дух и дыхание было как у стервятников, наглотавшихся падали. Ночью топчаны почти все были пусты, поскольку хозяева их шатались по кабакам да домам терпимости. Поэтому ночью я мог лежа на койке, размышлять о том, что со мной случилось и продумывать свои действия на будущее. Поможет ли мне Эйрон Котт или не поможет, сколько времени у него это займет?

Поскольку днем в набитой пьяными спящими мужиками комнате сидеть мне никакого резона не было, я иногда уходил в соседнюю более-менее приличную харчевню, куда в основном моряки захаживали да бригадиры грузчиков. Здоровенные работящие ребята по ихнему- докеры. Артельщики эти были, также как и моряки, аглицкого роду-племени. У каждого из них были свои ватаги местных грузчиков индийцев и они, казалось бы, должны были быть серьезными людьми. Но в часы досуга докеры-артельщики эти часто теряли контроль над собой по пьянке и превращались под воздействием зеленого змия в просто, можно сказать, портовую шпану.

Между моряками и грузчиками время от времени скандалы всякие приключались да мелкие кулачные стычки вспыхивали.

Я в их дела не ввязывался, сидел большей частью времени в одиночестве, выбирая взглядом надежных собеседников из числа служивых людей, агентов, приказчиков торговых домов или корабельного начальства, которые могли бы помочь мне с отъездом. Но они, как правило, были заняты своими делами и разговорами, так что не обращали на меня внимания.

Я сделал уже для себя правилом обходить завсегдатаев и допрежь всего новых посетителей харчевни со своим уже всем набившим оскомину вопросом. И каждый раз не получив толкового ответа, возвращался к своему столику, плюхался на лавку, молча утыкался носом в кружку с пивом. Но попыток своих не оставлял. На случай, если Эйрон Котт не поможет, мне было нужно заложиться и на другие возможности на корабль идущий в Европу записаться.

И вот на третий вечер, не получив от Котта никаких вестей, я разговорился я с двумя матросами с пакетбота[5] «Ласточка», который через неделю в Англию отправлялся. Не успели мы разговор начать, как к нашему столу подошли трое докеров-артельщиков. Пьяные, конечно. В такой непотребности, что прямо рвань кабацкая. Выдвинули они претензию морякам за какую-то давешнюю обиду, что якобы в прошлый заход в порт они их приятеля из-за какой-то гулящей женщины побили. И вроде как сейчас для них самое время поквитаться либо компенсацию получить в виде угощения ромом или пивом, чтобы показать свое сожаление и раскаяние, а по отношению к артельщикам - уважение.

Собеседники мои видно порешили не раскаиваться и отказаться от предоставления такого уважения, отвернулись от грузчиков и продолжают со мной беседу. Я сидел напротив

---

5   Пакетбот — двухмачтовое судно на котором перевозили почту и пассажиров в XVIII-XIX вв. Отличалось хорошими мореходными качествами, а обводы корпуса и парусное вооружение которого конструировались так, чтобы достичь максимальной скорости при плавании в открытом море иногда в ущерб водоизмещению.

и взглянув на лица докеров, стоящих за спинами моряков понял по их физиогномиям, что такое отношение к себе эти люди не принимают. Поскольку являются артельщиками в ватагах местных грузчиков и сами привыкли командовать людьми. Кроме того, постоянно проживая в Каликуте по сравнению с приезжими моряками они были по их мнению как бы хозяева, а те вроде как у них в гостях.

Ну никуда не денешься. Слово за слово, в речах грубость скандальная обьявилась. Натурально, что словесные скандалы в пивной перерастают в мордобой. Драка-то, собственно, сложилась не шибко злая. Больше потасовка от скуки. Но они схватились, а я сижу себе, смотрю, глазею. Хотя мне и сидеть неловко без дела. К драке я человек привычный, дома в России у нас на улице каждую Пасху кулачные бои «стенка на стенку» устраивали, и я там последним никогда не был.

Но все равно, сижу я, ни во что не ввязываюсь. Однако в содоме в этом мне случайно портовик-крючник по скуле локтем въехал. Получив локтем по физии, я вознамерился из-за стола вскочить, но пока вставал, мне вдобавок еще кто-то по спине табуреткой шандарахнул, и я носом вперед так по столу и проехал.

Озлобился, конечно, сразу, сначала по скуле, а потом по спине? Нет, думаю, за себя я постою да и ребята-матросы, вроде как уже кореша со мной и им от портовиков-грузчиков достается прилично. Носы да губы все уже в кровь разбиты. Дерутся как-то они сковано, без нашего размаху. То есть помощь им нужна. Ну в общем, расправил я плечи, встал посреди этой суматохи и доказал, что у меня и размах и удар не на копейку, а на рубль. Но доказывать мне это пришлось недолго, потому как портовые надсмотрщики--караульщики прибежали и спровадили нас всех в «холодную», то есть остыть немножко в казенном доме.

На следующий день сидим мы за решеткой в камере в участке с хмурыми побитыми лицами. Хмель у меня посбило. Я в окно смотрю зарешеченное, а моряки на меня внимания не обращают, между собой молча в карты играют, поскольку, я вроде как для них как пятое колесо в телеге. Да я на них и не в обиде. Англичане по натуре не шибко разговорчивые.

И вот вдруг нежиданно раздался лязг замков, какие-то голоса в коридоре. Мы, конечно, зенки свои на дверь вытаращили, а она распахивается. Можете себе представить?.. Входит в эту дверь снеговик в очках. В руке белая треугольная шляпа, на лысую голову нахлобучен беловолосый парик с кудрями до плеч. Белый камзол и белые порты, только туфли черные. Сиречь, сэр Эйрон Котт, солидный и благородный, прям местный боярин, как он есть.

Подошел он к морякам, пожал им руки, похлопал по спинам. А потом взглянул на меня и восклицает:

- О, май год! - говорит, - это ты, Филипп? Я тебя искал весь вечер. А ты, оказывается, переехал из отеля на кошт полиции! Слава Богу, что я сюда за вот этими двумя пришел, чтобы их опять на борт поднять и в работу определить, а тут как раз ты. И я одним камнем двух птиц убиваю сразу.

Короче, он нас под залог из полицейского участка местного и вызволил. Это была его работа, поскольку он шипшандлером[6] был для пакетбота «Ласточки» и занимался всеми портовыми делами для капитана этого корабля Дейва Бреннана, а моряки, как я уже говорил, были как раз в его команде. Капитану надобности никакой нет, чтобы его моряки в тюрьме сидели. Перед отправкой на кораблях всегда аврал, люди позарез нужны. Времени нету бегать по порту и новых работяг искать и нанимать. Надо уже нанятых на корабль загнать. Так что тут как раз и я кстати подвернулся. Подрядили меня в портовых лабазах помочь с раскладкой товара и его погрузкой на корабль. Тем самым посмотреть, какой я в деле. Если полезным буду, то

---

6   Шипшандлер - агент по снабжению кораблей, заходящих в порт, где находится его агентство.

могут и в команду записать. То есть Эйрон Котт свое обещание хоть еще не полностью, но наполовину выполнил.

Я, конечно, расстарался, три дня пахал не разгибался. Из приютного дома переехал в порт и спал в портовом пакгаузе[7] на тюках с товаром, чтобы с утра до вечера побольше грузов перетаскать, побольше денег заработать да трудом праведным обеспечить себе дорогу домой. Капитану мое усердие по сердцу пришлось. На корабле бездельников не любят, а я ему показался работящим.

Позвал он меня еще через пару дней как-то к себе в каюту, дело, говорит, есть. Захожу, а там окромя капитана с судовладельцем постоянно проживающим в Каликуте, сидит еще сэр Эйрон с улыбочкой своей хитрованской. Сообщили они мне о том, что капитан берет меня в команду. В порту заработанные деньги они зачтут как часть оплаты проезда. Недостающую до цены билета сумму я в плавании отработаю. Все что заработаю сверх того выплатят мне в Ирландии, когда мы туда прибудем.

Спрятал я в свой кожаный подсумок что у меня вместо кошеля был ихнюю расписку-обязательство, и на сердце у меня отлегло. Хоть какая-то часть денег за билет была уплачена. И кроме того, теперь я уже знал точно, что спасибо сэру Котту да капитану Бреннану, отплываю я на днях в Ирландию, потом Англию, а оттуда в родную Россию.

С берега на корабль перебраться мне было несложно, потому как багажа у меня кроме своей торбы-котомки с собой не было, а подняться по трапу много времени и труда не занимает.

---

[7] Пакгауз - складское помещение в порту для хранения готовых к отправке товаров.

ГЛАВА II

Впервые в море

Не все бывает гладко в морских путешествиях, и путепроходец получает возможность убедиться в этом сам.

Октябрь, лета 1781 от Рождества Христова.

И вот я, теперь уже как палубный матрос и помощник плотника, на борту пакетбота «Ласточка», который регулярно по расписанию плавает от Индии до Европы и обратно. Корабль двухмачтовый, мачты высоты огромадной. Парусов на нем, судя по реям, великое множество, хотя они еще и не все подняты и подсчитать их нельзя. Палуба длинная да широкая. На палубе полно рубок всяких, других деревянных сооружений. Однако, осадка у корабля неглубокая. Это, чтобы скорость выше была. В трюме место в основном для почты, но и для капитанского личного товару нашлось. Есть и две пассажирские каюты, каждая по шесть человек вмещает. Но койки там не по моим деньгам. А уж про семейный салон, в котором ехала фамилия какого-то важного аглицкого приказного, мне и думать было нечего.

Корабль этот был построен довольно-таки давно. От плаваний постоянных в тропических штормах корпус его начал постепенно стареть, шпангоуты и стрингера[8] нуждались в постоянном надсмотре, обшивка от волн и от ударов и трения об причалы обветшала. О рангоуте[9] тоже приходилось много заботиться.

Окромя того, почитай в каждом порту корпус корабля команде приходилось очищать от наросших на нем ракушек, обмазывать смолой. Нужно было также ремонтировать или даже заменять некоторые деревянные части. В одиночку с такой работой корабельному плотнику «Ласточки» было справиться почти что невозможно. А помощник его списался на берег в Каликуте. Когда Бреннан предложил меня к плотнику в помощники, тот обрадовался несказанно, что ему все-таки облегчение в работе будет. А как он узнал, что я из России, он тем более успокоился. По его мнению, а плотник бывал в российских портах Черного и Белого морей, а также в Архангеле и в Санкт-Петербурге, русские с деревом умеют обращаться.

И ему было способнее со мной работать, поскольку силой меня Господь не обидел. А на корабле сила ой как нужна. Легких работ здесь не бывает, что наверху с парусами управляться, что на палубе, что в трюме. Там надо его весь облазить для того, чтобы только осмотреть обшивку да всякие другие деревянные части. А ведь их время от времени надо ремонтировать и заменять.

Спустился я с боцманом вниз, зашел в кубрик, где команда размещалась. Показали мне мое место в углу кубрика:

---

[8] Шпангоут — прямая или криволинейная балка набора корпуса судна.
Стрингер — продольный элемент конструкции корпуса судна.

[9] Рангоут — общее название устройств для подъема и растягивания парусов.

парусиновая простыня веревками к стенкам привязана, как бы подвесная койка - гамак называется. В стоявший рядом с нею рундук[10] я свою торбу и разместил. Жаловаться, конечно, не на что, другие матросы точно также обустроены.

Боцман рассказал мне что я делать должен по ходу плавания кроме моих плотницких обязанностей. Поскольку в море я человек новый, то до парусов меня, конечно, не допустят. Это сложно. И по главности, трюм - самое мне место и быть мне трюмным матросом. Но и на свежем воздухе, на палубе, то есть, у меня полно дел. Скоблить ее. Канаты в бухту укладывать. Шлюпки на воду спускать и поднимать, да якорями заниматься.

А кроме всего этого еще я должен был следить за курями, козами, поросятами, коих они для питания с собой в трюме возят. Ухаживать за ними да кормить их. Не шибко благородная работа, но кто-то ее делать должен. Так что работы полно. И я даже оробел, думаю, не надсажусь ли я на ней? Ну что ж, куда дерево клонилось, туда и повалилось. Раз выпала мне карта такая, надо ее разыгрывать. Как говорится, не замочив ног не искупаешься.

Разобравшись в моих поручениях, вышел я опять на палубу. Капитан с помощником дают команду: «Отдать швартовы!». Меня боцман погнал в артель, что сходни поднимала, а остальные матросы по вантам на мачты полезли, ну прям как обезьянки в потешном балагане. Сходни мы к надстройке корабельной прикрутили, и только я собрался смотреть как вантовые[11] работают, боцман меня взашей толкает, иди, говорит, якоря поднимать. Дело это несложное, крути ворот (он у них кабестан

---

[10]   Рундук — ларь с откидной крышкой для хранения морского инвентаря.

[11]   Вантовый - моряк, работающий на мачте с парусами и лазающий по вантам и специальным канатам, размещенным вдоль реи, по которым моряки ходят при сборе и постановки парусов. .

называется) да и все. Ну подняли мы якоря, отошли от стенки причала. Поставили все паруса и отплыли в открытое море.

Как вышли мы из устья этой самой реки Хугли, так закачало наш корабль что твои качели на Троицу. Море, конечно, здесь красивое, но мне непривычному человеку оно до тошноты. Голова у меня почти сразу кругом пошла, как ватой набита стала. С души выворачивает наизнанку. Спустился я вниз на свой гамак, лег и лежу в тошнотворном состоянии. А когда меня совсем прихватывает, то выкарабкиваюсь на палубу и через борт все свои внутренности вместе со вчерашней едой в море выблевываю. Вот так я до вечера между гамаком и бортом на непослушных ногах, качаясь, передвигался.

К вечеру силы у меня кончились, и я почти в беспамятстве лежа в гамаке, начал тревожным сном забываться. Хоть и плохо мне, а воспоминания все наваливаются и наваливаются. И какую-то приятность дает только то, что все это осталось в прошлом.

Как во тумане в моей ослабленной морской болезнью голове пронеслись воспоминания... Схватка с пугачевцами, позорный плен, рабство в Хивинском ханстве, несостоявшаяся слава Богу служба при гареме, неудавшееся паломничество в Мекку, сложные отношения с аглицкими колониальными чинами. Слава Богу, я отмотался от военной службы на Ост-Индскую компанию. И спасибо хорошему, благородному человеку, тому же англичанину сэру Эйрону Котту, который помог мне сесть на эту полуразвалившуюся посудину и наконец-то отправиться домой в Россию. Вокруг Африки, а там через Довлин, что Ирландии столица. Оттуда в Ландон в Англию, а там уже и до России рукой подать. Конечно, не ближний путь, но хоть как-нибудь.

Понимаю, что капитан мною недоволен, поскольку морского опыту и привычки к морю у меня нету, а может быть и совсем не будет, как у козла молока. Пожалеет он, наверное, что согласился взять меня в трюмные матросы и помощники плотника, расчитывая на мою сноровку и силу, но позабыл, что на берегу все мореходы, а в море без привычки и силач себя слабаком чувствует. А меня мое самочувствие вообще никчемным сделало.

А капитана-то Бреннана моя болезнь морская не сразу озаботила, но когда он понял, что пользы от меня как от работника нет, то помрачнел как чугунок в саже. Команда у него и так неполная. Ремонту плотницкого на корабле нужно много. Одному плотнику не справиться, а я при моей хворобе помощник ему был, конечно, липовый. И получается, что я еду с ним как пассажир за здорово живешь, на халяву. Только харчи зазря извожу, из желудка в море перекладываю.

Кто в море не бывал, тот беды не видал. С первого дня висел я на борту и вместо того, чтобы любоваться морем, блевал в него. Команда сердится, Бреннану это тоже не в радость, потому как по делу мне нужно бы корабельному плотнику помогать, а это означает лезть в трюм и обшивку поврежденную восстанавливать, таскать за плотником доски, коробки с гвоздями и всякий инструмент. Мне это в моей немощи не по силам.

В трюме же, где душно и смрадно, и где кромя скотины корабельной, крыс, ящиков, мешков и тюков с товаром и с почтой, и здоровому-то человеку никакой радости нет. А я там вообще с ног валился. И плотник на меня как на помощника рукой махнул. Команде мое безделье не нравится. Капитан даже говорить со мной перестал, только при взгляде на меня вздыхал да отворачивался. Оно и понятно, у него на руках целый корабль о котором все время думать надо. На меня и недуги мои у него просто времени и сил не было. Как говорится, каждая лиса о своем хвосте заботится, и понять его я могу.

Состояние мое никудышное, которое матросы называли болестью морскою, со временем стало немного улучшаться. И у меня уже появилась, правда слабая, надежда, что в следующем порту меня все-таки не ссодят на берег как ненужный балласт.

Да мне, в общем-то, уже и все равно было. Ссодят или не ссодят, но в моем положении походить по твердой земле мне было бы просто необходимо, чтобы немножко одыбиться. Так что ближайший порт светил для меня ясно и уверенно как лампада на киоте, означая по крайней мере короткий отдых. А на счет продолжения моего долгого плавания домой или его прекращения пусть решает капитан как знает.

С деньгами, правда, туго. Гол как сокол. Три штуки последних заветных серебряных монет приберег в потайном кармане опояска на случай, если ссодят меня на берег на полпути за ненадобностью.

Ну мы предполагаем, а Бог располагает. Так и есть, через два дня пути спустился ко мне в трюм помощник капитана и говорит: «Давай с топором наверх». Я, конечно, с радостью пошел к трапу. Для меня поработать на свежем воздухе гораздо приятственее, чем в трюме. Стал по лестнице на палубу подниматься, а пока лез по трапу начал в голове прикидывать, какую же мне там работу с топором нашли. Высунул голову из люка, смотрю, две пушки наших корабельных, что по левому борту уже наготове, и вся команда по тому же борту стоит с оружием со всяким. Кто с пистолетом, а кто и с ружьем.

Вылез на палубу, смотрю, а прямо на нас идет какой-то странный корабль без флага или вымпела, похожий на фелюгу-парусник.[12] И парус то у него не белый как наши а темный, как бы коричневый. Тогда-то я и понял, для чего мне топор велели захватить. Только я не понял, мы будем на них нападать или они нас собираются абордажить. Я у борта встал, толкаю локтем соседа:

- В чем аврал?

А он мне отвечает:

---

[12] Фелука (в просторечии — фелюга) — небольшое быстроходное судно с треугольным парусом.

- Это мы на всякий случай. Кто его знает, кто там на фелуке этой без флага? Возможно, пираты из Малабара, по всему Индийскому побережью разбоем своим известные.

Я головой кивнул. Дрожь на меня, конечно, напала, но сам думаю, слава Богу, что я свой боевой опыт еще не растерял. Правда, топором по людям я еще не махал никогда и, честно говоря, не собирался. Но раз надо, поработаю и топором. Морской разбой это не игра в казаки-разбойники. Тут либо пан, либо пропал, и если есть даже намек на пиратство окаянное, то предусмотрительность - не порок. Не доглядишь оком, так заплатишь боком.

Несется на нас эта фелюга, волны носом разрезает. Осадка у нее неглубокая, огромный треугольный парус под ветер грамотно поставлен. По палубе матросы снуют. Команда хоть и небольшая, человек десять, но чувствуется, что моряки бывалые и управляются со своим кораблем легко, как играючи, невзирая на волны и ветер. При таком умении, если они действительно недобрые люди и замыслили коварство какое с грабежом, то от них можно много лиха ждать.

Правда, беспокойство наше было напрасное. Малабарская фелюга продолжала идти своим курсом и никакого особого интересу нападать на нас не имела. Но Бреннан действовал по принципу «береженого Бог бережет». И готовность мы свою показали на тот случай, если на этом корабле пираты плывут. Капитан наш эти воды хорошо знал. Знал и то, что разбойники морские из Малабара в этом районе шибко озоровали раньше да и сейчас время от времени озоруют.

При всем при этом шхуна эта подозрительная лихо, прямо борт о борт прошла мимо нас на полном ходу, и не успели мы дух перевести, как она уже за нашей кормой и только парус ее недолго маячил на горизонте. Наша команда, рассуждая, какими бы героями они были, если бы пираты на нас напали, разошлась по своим местам. А кто без вахты был, те улеглись в свои гамаки и там беседу продолжали. Спустился я в трюм, но от напряжения нервного и ожидания боевой схватки снова меня морская болезнь схватила. Снова выбежал я на палубу и опять повис на борту.

На этот раз меня шибко скрутило. Я еще от первых дней полностью не оправился, а сейчас капитан с судовым доктором твердо решили, что плотник я еще туда-сюда, а как матрос я не гожусь никуда. Ждать пока я к морю обвыкну у капитана времени нет, да ему кажется, что для морского дела я человек чужой.

Кроме капитанова мнения обо мне как о моряке, сообщили мне, что и корабельный доктор тоже считает, что от морской болезни я никогда не оправлюсь и привычки к морю не обрету. И понял я это так, что любом случае придется мне высаживаться на берег в следующем порту. По их совету, мне нужно заработать побольше денег на берегу, пересесть на другой корабль, где я с оплаченным билетом поеду пассажиром. А у пассажиров, как известно, морская болезнь в расчет не принимается.

Пришлось мне с Бреннаном согласиться, надеясь, что все-таки как-нибудь с пересадками от порта до порта я до дома доберусь. Второй раз пешком через Гималаи в обратный путь я пройти не решался, потому что там и с жизнью легко можно расстаться. А по мне, так уж лучше морской болезнью мучиться, чем опять в полон и рабство попасть либо от бандитских рук погибнуть где-нибудь на караванном пути, или в заснеженых горах обмороженному с переломанными костями на дне пропасти пропасть.

ГЛАВА III

На арабской доу

*В этой главе Филипп пересаживается с пакетбота
на арабский парусник-доу и со своими новыми
попутчиками плывет через Сокотру в Африку, чтобы
там пересесть на корабль, идущий в Европу.*

Октябрь-ноябрь, лета 1781 от Рождества Христова.

Так и есть, вошли мы в порт Мадрас по какой-то корабельной
надобности. Капитан расстался со мной по-хорошему, без
ругани и упреков. Посадили меня на лодку и отвезли к причалу.
И вот я уже на берегу, сижу я на причальной тумбе-кнехте[13],
смотрю на корабль, с которого меня погнали и думаю как дальше
быть. Денег у меня немного, заначил я только те три серебряные
монеты, что я в Каликуте сэкономил проживая на постоялом
дворе, а не в гостинном дому. То, что я в порту заработал зачли

---

13 Кнехт — приспособление на пристани для укрепления швартовых
    канатов или других снастей.

мне за проезд до Мадраса, и на том спасибо, поскольку пользы от меня на корабле все равно никакой не было. Так что у меня в карамане - вошь на аркане, а означало это, что кров и еда у меня здесь будет от силы дня два, а о полной оплате за проезд домой и думать нечего. Даже на хороший пропой души с горя и то денег не хватит.

Повертел я головой как филин на ветке, взвалил свою торбу-сидор[14] на плечо и пошел куда глаза глядят. А глядели они у меня в направлении портового шалмана[15] где можно было от палящего солнца спрятаться да и перекусить немножко. Шел я туда безо всякого аппетиту, хотя уже пару дней у меня во рту маковой росинки не было. Но и на харчевню эту в смысле питания я особо не надеялся. В Индии местная еда больше из овощей да бобов, то есть не мясная, не по мне, короче. Мне бы сейчас мяса побольше, силы восстановить. Слава Богу, если удастся в этом трактире свинины, баранины или козлятины немножко получить, хотя это мясо здесь тоже редкость. Коров повсюду полно ходит, но их и пальцем тронуть нельзя, вроде как они священные. Сиречь, религия им говядину есть запрещает.

Из более-менее стоящей еды у них одна тушеная в острой приправе курятина и овощи. Готовят это блюдо в печках, которые называются тандыр. В общем, заказал я это кушанье, которое на мое счастье как раз во дворе кухни ихней готовилось, и сел к окну ждать, пока трактирная прислуга мне миску с едой принесет, да смотреть на белый свет, который для меня в этот час совсем не белым казался.

Жду еду, сижу, смотрю на бухту, слава Богу, что стол у окна стоял, и корабли считаю как галок в небе. Посчитаю, вздохну, опущу голову и пальцами волосы начинаю ерошить. Словом,

---

14 Сидор (старорус.) — заплечный мешок
15 Шалман — слово тюркского происхождения, нечасто встречается в разговорном старо-русском языке, означает низкопробный трактир или пивную.

грусть-тоска в висках и сердце в тисках. Народ подходил с сочувствием, но как я спрошу каким образом мне на корабль попасть можно, что в Англию плывет, переглядываются молча и с улыбкой сожаления отходят в сторону, как от ума лишенного или пьяного вусмертячку.

Да я и сам понимал, что причин для их недоумения полно. Во-первых, следующий корабль, напрямую в Англию идущий, ждали здесь нескоро. Во-вторых, в том убогом денежном содержании, в каком я находился, я на корабль английский не то что пассажиром, но и палубным матросом наняться надежды не имел. Так что, будучи при всем при этом, с настроением у меня было плохо.

Дождался я своей курицы хорошо протушенной да плохо общипанной. Только начал есть со вздохами, как подходят ко мне двое. Сели за столик ко мне не спрашивая моего согласия и начали чай с молоком пить. Отхлебывают, а сами на меня смотрят. Помолчали. Представились, что зовут их одного Валид, другого Омар. Сами они купцы с острова Сокотра. И говорят они все это по-аглицки. Потом спрашивают меня:

- Чегой-то ты в этом порту делаешь? Чего взыскался?

Я услышал, что говорят они по-аглицки вроде меня, не шибко. Не очень, что ли ловко у них получается. Я, чтоб разговор веселее шел, решил, что они мой урду лучше поймут, заговорил с ними на этом индийском языке, который даже арабы лучше аглицкого понимали. Они радостно головами замотали и тоже со мной на смеси арабского и урду заговорили.

Потому как они с языками обращаются и разные наречия понимают, я скумекал, что застольники мои - люди бывалые, в разных краях опыта и знания набрались. Хотя особливо в них для меня ничего нового не было. Арабы как арабы, а бывалостью меня удивлять, это все равно как в лес дрова возить.

Но тем не менее, разговорились мы с ними, а пока слово за слово, изучил я их наружность внимательно. А наружность их учинялась такая. Носы горбатые, глаза пронзительные как шилом буравят. Одеты по-своему, по-арабски. На них - свободно ниспадающие хламиды-балахоны, на головах широкий плат, по ихнему, «куфия», который, чтобы не сдуло ветром, удерживает головной обруч черного цвета с украшениями из сусального золота нити, плотно намотаной в четырех местах, «укаль» называется. Хламиды ихние подпоясаны широким кожаным ремнем, окованным медными бляхами и другими украшениями. На ногах - кожаные сандалии, ремешками к ноге притороченые, видимо чтобы при ходьбе не соскакивали.

Но в обличии их мое главное внимание привлекли кривые широкие кинжалы. Заткнуты они за пояс в красивых украшенных тиснением, металлом и камнями кожаных ножнах. Рукоятки их серебром и слоновой костью отделаны[16]. Поинтересовался я их посмотреть. Спросил как они эти свои ножики называют. Отвечают, кинжал называется «джамбия». Правда, в руки мне давать их они отказались. За посмотр, говорят, денег не берем, но и руками чужими их лапать ни к чему. Смотрел я на эти ножи, дивовался и думал, шибко должно быть они их любят, эти джамбии свои, что так о них пекутся. Дивовался я дивовался на их оружие, но краем глаза заметил, что, когда, по ихнему мнению, мне видеть лица их не сподручно, переглядываются они между собой с лиходейством каким-то. И закралось у меня в душу сумление.

Сумление-сумлением, а выход из положения искать надо. Рассказал я им осторожно о своей беде. А они мне говорят, чтобы я зря не печалился. Дали мне совет: записаться к ним матросом на ихнюю шхуну. А они меня возьмут с радостью и довезут до Занзибара. Оттуда в Англию много кораблей плывет с разными пряностями, благовониями и слоновой

---

[16] Ефремов имеет ввиду йеменские кинжалы — джанбия (в Сомали и Восточной Африке произносится «джамбия»). По нему можно многое узнать о его хозяине.Определенная форма и неповторимый орнамент рассказывают из какого рода происходит владелец, в какой части страны он проживает.

костью. Порт на Занзибаре большой, работы много, так что там можно подзаработать денег не только на билет, но и на прокорм дорожный. На ихней шхуне проезд бесплатный будет, а за помощь команде они меня деньгами отблагодарят, так что и на первое время в Занзибаре мне хватит.

Мне с моей правдивостью деваться было некуда, я им напрямую объявил, что в море я не свой человек, но до дому мне добраться весьма охота и я готов претерпеть лишения. Важно, чтобы они меня с моей морской болезнью довезли. Знакомцы мои новые сказали, чтобы я качки не боялся. Шхуна у них ходкая, на волне ее особо не качает, а море в это время года в эти краях спокойное. Да я и привыкну через дня три.

Я опять сумления выразил и поинтересовался, что это за дружеское расположение такое они испытывают ко мне, человеку которого они в первый раз видят. Они улыбнулись, а потом говорят, что в краях, откуда они родом, к людям совестливо относятся, друг другу в несчастье помогают. И поскольку они видят, что я в бедственном положении, то они обо мне позаботятся, а Аллах их за это вознаградит. Я и принял их объяснения на веру, поскольку ничего другого мне не оставалось делать. Не сидеть же мне в Индии вечно только потому, что я человек в море неопытный.

Достали они кошельки, заплатили за мой харч и за свой чай да и повели меня к себе на шхуну.

Шхуна эта, как и фелюга, одномачтовая, с огромным косым парусом. Только размером она побольше. Команда на ней - дюжина матросов. Называют они эту шхуну арабским словом «доу». Корпус у нее высокий, хотя и глубоко в воду погружен, а корма еще выше над водой стоит. Сделан корабль мастерски из дерева тикового и добротно просмолен. В рубке живет только капитан, а вся команда размещается на палубе, поскольку погоды здесь теплые, а если дожди и случаются, то они недолгие, и под солнцем вода быстро просыхает. От дождя товары и пожитки свои команда доу хранит в трюмах, куда и заходить страшно, поскольку там темнота кромешная и нету окошек-иллюминаторов как на аглицком корабле.

Плавают такие шхуны-доу как торговые суда с разным товаром между Индией, Аравией да Африкой с попутными ветрами, которые каждые три месяца меняются: то с востока на запад дуют, то с запада на восток. Называются они муссоны и пассаты[17].

Расположился я на корабле на верхней палубе с остальными матросами. Нашел местечко недалеко от кормы и на тюках с джутом себе постель спроворил. Пошли мы на следующее утро на высоком приливе да на полном парусе на запад. Море не то, чтобы спокойное, но, корабль идет ходко. Хотя и качается на встречных валах морских, но не шибко-сильно, поскольку корпус у него тяжелый, и как и говорили мне мои товарищи в харчевне, доу волну хорошо держит. Поэтому не странно, что на корабле ихнем чувствую я себя более подходяще в смысле здоровья. А может я просто привыкать начал к морю, и морская болезнь, слава Богу, меня отпускать начала.

Новые мои дружбаны, даром, что не дворянского, а лишь купеческого звания, уже на доу этой стали обращаться со мной как будто я к ним холопом нанялся. Правда, рукоприкладством не злоупотребляли, все больше на окрик брали. Но время от времени и кофеем поили да и беседы со мной о всяких разностях вели. Так в ходе второго кофепитию они мне сказали, что надо им по дороге на Занзибар на Сокотре остановиться. Дела у них какие-то там были купеческие. «Где останавливаться вам виднее, - отвечаю, - мой нумер на корабле шешнадцатый. Не мне здесь перечить или советы давать. Вам здесь сподручнее

---

[17] Муссон— сезонный ветер в экватории Индийского океана, дующий с юго-запада на северо-восток в основном в сезон дождей.

Пассат — сухой ветер, дующий над океаном в зимний сезон в противоположном муссону направлении.

распоряжаться. Мой главный интерес - поскорей домой добраться. А если на пути остров Сокотра встанет, то и его пройдем».

Сам думаю, чегой-то вдруг они со мной по этому вопросу заговорили. И не то, чтобы советуются, а так как бы предупреждают. Думал я об этом, думал, так ничего не додумал и мыслить об этом перестал.

На подходе к острову Сокотра, который стоит посреди моря прям на полпути из Индии в Африку, наше плавание стало просто опасным. Шкипер[18] корабельный, по-арабски «находа», рассказал нам всем, что море вокруг острова имеет репутацию одного из самых опасных мест для мореплавателей, даже для опытных. По мере приближения к мысу Рас-Муми - самому ближнему к Индии берега Сокотры и куда наша доу направлялась - сила ветра заметно возросла и его порывы становились все жестче и яростнее. Сочетание течений и вихрей воздушных, как сказал находа, часто приводит к тому, что суда с силой бросает на скалистый берег, который к тому же неизменно окутан туманами и облаками, а под водой скрываются страшные рифы, грядой выхоящие от мыса в море.

От этих рассказов лучше мне, конечно, не стало, но к удивлению моему и душа в пятки не побежала, а осталась на положенном ей месте. Видимо стала привыкать к тяготам морской жизни.Я даже с нетерпением стал ждать испытаний которые приготовила для меня стихия морская, но нас спасла милость Господня вкупе с мастерством капитана, шкипера и команды. Спасибо им на этом.

Как я уже говорил, шли мы ходко. На наше счастье по воле Божьей распогодилось, и море не было таким страшным. Мы миновали этот роковой мыс и вдоль берега пошли прямо в главный порт Сокотры, в ее столицу Хадибо. В гавани этого

---

[18] Шкипер — (шхипер, голландское) — корабельщик, управляющий купеческим парусным судном.

города стояло множество маленьких лодчонок купеческих. Однако, больших кораблей я там не увидел. Ну, думаю, высадимся мы сейчас в какой-нибудь рыбацкой деревушке, какую городом-то только из зазнайства называют.

ГЛАВА IV

Сокотра

Здесь путепроходец увидел много для себя нового и среди растительности и животных, и среди обычаев людских. Он отказывается менять веру. Его наказывают за свободолюбие и заковывают в рабские кандалы.

Ноябрь, лета 1781 от Рождества Христова.

Но вот, мы слава Богу, и зашли на остров Сокотра.[19] Безо всяких несчастий. Долго я путешествовал, повидал свое, готов был увидеть по дороге практически любую редкость, но остров этот поразил меня как сам по себе, так и своей растительностью и народом, живущим там.

---

[19] Остров Сокотра расположен в 350 км от мыса Гвардафуй в Африке и считается одной из провинции Йемена. Отличается эндемикой флоры и фауны, а также весьма специфичен в этнографическом плане.

Много там было для меня неожиданностей, но первое, что я увидел и что меньше всего ожидал увидеть - это то, что на сравнительно небольшом острове, затеряном вдали от большой земли, перед моими глазами откроется такой каменный форт. Человек я военный и в фортификации кое-что смыслю. Кем он был возведен я так и не узнал, но судя по всему, европейцами, поскольку устройство его в общем-то расчитано по европейскому артикулу.

Форт этот небольшой, двадцать саженей[20] в длину и десять в ширину. Сложен из камней на известковой кладке. Имеется башня две сажени шириной и высотой саженей пять. Но инженерная мысль, которая создала этот форт, поразила меня. Взять такой форт без артиллерии просто невозможно. Подход к бухте у которой он стоял, защищал он надежно, и даже с артиллерийской поддержкой с корабельных орудий было бы непросто штурмовать его.

Вокруг этого форта раскинулся глиняно-саманный[21] городишко. Большой красотой это поселение не отличалось, но природа вокруг была как из волшебного какого-нибудь сказания, из другого мира. Необычные деревья, синие горы на горизонте, красная земля. В таком краю и люди, и обычаи их были какие-то странные, и в языке их не токмо я ни слова разобрать не мог, но и матросы-арапы с доу, которые бывали здесь не раз, не все понимали.

Мне показалось, что живут на Сокотре три разных народа, хотя государство единое, управляемое одним султаном. Попадаются люди негрского складу, они темнокожи, низкорослы, имеют свой собственный тип лица, черные курчавые волосы. Живут они в основном в прибрежных районах острова и строют себе

---

20 Сажень - старо-русская мера длины, имевшая большое количество измерений: от великой до церковной сажени. Наиболее ходовая сажень составляет 2,16 м.

21 Саман — композитный материал, состоящий из смеси земли, воды, соломы, глины и песка.

пальмовые хижины. Их близкими родственниками, видимо, является второй народ, который низкорослый, смуглый, но по внешнему виду похожий больше на арабов. Третий народ - это горцы, живущие особняком от остального населения острова. Они рослые крепкие люди со светлой кожей, крупными руками и ногами, прямыми волосами. Внешностью напоминают европейцев.

Правит островом султан из арабского рода Махри. Он и глава государства, и судья, и верховный властитель всего, что есть на острове. А нравы на Сокотре султан установил строгие. Самая высшая мера наказания у них, понятно, смертная казнь. Она редка, но предельно жестока, я о таких даже и не слышал раньше. Жестока она потому, как осуществляется постепенным отрубанием головы. Но такие серьезные экзекуции на острове, как мне сказали, происходят нечасто. Последняя была лет пятьдесят назад до нашего приезда.

Обычно султан назначает способ наказания соответствующий преступлению. Исходя из древнего кодекса султаната Махрийского, то есть по принципу «око за око, зуб за зуб». Задушившего приговаривали задушить, перерезавшего горло - зарезать. На островах применяется отрубание кистей рук - наказание предписаное исламом за воровство. А поскольку народ здесь в основном мусульманского исповедания и живет строго по Корану, то за воровство карают именно так.

В период засухи страдающие от голода островитяне редко, но все-таки воруют, несмотря на угрозу страшного наказания. Я сам к несчастью своему, присутствовал на экзекуции одного такого горемыки, согрешившего воровством. Эта казнь проходила при большом скоплении народа.

Посреди небольшой площади построили помост, сделанный из дерева и досок, а в середине него установили тяжелый чурбан-плаху. На этот постамент двое здоровых парней в черных одеждах ввели средних лет мужика, который в общем-то и не сопротивлялся, а будучи при всем, даже гордо шел сам. Сопровождающие бедолагу просто под руки держали. Скорее для порядку. С его плеч сдернули рубаху, так что он до пояса оказался голым, и поставили на колени. Осужденый сам положил руку на плаху и опустил голову вниз.

Палач захватил и вывернул предплечье приговоренного. Обыкновенным ножом он начал медленно резать кожу, затем ткани и кость, отделяя кисть правой руки. После этого он окунул обрубок в кипящий рыбий жир.

Что меня поразило, что осужденный не только не терял сознания, но и не издавал ни звука и даже презрительно улыбался. По одежде его было видно, что он скотовод-бедуин, которые пасут стада свои в пустынных районах острова, а бедуины - народ гордый. О своем достоинстве очень пекутся и поэтому, несмотря на позор его поступка, он даже этот позор нес на плаху гордо.

Обрубленную кисть привязали к шесту и выставили этот шест на площади. Я до сих пор жалею, что до конца досмотрел эту казнь. Вернувшись домой, в сарай, где меня разместили с палубными матросами и другими, такими же как я странниками, я рассказал о казни своим соседям по сараю. Они переглянулись между собой и ответили мне, что это еще не все. Если он еще раз совершит воровство, то ему и кисть другой руки отрубить могут.

Исполняя мелкие поручения капитана, я с другими моими попутчиками, которых из Индии везли со мной на доу, мотался как посыльный по окрестностям Хадибо, думая о жестокой человеческой сущности, пытаясь забыть о казни и все время смотрел на проходящих людей, на их руки. Но к счастью моему за все время моего нахождения на Сокотре я видел только одного человека с отрубленой кистью правой руки (это был тот самый бедолага бедуин, укравший что-то, видимо, с голоду) и ни одного с двумя отрубленными руками. Я напряженно пытался совсем выкинуть из головы воспоминания об этой экзекуции. И со временем скребущая сердце боль от людской жестокости несколько притупилась. Но совсем забыть подробности этой казни я никак не мог.

Тому, что острота моих воспоминаний несколько смягчилась впоследствии, я во многом обязан природе острова Сокотра, которая затуманила и затмила ужас казни своей необычной, никогда мною невиданной красотой и запомнилась мне надолго. На острове много разных редких пород деревьев. Самое удивительное из них - это драконовое дерево, которое имеет жутковатый вид. Видимо поэтому и было названо «драконовым». Я на рынке города видел лекарство, сделанное из смолы-камеди драконового дерева, которое лечит от кожных, глазных болезней, как средство останавливающее кровь и укрепляющее десны.

Очень много на Сокотре всяческих благовоний[22] и сокотрийцы употребляют их как для лечебных целей, так и в быту, а также при отправлении религиозных обрядов. Женщины непременно пропитывают благовониями свои одежды, жених всегда дарит невесте на свадьбу мирру. Там во время церемонии омовения покойника курят также ладан. Кроме того, мне рассказывали о том, что если кто-либо совершает проступок, который может навлечь беду на племя его, то согрешивший или преступивший закон даже может искупить свою вину раскуриванием ладана на совете племени.

Животных на Сокотре немного, но те которые есть, очень удивительные. Больше всего меня огорошило то, что на Сокотре водятся маленькие безгорбые коровы. Поставить их рядом с нашими, так они просто карлики. Даже по сравнению с относительно невысокими зебу - горбатыми индийскими коровами, здешние маленькие коровки размером в полсажени в длину и полтора аршина в высоту, выглядят как детские игрушки, составленные ребятней в единое стадо.

---

[22] В основном, ладан и мирра, благодаря которым Сокотра была известна еще египтянам, финикийцам и древним грекам.

На Сокотре много ослов-онагров. По окрасу эти ослы отличаются от серых азиатских. На вид они красивые, серо-белые животные с белой мордой и черными полосами на плечах. Но их вздорный и даже злой характер всю эту красоту ослиную на нет сводит. Местные жители отлавливают их и используют как вьючное животное. Но дело это опасное, поскольку кусаются они, ходят дыбом, копытами бьют и приручить их и обиходить очень нелегко.

Ночевали мы на Сокотре, как я уже говорил, не на доу, которая стояла на рейде и где пара сторожей держала караул, а в сарае при доме одного богатого сокотрийца, у кого капитан нашей шхуны гостевал. Понятно, что капитан жил в доме, а команду и остальной люд, что на этом корабле в Африку плыл, в сарае дворовом разместили, что рядом с домом при конюшне стоял.

И вот однажды ночью к нам в сарай, когда я только собирался заснуть, забежал зверек размером чуть побольше нашей домашней кошки[23]. Шкурка этого зверька была разрисована бело-черными полосами, хвост тоже был в кольцах полос, а лапы были черные. Вел он себя свирепо, и мои попытки поймать этого шипящего и вонючего зверя провалились. Дух от него был тяжелый, а в злобе он себя, видимо, вообще не сдерживал. В сарай-то он залез, наверное, за курями или за яйцами, да напал на спящих там людей. Я ему, видимо, сразу не глянулся, особенно из-за того, что пытался его поймать. Даже загнанный в угол, откуда ему, казалось, выхода не было, он как призрак какой-то через узенькую мышиную щель умудрился опять вылезти на улицу без больших усилий. Что меня поразило. Я ведь был уверен,

---

23 Видимо, это был мускусный кот, так называемая малая цивета из семейства виверровых, завезенная на остров в средние века. Главной особенностью этого животного является ароматичный мускус, который вырабатывают особые железы. Мускус используется для изготовления местной парфюмерии и косметики. Сокотрийские женщины натирают мускусным маслом лицо и тело.

что он через нее никак не сможет протиснуться. Соседи мои по сараю сказали, что зверь этот очень увертливый, некоторые даже считают его злым духом. Называется он мускусным котом, хотя к породе кошачьей никакого отношения не имеет.

Однако, природа-природой, звери-зверями, а что касается моего будущего, то занимаясь исполнением поручений капитановых, я понял, что применительно ко мне это не поручения, а жесткие приказания, которые надо выполнять безоговорочно. И за попытки оговориться капитан даже на меня замахивался плетью. Так что появились у меня большие сомнения относительно честности намерений моих «опекунов» Валида и Омара. Не продали ли они меня капитану доу в неволю?

Я уже в неволе крепостной был и сдается мне, что по обращению и по обиходу со мной навис над моей головой, как туча грозовая, облак громовый, второй заход на рабство. Мне бы раньше надо было догадаться, поводов для подозрений было полно. Во-первых, в халабуду жить поместили, где другие люди рабского положения жили. Во-вторых, кормить чем попало стали. Гоняют по городу по мелким своим делам вместо мальчишки-посыльного. За свою работу я никакой благодарности не получаю, только обидные слова выслушиваю, что дескать никуда я от них не денусь, поэтому должен молчать и угодничать. Только что до тычков и затрещин дело пока не дошло, но крику уже было полно.

Друзья мои самоназванные, Валид и Омар, которые и во время плавания в общем-то дружбой меня не баловали, а скорее, мордовали дисциплиной какой-то странной и жесткой, в общем-то даже как бы унижали, а теперь ни с того, ни с сего поинтересовались не хочу ли я в мусульманство перейти. Такое предложение мне еще в Бухаре делали. Даже там я, нажим словесный и боль телесную испытав, все-таки увернулся от греха этого. А здесь на островке на этом мне и вовсе было непригдядно соглашаться на проказы эти.

Но дружбаны мои самозванные шутки не шутили. Раз не хочешь стать мусульманином, то быть тебе невольником с ошейником на вые на Сокотре, а скорее всего в Африке и пойдешь ты в крепостные в качестве капитанова прислужника. И понял я очень четко, что опростоволосился я, что они меня еще в Мадрасе на корабль с индийцами другими не так как матроса наняли, а нечестно, хитростью как бы в полон взяли, да «забыли» сказать мне об этом. А сейчас, поскольку я в их полной власти и распоряжении, бежать мне с острова некуда, все равно поймают, они эти разговоры о моем вероисповедании и завели. Значит быть мне рабом, коли не хочу принять ислам как веру. По их понятиям, только если мусульманство принял, то быть рабом не пристало, а если упорствовать буду, то как раз сам себе приговор в рабство и подпишу.

Я решил не брать великий грех на душу - менять веру. То есть, твердо порешил остаться до конца своего христианином. Силком в мусульманство, понятно, не загонишь, а вот в рабство определить очень даже можно. Раз не удалось им меня по доброй воле да по согласию обусурманить, кликнули мои бывшие дружбаны вспомощников и велели им на меня силой ошейник невольничий одеть.

Вначале я как бы помыслил, что отобьюсь от этих парней неуклюжих, да еще в белые нескладные хламиды наряженных. Думаю, кулаком по харе каждому по разочку врежу да всех их всех безо всякой сознательности положу на земь. И пока они в бесчувствии лежать будут, уйду в бега, а там что Господь соизволит. Хоть и остров, но с помощью божьей, а также с силой да хитростью и с островов бегут.

Начал было отмахиваться как у себя дома на Пасху, когда в деревне стенка на стенку кулачные бои устраивали. Но сил моих, видно, премного убыло за время морского путешествия, да и сноровка притупилась. Короче говоря, навалилось их на меня с полдюжины. Троих я, правда, сразу в беспамятство отправил, и они от моих кулаков к стенкам или навзничь так и отскочили. Пока я другими тремя занимался, на шум подбежали еще человека четыре. Покрепче, чем те, которые были. Тут меня силы и оставили и оказался я с рабским ошейником на вые своей невезучей.

Но то еще не все было. За то, что я троим из местных физиогномии малость подпортил, а кое-кого и покалечил, челюсть вывернул да зубы повышибал, то за свободолюбие мое и еще конечно за членовредительство товарищам их, порешили они меня в соответствии с ихними законами наказать.

Выволокли меня из сарая во двор, сорвали с меня рубаху и подвели к арбе. Привязали меня накрепко спиной наружу веревками джутовыми к высоченному колесу, что чуть ли не с меня ростом, и о чем-то начали советоваться. Я видеть их не вижу, но разговор их у меня в ушах гудит. И думаю я, чего они со мной сделают, не колесовать же они меня собрались или просто жизни лишить? Но поскольку, пока меня привязывали, я у них плетки в руках видел, понял я, что обойдусь я поркой на этот случай. А советовались они видно, кому меня пороть.

Базарили они недолго, но скоро балабольство их затихло и выбрали они истязателя моего. И в одночасье спину так и обожгло. Чувствую, по моей спине пошла гулять нагайка. Да так ловко она гуляла, что понял я, палач мой большую сноровку имел людей хлестать. Сосчитал я сорок хлыстов, а потом вдруг покачнуло меня вроде обморока, я сбился на минуту, и сколько уж плетей я получил и не помню.

Открыл я глаза, лежа навзничь на земле, и через туман вижу над собой лицо. Это был поршик мой, арапы его Мусой звали. Этакий коротыш, небольшой, но крепкий, верченый, голова бритая, словом, точеная, круглая, будто кочешок капустный, а рожа как крынка цвета кирпичного. И был он последний человек, лицо которого я на Сокотре видел до того, как я опять потерял сознание.

Очнулся я вдругорядь уже в трюме этой проклятой арабской фелюги и стал опять свою судьбу обдумывать. И надумал я

покорность изображать. Будучи при всем, я утвердился в таком
умораоссуждении. Для меня один выход был — для виду
согласиться жить не так как хочется, а так как можется. Жизнь
и здоровье на кон судьбины не закладывать и раз нету другого
выхода, с неохотой и сопротивлением, но даже под битием и в
рабство пойти, имея в виду, что дождусь я того времени, когда
с божьей помощью я снова уйду в бега.

Спина у меня вся изранена и лежу я на боку в темноте с
железным обручем на шее. А ошейник этот проклятый прикован
цепью к балке трюмной, на случай, если я брыкаться буду.
Спустился в трюм капитан и говорит мне, чтоб не пытался
я более сопротивляться, потому как если я и попытаюсь
это сделать, то у него в команде всегда найдется достаточно
здоровенных мужиков, чтоб со мной совладать.

Посоветовал мне посмотреть на индийских работяг,
добровольно в рабство отправившихся, чтобы семью от голода
спасти. Как они себя послушно ведут. Им и ошейников-то
одевать не стали, а так везли как рабочий скот да и погоняли
также. Индийцы эти раджой-царьком ихним были проданы за
долги в рабство арабским хозяевам. Кого на Сокотре оставили, а
кого дальше вместе со мной повезли на африканское побережье
или на остров Занзибар, где самая торговля рабами была.

Худо-бедно, я, горемыка, всю дорогу от Сокотры до
следующего порта уже в Африке так в трюме и просидел,
света белого не видя и жизнь свою несчастную проклиная.
Правда, спина потихоньку выздоравливать стала, да и кормили
довольно сытно, потому как не хотели, чтобы я с голоду ослабел
и товарный вид свой потерял. Поскольку, по их рассуждениям,
за кожу и кости много не возмешь, и чем я лучше и здоровее
буду выглядеть, тем больше я доходу принесу им при продаже
меня новому хозяину в рабство. Я ел не стесняясь, так, что
за ушами трещало, зная, что здоровье мне самому для побега
пригодится.

ГЛАВА V

С острова на остров

Первый африканский остров. Город и крепость Пате удивляют Филиппа. Мелодия сивы. Развалины Такве. Переправа на Ламу-остров.

Ноябрь-декабрь, лета 1781 от Рождества Христова.

И вот в одно прекрасное утро, выбравшись из трюма на прогулку, я увидел, что в пустынном море показались острова - еле заметные возвышения над водной гладью. Вся команда и большинство невольников стояли на палубе. Зрелище, несмотря на тягостность нашего положения, после многих верст водной пустыни было все-таки отрадным. По мере приближения к островам перед нашим взором прямо из океана вырастали в далекой дали очертания новой для меня земли. Постепенно стали вырисовываться отдельные подробности побережья: заросли низких деревьев, растущих прямо в воде. Над ними в туманной вышине - веера кокосовых пальм.

Находа уверенно повел наш корабль в узкий проход между запутанных зарослей. И вот перед нами появилась полоска пляжа, а за ней, наконец, выгоревший на солнце город. Это был город хоть и похожий на Хадибо, но посветлее и, как мне показалось, погостеприимней. Хотя вряд ли гостеприимство в моем положении подходящее слово для описания обстоятельств моего прибытия в этот город.

А город этот, уже в Африке, оказался городом Пате[24] на одноименном острове. Выгрузил нас капитан на берег и занятый своими делами, дал нам возможность осмотреться. Под охраной конечно. Когда мы огляделись и снова взглянули на прибрежную полосу, нас удивило, как находа наш корабль в эту гавани привел и на якорь поставил. Ведь весь остров окружен болотами, в которых растут низкие деревья, но на ивняк совсем не похожие, а прям заросли. Как я услышал, здесь их мангровыми называют. И они как забором остров от океана огораживают. Только узкие и мелкие протоки к острову ведут. Найти более-менее глубокую протоку и подойти к Пате можно только во время прилива. Что капитан каким-то чудом и сделал. Правда, искусству капитана как морехода я еще на Сокотре перестал удивляться.

Постояли мы на берегу недолго и повели нас в город, где стены арабской цитадели Набхани его границы очертили. Кто такой Набхани и почему его именем крепость назвали спросить не у кого было. А название я от местного охранника услышал, который беседовал со своим напарником, а со мной и

---

[24] Пате, Ламу, Малинди, Момбаса и другие упоминаемые Ефремовым города восточно-африканского побережья являются городами афро-арабской культуры, населенными в основном народом с общим названием «суахили», но подразделявшийся на несколько общностей с разными названиями: гириама, мманга, ширази, и т.д., возникших от смешанных браков местного населения и иммигрантов-арабов, двумя волнами приезжавшими на побережье и прибрежные острова в этот регион Африки и остававшихся здесь на постоянное место жительства.

разговаривать не стал. По его мнению со мной и разговаривать то было не о чем поскольку нас по городу как товар водили, цену на нас прикидывали.

Вошли мы в город и меня сразу поразила путаница изогнутых проулков, небольших площадей на стыке узких переулочков и трехэтажные высоченные, сделанные из кораллового, известнякового камня и глины дома. После сокотрских глиняных хибар даже уже значительно постаревшие от тяжести столетий дома Пате показались мне дворцами, украшенными лепниной. Двери, хотя и потрескавшиеся от времени и разбухшие от влаги воздушной, резьбой своей просто поражали.

Проходя по улицам этого очень старого города, смотрели мы по сторонам и глядя на позеленевшие от плесени вывески, рассудили, что и справа и слева от нас когда-то было несть числа разных ремесленных мастерских. Их и сейчас было открыто немало. Мы нарошно замедляли шаг, чтобы получше рассмотреть эти маленькие лавочки, где златокузнецы ковали украшения, ткачи ткали шелковые и льняные покрывала, а столяры изготавливали красивую мебель. Теснота, конечно, в этих лавочках, жарища. Но они работают, не замечая всего этого. И работают с душой, неплохо.

Мы остановились на маленькой площади, которая даже в полдень казалась погруженной в сумерки, потому что была окружена высокими домами, которые закрывали собой солнечный свет. И вдруг услышали как в доме напротив, где-то на высоте светлицы, то есть высоко над нами, на балконе, полностью закрытом красивой, резной, из темного дерева решеткой, женский голос поет песню под какой-то струнный инструмент, звучавший почти как наши гусли. Наша охрана тоже задрала головы вверх и прикрыв глаза стала слушать песню. Между собой они начали говорить что-то, я обратил внимание и запомнил только одно слово - «сива»[25]. Дослушали мы эту песню до конца вместе с охраной и прохожими, которые остановились, чтобы тоже насладиться звуками. Хоть и был я в рабском положении и мало что тогда меня радовало, но что-то в душе мне эта музыка согрела. И народ окружавший нас не показался уж таким диковатым и свирепым как можно было ожидать человеку, попавшему к ним в рабство в Африке.

Нас разместили в пристройке к дому. Неплохо покормили и сообщили, что в Пате мы долго не задержимся и дорога нам лежит на остров Ламу. По дороге мы заедем еще на один остров (как он прозывается не помню), где в заброшенном жителями городе Такве капитану паломничество предстояло к могилам его предков. Так оно и получилось. Доплыли мы до южной оконечности этого острова, встали на якорь у берега, только города не увидели. Не то что города, там и людей не было. Одни развалины, заросшие кустарником да вьющимися растениями. Да и эти руины можно было найти и увидеть в зелени только зная, что они там есть.

Нас на берег не взяли. Моряки на доу нам рассказали, а мы как могли поняли, что город этот, Такве, когда-то процветал не хуже Пате. Но лет сто назад все жители из этого города ушли и переселились в городок Шела, что вобщем то совсем рядом, через неширокий пролив морской на острове Ламу расположен. По каким причинам они сочли Такве неподходящим для проживания - никто не знает. Но святых мест там мусульманских, видимо, немало, раз люди до сих пор туда паломничество совершают. Нам с мачты корабля был даже виден высокий столп известняковый, который моряки могильным камнем называли. Видать, там какой-то шейх мусульманский был похоронен в прошлом веке.

---

[25] Сива — один из самых известных старых музыкальных инструментов афро-арабской культуры суахили. Изготовавливались в основном в Пате. Два экземпляра этого инструмента сива до сих пор хранятся в музее города Ламу.

Но стоять нам здесь, слава Богу, долго не пришлось. И мы на закате пошли прям на юг к главному городу острова Ламу, где, как нам сказали, и одноименный город расположен. Как и Пате, город этот афро-арабский, а торговля и мусульманство примирили и сроднили здесь местные племена и пришельцев-арабов. И стали они единым народом суахили. И народ этот стал процветать и богатеть. В основном, за счет торговли и ремесла разного. Товарами были здесь слоновая кость, янтарь, дерево, черпашьи панцири. Благоприятствовали ведению торговых операций муссоны и пассаты, то есть ветра северо-восточного и юго-восточного направлений. Они позволяли купцам вести свои суда в Аравию, Индию и обратно.

Вытащили нас с корабля в оживленном порту в городе приморском приютившемся на довольно населенном острове отделенном узким проливом от материка африканского. Городок этот, который они Ламу называли, поинтересней и постарше Пате оказался. И большая часть команды нашего корабля из этого города родом была. Место мне это показалось весьма затейным и приятным по расположению. Океан там изумрудный, пальмы на берегу высоченные, выше, чем в Индии, и издали с моря все каким-то сказочным кажется.

Ламу-город мне показался очень красивым. Во всем городе видно влияние культуры востока. В центре города каменные здания, построенные из местных материалов. Из больших коралловых и известняковых каменюк, скрепленных негашеной известью и каким-то раствором. А деревянные балки и перекрытия сделаны из тех самых мангровых шестов, что вокруг тех островов растут несчитано.

Народ как и в Пате-городе для меня все еще новым казался. И по стати, и по лицу. Народ здесь чудной: и не арабы, да и не африканцы, а что-то среднее. В общем, серединка наполовинку. Да и между собой говорят на смешаном языке: половина слов арабских, половина местных. Поскольку я с арабским языком уже знакомство имел, то освоился быстро, хотя вначале мало что понимал.

Одеты конечно больше по-арабски. Мужики себя от пояса до пяток полотном домотканным обматывают, а сверху рубахи длинные одевают. Бабы, извиняюсь, женщины ихние, обмотаны черными покрывалами тоже из двух кусков. Эта одежда буи-буи называется, и в них женщины все одинаково выглядят. Как вороны. Интересуюсь, правда, знать как мужчины себе невест здесь выбирают. По походке что ли. Наверное как везде среди мусульман за мужиков это свахи делают.

Короче говоря, лепота да смехота в одной охапке да и только. Что в городе, что вокруг города. Хоть и уютно красивый городишко, но на берегу вся красота городская смазывается, когда ты по этому берегу идешь.

Больше всего бросается не в глаза, а в нос - это, конечно, жуткая грязь и тяжелый дух. Запах - просто ужас. Дом, к которому нас привели, выходил фасадом на песчаный плес морской, и здесь этот запах был особенно нестерпим. В этом месте побережья сильные отливы, которые оставляют на берегу все отбросы и мусор города.

Сюда же женщины приходят закапывать кокосовые орехи в песок, оставляя их там до тех пор, пока внешний слой ореха не начнет подгнивать. Затем они их выкапывают опять с тем, чтобы содрать с орехов волокнистую его часть, копра называется. Эту копру волокнистую они высушивают, и из волокон этих веревки плетут, делают матрасы, циновки и всякие другие полезные для дома вещи. Этим они занимаются из поколения в поколение, и традиции не мне ломать, но природу все-таки жалко. А почему жалко? Потому что плачевное состояние этого красивого песчаного берега и представить себе сложно, не то что описывать.

Неведомо мне, почему они так здесь с кокосами обходятся. Ведь в Индии да и уже в Африке я видел другой способ шелушить эти кокосы. Волокнистую оболочку подсушенных орехов разбивают о вбитый в землю железный лом, волокна-копру отбрасывают в сторону, чтобы потом их опять же в дело употребить, а скорлупу ореха с белой сердцевиной отдают женщинам для приготовления всякой снеди. Свежие орехи они пьют, потому как внутри ореха, кроме толстого слоя белой сердцевины находится еще цельная кружка очень прохладительного и приятного на вкус соку. Похож он на наш березовый.

Про кокосовую пальму можно много рассказывать. На берегу она растет. И тех, кто от моря кормится, она от непогоды и от зноя солнечного укрывает. Из стволов и листьев пальмы они себе жилища-хижины, хибары, шалаши строят, а орехи кокосовые в питание идут и в другую домашнюю надобность.

Кокосы кокосами, но запах все равно из головы не идет. Мне попадалось много жутких запахов, пока я путешествовал, но такого болезнено-удушливого смрада, который шел из песка на берегу в Ламу, я не вдыхал нигде. Не удивительно, что в Ламу люди болеют в разные времена года болестями всякими, а во время дождей, самой гнилой - лихорадкой.

Лихорадка здесь болезнь серьезная. Люди теряют сознание и остаются в таком состоянии почти неделю. Родственникам приходится их поить, кормить и обихаживать по всем другим надобностям. По счастию, семейные связи здесь святы и родственники искренне, охотно и душевно помогают своим больным сородичам.

Меня эта лихорадка, слава Богу, как мне показалось, обошла. А если и затронула, то в самой малости. Конечно, головокружение и тошнота были, но сознание не терял. Местные сказали мне, что я к болезням устойчивость имею. Даже лихорадка не может со мной легко сладить, хотя и ослабила меня немного. Предупредили, правда, что болесть эта может вернуться. И она сама не знает, когда вновь шандарахнет уже с полной силой.

Насмотреться мне удалось всего здесь. И по городу по разным домам меня поводили, как товар показывали, пока наконец на рынке рабов капитан мне нового хозяина не нашел. Так что я рассмотрел этот городишко подробно. В порту шхун местных, фелук арапских-доу с дюжину стоит. Да еще лодки рыбацкие из долбленого ствола дерева сделаны с балансирами справа и слева. Как жуки-водоножки по глади морского затона скользят.

Лодки эти нгалавы называются. Ходят они под парусом под косым и скорость у них при хорошем ветре большая. На этой скорости они не только грузы и людей перевозят с места на место, но и рыбачат. А делают они это по-разному. Иногда стоя на якоре, а иногда на полном ходу на леске крючки с рыбьей приманкой за борт бросают и огромных хищных рыб в океане ловят. Имя у этих рыб доброе и ласковое — папа,[26] но когда заглянешь в ее огромную пасть и увидишь зубы, то про ласковость и думать не хочется. Поскольку она такой пастью не только приманку, но и зазевавшегося и свалившегося в воду рыбака съесть может.

Местный народ любит соревнования устраивать между командами нгалав на скорость. И когда я увидел эту гонку, то мне в голову пришло сравнение, что на зеленых волнах эти нгалавы смотрятся как белые бабочки, которых ветерок с большой скоростью несет по зеленому лугу. Только по этому лугу еще белые буруны-барашки бегут.

Команда большой нгалавы такая. Рулевой - находа, и человека три-четыре, которые за парус отвечают. Большая нгалава может много груза взять разного. С хорошим кормчим могут за пару дней аж до неближних островов Занзибара и Пембы дойти.

Дома здесь, как я уже говорил, либо из кораллового, известнякового камня с мангровыми перекрытиями сделанные, либо глиняные. Высотой как три наших избы. Двери деревянные, медью окованные да резьбой украшены. Окошки не так как у нас, очень узкие. Но так им вроде и хорошо, поскольку жара

---

[26] Папа на языке суахили означает акула.

большая, и солнце в этом доме при больших окнах светелку в баню бы превратило.

Народу в городишке живет, примерно сотен двадцать пять семей. В семье обычно человек семь-восемь, может и больше, сосчитать трудно, потому что некоторые невольники, что ислам приняли, живут как бедные родственники с семьей. Правда, бесправно, но и без больших обид.

А мне обида как гиря на сердце давила. Знал я, что такое неволя. А еще больше давила мне на душу человеческая безучастность к судьбам других людей. Как один человек может хитростью да обманом другого человека в рабство определить и распоряжаться им как вещью бессловесною. Только человек на это способен. Ни одна другая божья тварь такого понятия как рабство еще не придумала.

ГЛАВА VI

Первые шаги по Африке

В которой немногое радует Ефремова. Филиппа продают на рынке рабов. Новый хозяин проявляет к нему интерес, уважение и даже человеческое расположение. Филипп, сопровождая Набхани, посещает Малинди, загадочный город-призрак Геди и Момбасу с ее фортом Иисуса. Отплытие на Занзибар.

Декабрь, лета 1781 от Рождества Христова.

Но города-городами, природа-природой, а на продажу меня все-таки повели как телка годовалого. Вывели на площадь, что была недалеко от океана расположена. Там три столба цепью соединены. В землю вкопанные стоят. К ним и меня с моими сотоварищами по несчастью приторочили..

Стоим, а вокруг нас народ собрался. Кто поблагороднее да побогаче, на скамейках сидят, кто попроще - стоят. Кто в руках четки перебирает, кто кальян курит. А посередине их стоит тонкий как жердь, длинный степенный мусульманин с белой седой бородой. Сам он в белоснежной одежде, подпоясан широким кожаным поясом, к которому кривой короткий нож прикреплен. На голове шапочка шелком вся прошитая, чувствуется, дорогая вещь. Я понимаю так, что этот важный человек и будет торговлю организовывать.

Мусульмане, которые там вокруг стояли и сидели, по команде того человека начали торг. Распродали всех кроме меня за полчаса времени. Но толпа не расходится. И понимаю я, что самый большой торг обо мне будет. Так оно и случилось. Как меня от столба на середину помоста вывели, так и пошел народ вперебой торговаться. Один дает сто монет, другой полтораста и так далее, все большую друг против друга цену нагоняют. А заправила торгов зельно человек опытный. Видит, что на меня у толпы такой интерес пришел, и начал меня вертеть во все стороны, зубы заставил меня показывать да мускулистость-кряжистость демонстрировать.

Стою я на торжище этом, по моему представлению диком, смотрю в спины невольникам, уходящим с новыми хозяевами, а ко мне на помост выбежало человека четыре и начинают тянуть к себе: тот в одну сторону, другой в другую. А один бусурман невысокий, но толщины необыкновенной, прям всех от меня отталкивает, за руки хватает и волочет за собою. Я так понимаю, что при этом он еще и преподло бранится...

Уж на что я понимал, что отсюда не вырвешься, но и у меня терпежу начало не доставать. Только я собрался рукой своей, которую они ощупывали насчет мышечной силы, кому-нибудь по харе хряснуть, как услышал я спокойный, низкий и тихий голос:

- Мой невольник.

Толпа как этот голос услышала, так и замолчала. В четки свои носами уткнулись и стали расходиться. Наверное, потому знали, что с этим-то торговаться бесполезно. Те, кто на помосте были как воробьи упорхнули. А к торгашу подходит ладно скроенный кряжистый мужик вполне обычного вида, с холодной улыбочкой эдакой. Но взгляд у него такой, что у меня мурашки по спине побежали. Торгаш деньги немалые у него взял, меня от столба отвязал, хлопнул меня по спине, как бы прощаясь и начал барыш делить с капитаном, поставившим меня на аукцион. А меня как ослика в стойло повел с базара новый хозяин с охраной своей из двух нукеров с саблями.

Привели меня в дом, такой же, как все вокруг, только чуть побольше и с более красивой резной, с медными шипами, видно, что очень дорогой дверью. Поселили меня в халабуде во дворе. Хотя дом был большой и там для меня угол бы нашелся. Но, как говорится, в чужой монастырь со своим уставом не лезь. Хозяевам виднее, кого куда селить. И стал я жить в сарае этого большого дома богатой арабской семьи.

Главой семьи был купивший меня мужик - маскатский араб по имени Джума Набхани. Жизнь посеребрила его бороду и на первый взгляд он кому-нибудь мог пожилым человеком показаться. Но на самом деле старческого в нем была одна борода. Во всяком случае четыре жены не жаловались. Да и команды его фелук знали, что силушки у него и задора жизненного было полно. Старались не подставлять свои спины под его плети, а рожи под его кулаки.

Порядок в торговом деле он поддерживал, худо-бедно не только силой, но еще умением и деловой обстоятельностью и сообразительностью. Главной заправилой в семье, однако, была младшая жена, африканка по имени Бинт Хабиб бин Бушир. У нее еще сынишка тому два года назад народился. Имя дали ему длинное, я его так и не запомнил, а звал его как и все по прозвищу, данному ему его матерью. А это смешное прозвание было Типу-Типу[27].

---

[27] Этот малыш впоследствии стал весьма известным лицом в истории освоения Африки. Его настоящее имя Хамед бин Мохаммед. В африканской истории он занял прочное место под разными именами: Мутши-Пула, Тупа-Тупа. В Восточной

В семье царило домоустроение, основанное на строгости и разумном послушании. И такой порядок у них был не только в доме, но и в делах. Этим они особо гордились перед миром. Ведь эта семья не только обычной торговлей занималась. Главный доход у них от работорговли был. А без дисциплины, сами разумейте, на этом товаре дохода не наживешь, один убыток будет.

По всему побережью Восточно-Африканскому имя этой семьи знают, и народ от этого имени озноб пробирает. Ведь, как я уже сказал, главный товар у этой купеческой семьи - люди, ставшие рабами из-за войны в плен попавшие или по нужде добровольно в рабы записавшиеся. А такое случалось. Отчаявшиеся от голода и не желая быть обузой своим родичам несчастные простофили думали, что в рабстве их по крайней мере кормить будут. Но только потом, узнав что такое настоящее рабство, поняли, что не только в еде счастье. Верно говорится: не зная броду не суйся в воду. К сожалению, только побывавший в рабстве до конца знает, что это за жизнь, без свободы.

На рабской торговле семья моего хозяина большие деньги сделала. Торговали они невольниками аж до Гурмыза,[28] по всем островам моря-океана Индийского да и побережью Восточной Африки. На запад их торговые пути до устья реки Конго, что поперек всей Африки течет, доходили, а на восток они доплывали

Африке и на Занзибаре в частности, где до сих пор сохранился принадлежавший ему дом, его называли Типпу-Типу. В период работорговли он был одним из самых известных перекупщиков черного товара, а затем стал оптовым торговцем-плантатором перца, пряностей, в частности, гвоздики.

Известен тем, что сопровождал многих исследователей Африки в их путешествиях через континент. Он оказал значительные услуги таким первопроходцам как Стенли, Камерон, Висман. Последние дни своей жизни Типпу-Типу провел безвыездно на Занзибаре, передав все свои дела сыновьям и племяннику.

28   Гурмыз — старо-русское название региона Персидского залива.

аж до Сейшельских островов, а то может и до Индии. Но это, конечно, по рассказам.

Денег у них было немерено, и кроме Пате и Ламу у них еще в Малинди, Момбасе и на Занзибаре дома были. За этими домами присмотр, видно, нужен был. Набхани мужик домовитый и управляющим имений своих, видать, не шибко доверял. Все старался своими руками делать. Поэтому и повез нас Набхани на доу вдоль материка африканского на юг, в свой любимый Занзибар.

Вышел как-то мой хозяин Джума Набхани после вечерней молитвы во двор, подошел к хозяйственной пристройке, где у меня лежанка на сеновале была спроворена и говорит нарошно четко, ясно и просто на своем языке суахили, чтобы я все понял до единого слова:

Собирайся, - говорит, - поедем на Занзибар, где ты наконец возмешься за работу, которая тебе наиболее способна, то есть будешь со мной с Занзибара в качестве носильщика и охранника в сафари ходить за товаром в африканскую глубинку и обратно.

Что такое сафари[29] я пока не знал, только слышал от других людей, что это что-то вроде похода. Работа, которую мне предстояло делать, меня устраивала, поскольку что такое охранник и носильщик я знал. Дело это было для меня несложное. Кроме того, и это главное, я увидел там больше возможностей для себя в бега удариться и на какой-нибудь европейский корабль хоть зайцем забраться. Не надо забывать также, что в моем нынешнем состоянии возражать возможности у меня никакой не было, даже если бы я захотел нарваться на пару ударов палкой или плетью. Поэтому на следующее утро я собрал свою торбу, погрузился с остальной командой в доу, и поплыли мы в Занзибар этот загадочный.

---

[29] Сафари — слово из языка суахили, производное от арабского «сафар» - путешествовать. В Восточной Африке слово «сафари» вначале означало путешествие вглубь континента с целью охоты или торговли, а потом стало означать любое путешествие.

Остановились мы, правда, не надолго в Малинди - городе приморском, который мне тоже приглянулся, как и все другие приморские города. Рассказали мне, что история этого города уходит в глубину веков, когда арабы основали здесь свое поселение. Сначала промышляли жители в основном рыбной ловлей, сельским хозяйством, охотой да сбором соли. Но принимая в расчет, что у города Малинди неплохая гавань, стали они и торговлей заниматься, в том числе, и рабами. Это и в то время приносило большой доход. И вокруг города раскинулись сады, где росли всякие апельсины да лимоны, поля, где выращивали рис, сахарный тростник и просо. Разводился крупный скот.

Дома, как и в Пате, и в Ламу, были арабской постройки, в несколько этажей, с плоской крышей и балками из мангрового дерева. В каждом доме имелся внутренний дворик. Со старых времен, видимо, сохранились остатки когда-то высоких городских стен, которые отделяли этот город-государство от набегов прибрежных племен.

В городе Малинди, куда взял меня с собой хозяин как подносчика грузов, а может, как телохранителя (потому как я своим ростом, статью да белой своей как рыбье брюхо кожей людей местных от себя отпугивал) я с удивлением увидел среди мусульманских построек обелиск с крестом. Посмотрел я на своего хозяина вопросительно, а он мне в ответ:

Это еще триста лет назад посетил Малинди португальский мореплаватель Васко де Гама. Он-то и оставил здесь память о себе в виде этого креста. А мы и не против. Этот крест нам не мешает, а португальцам он напомнит, как Васко де Гама был удивлен радушным приемом, оказанным ему в городе богатым купечеством и властями городскими.

Но самое главное, - сказал Джума Набхани, - Малинди для всех людей, что любят море, это как самое памятное место. Здесь не по преданиям, а в действительности родился Синдбад-Мореход, о котором сложили легенды. И надо сказать по справедливости, что Синдбад не только имя свое путешествиями прославил, но и людям новые берега и земли открыл.

Правда, сам Набхани на мой вопрос о каких землях речь идет, решил не отвечать. А руками широко развел, как бы показав, что Синдбад по всему свету, а конкретно, по Индийскому морю-океану свой корабль водил с лихой командой из арабских моряков.

За разговорами весь наш маленький караван вышел за городскую черту и ровным ходом пошел на усадьбу хозяина, расположенную недалеко от тропического леса, который мои спутники называли «Арабуко Сококе». Пришли мы в усадьбу. Удивился я ее обустройству да разумности. Разложили мы наши грузы во дворовых амбарах и лабазах. Собрались отдохнуть, но хозяин приказал управляющему накормить остальных невольников, а мне велел захватить с собой лепешек маисовых, сушеного мяса, бурдюк с водой и сопровождать его с охранниками дальше прямо в чащу тропического леса, что в паре дней ходьбы от его усадьбы раскинулся. Мне он походя сказал, что хочет побывать в заброшенном таинственном городе Геди, который в этом лесу спрятан. И мне не вредно посмотреть на него. В старое время, лет так сто назад это поселение, как и город Такве, в одночасье, по непонятным причинам было покинуто жителями.

Шли мы к нему довольно споро. С остановкой на ночлег. К утру узкая лесная тропа, где деревья постоянно хлестали нас по лицам ветками, привела нас в конце концов к окраине довольно большого, но уже давно полностью заброшенного поселения. Не меньше какого-нибудь нашего маленького приволжского города. Вокруг нас раскинулись заросшие кустарниками и деревьями остатки домов, дворцов, мечетей, гробниц. В городе мы увидели два аккуратных кладбища. Вокруг нас были каменные столбы, когда-то поддерживавшие крыши домов, стены, на которых вязью арабских букв были выбиты в камне старинные письмена.

Джума Набхани разыскал в этой чересполосице улиц и руин какой-то дом, похожий на склеп, встал на колени лицом к дому, который направлен был на Мекку - их святой город - и долго молился. Потом встал, вздохнул с облегчением и как ни в чем не бывало велел нам без передышки возвращаться в обратный путь, потому что до Малинди была дорога длинная. А нам нужно было торопиться отплывать в Момбасу.

И пустились мы в обратный путь чуть ли не бегом, даже не заходя в усадьбу, опять на берег океана-моря. Устали, но усталость стала уходить, когда мы услышали шум волн и поняли, что пеший переход подходит к концу. Погрузились на корабль. И по высокому приливу на закате солнца подняли якорь и ушли в море.

Плыли мы почитай от Малинди до Момбасы всю ночь. Шли быстро, потому как ветер был сильный, а море довольно спокойное. Бросили якорь в бухте рано утром, на кровавого цвета восходе солнца. Бухту эту, Килиндини, где стольный град Момбаса стоял, сразу разглядеть мне толком не удалось. Так что пришлось пока ограничиться рассказами моряков, которые здесь бывали.

Рассказали мне, что город Момбаса моложе Ламу, но тоже город с историей. По сути дела, Момбаса - это остров, соединенный с материком мостами и паромами. Издревле Момбаса была городом арабским. Однако, португальским морепроходцам, которые стремились прибрать к своим рукам богатства Черного континента, нужно было овладеть для этого всеми крупными портовыми городами вокруг Африки. И по правде говоря, они этого почти добились. Момбаса у них была первой в списке. Португальскому мореплавателю-первооткрывателю Васко де Гама Момбаса понравилась, и он написал об этом в своих дневниках. После него португальцы, стремившиеся отобрать Момбаму у арабов, в ходе военных действий четыре раза почти полностью сжигали и разграбляли город, пока наконец полностью не овладели им.

Захватив этот важный порт, португальцы долго оставались в Момбасе. Они построили при входе в гавань на коралловой гряде огромный форт, который назвали Фортом Иисуса. Черный силуэт этой крепости на красном утреннем небе очень сильно почему-то надавил на меня и как камень лег на сердце. Потянуло меня туда как будто кто-то взял меня за руку и сказал: «Ты должен побывать там». Слава Богу, так и получилось.

Хозяин как всегда взял меня на берег, и я смог взглянуть на форт в свете нового свежего африканского дня. Обдуваемые морским бризом, на лодке мы доплыли до берега и пошли к форту. От него во всю мощь веяло какой-то седой силою истории. Истории битв и кровавых сражений. Истории стремления людей не просто к открытию новых земель, а еще и овладения ими любой ценой, в том числе и ценой человеческих жизней.

Мы подошли к воротам. На камнях при входе сидели какие-то оборванцы-дервиши, которым, правда, хозяин поклонился с большим почтением. Они объяснили ему что-то, что я не совсем понял. Но Набхани своими словами поведал мне их рассказ.

История форта с неоднократными попытками то португальцев, то турецких османов овладеть крепостью, была очень трагичной. За сто лет форт девять раз переходил из рук португальцев в руки туркам и обратно.

Но мне особо запомнился рассказ о самой долгой осаде турками форта Иисус, которая длилась почти три года. Под конец осады из защитников форта в живых осталось лишь восемь португальских солдат, три индийца, две африканские женщины и мальчик-подросток. Они отчаянно сопротивлялись, потеряв всякую надежду дождаться подкрепления. Когда осаждавшие все-таки вошли в форт, все было усеяно трупами. Последний оставшийся в живых португальский солдат заманил врагов на пороховой склад, сказав, что там спрятано португальское золото. Там он и взорвал себя вместе с двумя дюжинами турок. Эта преданность долгу особенно расстрогала меня, как старого солдата. Ведь для солдата преданность и верность - это главные качества.

Так или иначе, под турками Момбаса превратилась в одну из столиц восточно-африканской работорговли. По моим прикидкам, ее население составляло не менее двадцати пяти тысяч человек. Так что Момбаса была огромным городом не только по местным понятиям.

Но история историей, а для Набхани его торговля да дело купеческое гораздо важнее были. Форт этот он показал мне в назидание и нравоучение. Очевидно, хозяин хотел меня наглядно убедить, что дескать, Восток против Европы всегда сильнее и превосходнее был и будет. И пытаться мне опровергнуть это как и сбежать из рабства, бессмысленно и бесполезно.

Набхани и его охрана повели меня и еще пару невольников на склады портовые с тем, чтобы отобрать и погрузить на телеги необходимый ему товар. Пока мы этот товар грузили, Набхани с нукерами своими с рынка еще троих невольников привел. И отправились мы назад на нашу доу, что напротив форта Иисусова на рейде в бухте Килиндини стояла.

Вернувшись на корабль, я сел на корме на сундук-рундук для всяких струментов в плавании необходимых, который на палубе стоял, и стал думать о том, что мне уже удалось повидать во время моих походов по восточно-африканским островам и побережью и о том, что ждет меня впереди. И все мои мысли с грустью сходились к тому, что будущее мое зависит не от моей собственной воли, а от того, куда направит свои стопы мой новый хозяин.

Я давно понял, что денег и власти у него немерено. Ведь не зря именем его семьи крепость в Пате названа. Не зря он и в Малинди ездил, да и в Ламу оказался не случайно. По всей Восточной Африке у него торговые интересы и фактории имеются. И везде он привечаем как богатый гость, приезд которого может, правда, означать как улучшение жизни для справившихся со службой, так и окончание ее для тех, кто преступил против набхановой воли.

Мой новый хозяин и его семья за свою жизнь много поплавали по побережью и останавливались и обзаводились домами на разных островах, в разных городках, факториях и усадьбах. Но больше всего купец Джума Набхани и младшая любимая жена его Хабиби ценили свое имение на острове Занзибар, который местные называют Унгуджа. Где бы они не были, куда бы дела не закидывали эту семью, они все равно стремились вернуться на свой любимый Занзибар. Сам Набхани рассказывал мне об этом острове как чуть ли не о рае земном.

Там оманские султаны - династия Баргашей - правят уже много лет, распространив свою власть из Омана на эти острова, где они могли под свой контроль взять всю торговлю с Восточной Африкой. Занзибар, где у них новая столица стала, вообще восточными воротами в Африку называют. Туда из Омана султаны свой двор и перевели.

Почему я это записываю? Потому как мне отчетливо дали понять, что собираются меня туда отвезти и может поселить там до конца дней моих. Набхани туда настроился ехать, а я у них при семье уже точно определился, что я как бы прислужником состою. Поэтому у меня выбора нет. А Занзибар семья Набхани любит еще и потому, что они как бы в одном роду были с султанской семьей. Как говорят, к своим и черт хорошо относится, и рядом с султаном и двором его они вольготнее себя чувствовали.

Окромя того, там был большой невольничий рынок. И в случае, если бы я не пришелся ко двору, меня там было бы выгоднее продать. Как странно бы это не казалось, но это и меня вполне устраивало, поскольку Занзибар - это большой порт, не как маленький Ламу. Там было много кораблей с разными флагами, и оттуда мне было бы способней из рабства домой удрать. Осталось немного. Только до Занзибара добраться, там живым остаться и корабль правильный найти, чтобы капитан согласие на мой побег дал.

В общем, загрузились мы в Момбасе, как и планировали, товаром, подняли парус огромный треугольный и с попутным ветром пошли на юг, к Занзибару этому.

ГЛАВА VII

Впереди Занзибар

В корабле, загруженном товаром, Филипп отплывает сначала на остров Пембу, а оттуда на Занзибар. По дороге он узнает от команды много о Занзибаре и Пембе - двух островах султаната Оманского. Странный товар, который хозяин приобрел на Пембе.

Декабрь, лета 1781 от Рождества Христова.

Путь от Момбасы до занзибарского архипелага - островов Занзибар-Унгуджа да Пемба - недолгий, всего два дня при хорошем ветре. Ветер был, действительно, попутный, паруса поставлены правильно. Команда свое дело знала и между сменами времени у них свободного было много. И вот пока мы плыли рассказали мне моряки из команды нашего доу, что за остров этот Занзибар.

Поведали они мне, что остров Занзибар-Унгуджа - был заселен в незапамятные времена. В пещерах до сих пор находят каменные топоры и другой хозяйственный скарб, который нужен был древним охотникам и собирателям. Сказывали они, что первые поселения, в которых жилье строилось из глины да веток, появились на Занзибаре почитай аж тысячу лет назад. Раньше, чем первые оманские арабы поселились на побережье африканского материка.

В Омане род Баргашей имел много распрей с другими родами и племенами. В междоусобных войнах много народу погибло, много деревень было порушено и сожжено. Кроме того, вождям надоели постоянные стычки при дворе. Они приняли правильное решение переехать из Омана на Занзибар, оставив Маскат - столицу Омана - как второй главный город своего государства. Столицу же султаната перевели на остров. К тому времени там уже было довольно много арабских поселенцев, которые уже прижились здесь и занимались земледелием и торговлей. То есть, переехали они не на пустое место а к своим землякам уже обжившимся на Занзибаре.

Как мне рассказывали, арабские, ширазские и индийские купцы уже с незапамятных времен регулярно посещают Занзибар, используя попутные ветры - муссоны для плавания к водам полуострова Индостана и пассаты для возвращения назад.

Пришельцы из Аравийского полуострова были хорошими воинами и лихими пиратами. Занзибар выбрали для своего форпоста очень умело. Бухта, у которой расположился город Занзибар, по их мнению, была лучшей естественной гаванью на восточно-африканском побережье с отличным рейдом, защищенным от штормовых волн.

Для моряков важно и то, что занзибарская вода, бьющая ключами в глубоких колодцах, где она очищается в известняковом грунте от всякой инфузории, долго сохраняет свою чистоту и голубизну в течении дальних плаваний. Именно поэтому большинство кораблей, плавающих в этом регионе, стараются водой заправляться там. Да и погоды здесь в целом стоят всегда ровные и хорошие. То есть, можно команде отдохнуть неплохо. Хотя, конечно, штормовые ураганы с проливными дождями не минуют и Занзибар.

Коренное население Занзибара наполовину арабское, наполовину африканское. Сначала два было народа там: хадиму да тумбату, правили которыми местные вожди Мвиньи Мкуу и Шеха. С приходом арабов на Занзибар было привезено много рабов с континента - африканцев и конечно, население там теперь смешаное и говорят они на языке суахили, что означает «прибрежный».

В мусульманском мире известен Занзибар и тем, что на южной оконечности острова в местечке Кизимкази стоит самая старая мечеть в южном полушарии, которую построили еще персидские купцы - выходцы из Шираза.

К Занзибару большой интерес проявляет и Европа. Сказывают, что почитай триста пятьдесят лет назад на пути в Индию на Занзибаре высадился португальский мореплаватель, на весь мир известный, по имени Васко де Гама. А потом спустя какое-то время португальская военная флотилия захватила остров Занзибар. Построили форт, который и сейчас помогает Занзибару отбиваться от недобрых мореплавателей-пиратов с соседних островов да из Сокотры.

Но недолго португальцы владели Занзибаром, лет так пятьдесят. По прошествии времени этого оманские султаны Баргаши вновь овладели Занзибаром без большого труда. Португальцев, у которых не было поблизости опоры и поддержки, прогнали с острова. Занзибар же восстановил свою дурную славу столицы работорговли, а также известность своим рынком пряностей и слоновой кости.

Арабы народ додельный. Сами они работают неплохо, а еще лучше умеют рабский труд использовать. Они по всему острову обустроили плантации перца, гвоздики, корицы и других пряностей. Не забыли они и о безопасности. На островах Унгуджа и Пемба в небольших поселениях на побережье обоих островов были размещены военные гарнизоны, где вменена жесткая дисциплина, а военная выучка является высшей доблестью.

Султаны Занзибара правят почти всей Восточной Африкой, прибрежная полоса которой известна под названием Зандж. Также они контролируют торговые пути вплоть до Великих озер африканских, до истоков Нила в глубинку материка, которую они называют Бара. По этим торговым путям из глубинки на Занзибар ведут рабов до двадцати тысяч в год, несут слоновую кость, золотой песок и самородки, камни драгоценные, шкуры зверей да другие африканские товары. Торговля всем этим началась еще при Древнем Риме и фараонах египетских, но занзибарский оборот товарами намного больше.

К слову сказать, рассказ их мне был понятен почти дословно, поскольку говорили матросы на смеси языков, часть которых я потихонечку уже освоил. Половина слов была из местных языков, а другая половина слов - на старом арабском, вельми отличном от того арабского к которому я прислушался в Средней Азии и по дороге в Индию да и на Сокотре. Специально для меня, кто мог из команды, говорил на аглицком языке. Из того, что они мне поведали и по их восторгам я понял, что Занзибар - это остров, который мне просто повезло посетить. Я уже совсем на Занзибар настроился.

Плывем мы, значит, и вот по левую руку на горизонте появилась земля. Матросы оживились, кричат: «Пемба! Пемба!». Я подошел к хозяину своему и спрашиваю:

- Что так народ радуется?

А он мне отвечает:

- Решили остановку сделать на острове Пемба недалеко от приморского поселка Чаке-Чаке. Тебе это пока ничего не говорит, но это место всем морякам знакомое, которые подолгу в наших морях плавают и на земле редко бывают. Здесь они здорово отдыхают да и кое-каким товаром для себя обзаводятся.

На мой вопрос, что это за товар такой, Джума Набхани просто отвернулся от меня. Не оборачиваясь, махнул рукой и пошел к шкиперу. Они чего-то обсудили между собой. Шкипер начал давать команды, а хозяин вернулся ко мне. Сел на бухту канатную. Мне предложил на палубе на корточках присесть и начал свое повествование.

Рассказал он мне, что остров Пемба - как бы родной брат острова Занзибара-Унгуджи, и славится он не только гвоздикой. Гвоздики и на Занзибаре полно. А известен он тем, что среди местных жителей много есть людей, которые в травах хорошо разбираются, понимают какая трава для чего человеку нужна. Ну и, конечно, лечат здесь всякие болезни, но больше народ сюда стремится, чтобы местные мганги[30] их от напастей всяких уберегли, силу мужицкую восстановили, а женщинам - детей послали побольше.

Набхани оглянулся по сторонам и как-то неохотно и с опасением сказал, что знахари местные большую власть над духом человеческим имеют и могут незаметно для самого человека волю его подавить, сделать его заговоренным и распоряжаться им по своему усмотрению.

Окромя того, они же могут такое зелье изготовить, что человек, употребивши его даже в самом малом количестве, может предстать перед Аллахом через время, которе ему знахарь своим лекарством отведет. А отвести они по просьбе заказчика могут по-разному. Могут дать тебе полчаса жизни, а могут и на три месяца твои страдания растянуть. И будешь ты, мучаясь от болей, до преждевременной и неизбежной смерти проклинать тот день, когда с этими знахарями либо сам связался, либо кто-нибудь тебя связал с ними без твоего ведома.

Причалили мы в мелкой бухте. На берегу хижины да шалаши рыбацкие разбросаны. Берег довольно высокий, но поднимается полого. К нашему кораблю сразу три лодки

---

[30] Мганга — на языке суахили означает знахарь.

направилось с гребцами, набитые едой и тюками с товаром местным. После того, как эти лодки разгрузились, с полдюжины матросов и хозяин мой на этих лодках отправились на берег. Как, подмигнув, сказал мне Набхани, за «своим товаром».

Меня с собой они не позвали, но я так понял, что в этой деревушке есть несколько «веселых домов», где моряки с гулящими женщинами могли время провести или каким другим способом морскую тоску прогнать. Вернулись они часа через три навеселе, хоть вином от них не пахло. Мусульмане все-таки. Но чувствуется, что накурились они какого-то зелья и даже на ходу жевали какие-то ветки, которые они катом[31] называли. Поодаль о них, как бы сам по себе, важной поступью под зонтиком от солнца шел хозяин. Матросы пошли на лодки, а хозяин - прямиком ко мне. Но остановился для разговора с кем-то из местных, кто видимо большую должность по таможенному приказу в Чаке-Чаке справлял. Этот стоял чуть поодаль от берега тоже под зонтом от солнца и прищуренными глазами за разгрузкой и погрузкой присматривал.

Матросы, которые проходили мимо меня, шибко веселые были от веточек этих. Дали и мне пожевать. Я пожевал немножко и сплюнул, потому как от этого ката в голове кружение и бессмыслица, а руки не держат да и ноги не стоят. Хозяин тем временем свой разговор закончил и ко мне направился, а точнее к складу тюков и кулей рогожных, который я охранял, пока команда в деревне гуляла.

---

31 Кат — растение произрастающее в Йемене и на острове Сокотра, сок листьев и веточек которого имеет слабое наркотическое действие. Он употребляется как жвачка почти повсеместно на юге Аравии, Йемене и Эфиопии. На Сокотре это растение относится в разряд ядовитых растений, и сами сокотрийцы его не употребляют. Они утверждают, что если домашний скот съест много листьев ката, то у него могут отняться конечности, как бывает у верблюдов, когда они в поисках водоносных растений набредают на кат и обгладывают этот кустарник.

Я пошел навстречу хозяину и проводил его прям к навесу под которым товары лежали. Доложил, что все в порядке. Набхани под навес с собой меня не впустил, оставил у входа. Погрозил мне кулаком, чтоб я за ним не совался в склад, обернулся, посмотрел по сторонам, уверился, что никто из посторонних за ним не наблюдает и какую-то кожаную сумку, на которой таинственные знаки нарисованы были, под рогожу куля запихнул. Я отчетливо услышал, как в сумке этой брякнули какие-то стеклянные пузырьки, наверное, с жидкостями и порошками разными.

Спросил я у хозяина, что это за ценность такая, что он ее под таким секретом прячет. А он повернул ко мне голову и сквозь зубы пробурчал: «А это для тех, кто лишние вопросы задает, не в свои дела лезет и вообще жить мешает». Я, конечно, сразу сообразил, что это не приворотное зелье или способное мужской силе лекарство какое, а отрава, яд, который хозяин для какого-нибудь, с его точки зрения, грешника приготовил, решив его отправить раньше времени на тот свет. А уж в рай или в ад, это не нам решать. Как получится... Хозяин велел мне строго стеречь этот схорон свой среди тюков своих. С этими словами он поправил вышитую шапочку на голове, повернулся и пошел продолжать прерванную беседу с местным вакилом[32].

Вопросов, конечно, у меня больше не было, и стал я по сторонам смотреть, чтобы кто к тюкам не подошел и не пошуровал в товарах. Сначала я подумал, не собирается ли этим зельем хозяин меня напоить, а потом сообразил, что я много об себе думаю и что моя жизнь хозяину нужнее, чем моя смерть и, наверное, все эти снадобья для других дел, людей и целей приготовлены.

Окромя всего, я хозяину полезный был не только из-за силы да ловкости своей. Таких как я вокруг него да наверное и на

---

[32] Вакил - представитель султанских властей в провинциях занзибарского султаната.

Занзибаре было немало. Скорее всего нужен я ему был прежде всего потому что хозяину со мной интересно было общаться, поскольку хоть я и не очень на языках велиречив был, но расказами своими какую-то новизну в жизнь Джумы Набхани и его семьи вносил.

Да и его любимец, младший, двухгодовалый сынок Типу-Типу, тоже очень был ко мне привязан, я у него из-за вида моего и кожи белой, как рыбное брюхо, вроде бы стал любимой заморской игрушкой.

Успокоился я и начал с легким сердцем делами заниматься. Поскольку к тому времени моряк с доу очередную лодку к берегу подогнал и пора было заканчивать погрузку. Грузить тот самый хозяйский товар что я охранял.

Погрузили мы в лодку тюки, мешки хозяйские да кули рогожные вместе с сумкой таинственной, опасной для здоровья человека. Подождали хозяина, пока он вернется. Помог я ему сесть в лодку. Моряк за руль сел. Я ударил в весла и погреб к фелуке-доу, думая о превратностях и безжалостности судеб человеческих. Ведь кому-то, кто пока еще не ведает, но с моим хозяином не в ладу и мешает ему в его жизни или торговле, из этой сумки отведать придется зелья болезнетворного. И было мне этих незнакомых людей почему-то жалко.

Отплыли мы от острова Пемба к вечеру с приливом и с попутным ветром. Всю ночь ходко шли под полным парусом и под бархатно-черным сводом неба, усеянном яркими алмазными звездами. Джуме Набхани что-то не спалось, и он, отхлебывая из маленькой чашечки кофейного с имбирем напитка, который ему наливал из высокого медного чайника его прислужник, решил побеседовать со мной, вроде как на равных, даже предложил мне чашечку напитка. Я отхлебнул и у меня рот защипал словно щелоком облитый и круги в глазах:

- Что это? - спрашиваю.

А он мне и говорит:

- Кофей с имбирем. По местному - тунгавизи.

Я хотел спросить, не забыли ли они туда кофею положить или только одним имбирем ограничились, но решил над хозяйским угощением не надсмехаться. Допил чашечку с большим трудом, надеясь, что огонь во рту скоро затухнет, и даже поблагодарил. Правда, не от чистого сердца, поскольку вкус у напитка был шибко не по мне.

Плывем мы под звездами, хозяин на ковре лежит, а я на бухте канатной сижу. Много мне он вопросов задавал, я ему отвечал как мог. Вижу, что Джума Набхани в хорошем расположении духа. То ли сдуру, то ли кофе с имбирем на меня так подействовало, но решился я, к тому времени как беседа наша стала увядать, а хозяин начал подремывать, задать ему тоже один вопрос, насчет сумки.

Убоялся я его гнева, но Джума как бы спросонья и вяло с прикрытыми веками ответил просто, тихим, но внушающим ужас голосом: «В торговом деле нужна не только удача, но и хитрость, и сила, и способность убрать супротивника, если он не сдается». Я вздохнул, а Джума Набхани откинул голову на подушку, под которой лежала зловещая сумка, улыбнулся чему-то с закрытыми глазами, а потом захрапел.

ГЛАВА VIII

Унгуджа

Занзибар-Унгуджа - островные ворота в африканскую глубинку. Доу становится на якорь в Занзибарской бухте. Каменный город. Знакомство с городом Занзибар и его окрестностями. Рождество в плену.

Декабрь, лета 1781 от Рождества Христова.

За всеми этими разговорами и мыслями путь от Пембы до Занзибара-Унгуджи показался мне намного короче, чем все мои другие морские переходы. Единственно, что у меня мурашки по спине бегали от воспоминания о беседе с Джумой Набхани.

С восходом солнца подошли мы к Занзибару и остановились у маленького островка перед входом в бухту. Островок этот Чангуу называется, и на этом острове султаном занзибарским карантин устроен. Все корабли и команды этих кораблей досматривают, чтобы они заразу какую или контрабанду на остров не принесли.

А кроме того, там товар взвешивают, оценивают и таможенные сборы-мыт прикидывают на этот товар.

Простояли мы там целый день, посмотрели на огромных, размером больше сундука, черепах, которых на острове несчетное количество, и пошли прямым курсом в городскую гавань, на берегу которой стоял каменный, построенный португальцами, форт.

В этот день почти вся бухта была заполнена доу и маленькими парусными лодчонками, набитыми тюками с товарами, мешками с гвоздикой, копрой. Стояли там и четыре больших корабля, на которые с этих лодок товар грузили. Проплыли мимо одной большой шхуны. Туда невольников с лодок высаживали, чтобы увезти их в чужие страны к новым хозяевам, работать на плантациях. Лица у невольников, понятно, грустные, и залезают они на корабль понурив головы, а на них еще при этом кричат и плетками подгоняют.

Стою я на палубе, смотрю вокруг и думаю. Зловещий, наверное, остров, где счастье свое жители его на людском горе строят. Как здесь люди с совестью ладят, не знаю, но, как говорится, залез в богатство забыл и братство. Видимо, деньги здесь человеческой душой управляют. Ну да ладно, не можешь ударить - не замахивайся.

Хошь я его зловещим нарек, а остров красивый. Бухта Фородани название свое от слова «форода» получила, что по-русски таможня называется. Суда, в коих товару несметно со всей Африки, приходят как раз сюда, чтобы перед дальним плаванием в Европу или в Индию за этот товар тамгу[33] заплатить, оприходывать в книгах таможенных, да обменять на другой по местным законам, налогам и правилам.

---

[33] Тамга — денежный налог, взимавшийся с торговли, ремесла, различных промыслов в старой Руси. Современное слово «таможня» происходит от этого слова.

Есть тут и кость слоновья, и каменья драгоценные, и золото, и дерево черное, как железо прочное. Больше всего доходу, конечно, приносит людской товар с африканского материка привезенный и намеченный к отправке либо в Гурмыз, либо в аравийские страны, либо на острова соседние.

Но сейчас мне не хочется думать о торговых делах, особенно о торговле людьми. Надо увидеть здесь и хорошее. Постараюсь описать Занзибар по-честному. А по-честному Занзибар меня по-настоящему поразил. Как есть он - пристанище великое. Всего света люди в нем бывают и всякие товары в нем есть, что на всем свете родятся.

Занзибар, как мне показалось, хоть он тоже приморский африканский городок, все-таки отличается от того, что я уже видел. В других городах дома из известняка кораллового да глиняных и саманных кирпичей построены, а Занзибар - это настоящий город, каменный. Он так и называется в народе.

Дома с массивными стенами, самые высокие и прочные, самые темные, какие можно только вообразить. Любой дом сумел бы смеяться над осадой. Все сложено из камня-известняка, который прямо на острове добывают. Ведь остров-то из известняка состоит. Полы, лестницы, скамьи - все.

Есть дома просто красивые и оштукатурены. Крыши плоские. Двери в дома эти - как ворота широкие, резьбой сказочной украшены. Мастера на этих дверях цветы, рыбы, растения всякие вырезали. И еще в дверях полно медных шипов остроконечных и других украшений. А в двери этой огромной, которая распахивается исключительно по праздникам типа свадеб или какого еще другого домашнего торжества, есть еще и маленькая дверка, на каждый день, войти в которую только согнувшись можно.

Кто живет в этом Каменном городе, что прямо у гавани стоит, те, конечно, купцы и хозяева гвоздичных угодий, люди денежные и богатые. Вокруг Каменного города натурально окраины разбросаны. Дома уже не из камней, а из глины и прутьев слеплены. Есть хибары, что просто из листьев пальмовых сплетены.

Каких-то особых достопримечательностей в городе я не отметил, хотя одну, как бывший солдат не могу не упомянуть. Это опять форт. Как и все форты в приморских городах африканских построен португальцами лет двести назад. Почему он мне в глаза бросился? Потому что он напомнил мне сокотрский в Хадибо и форт Иисуса в Момбасе. Только здешний-то форт попроще будет.

Ходил я с моим хозяином по Каменному городу, смотрел на его узкие улицы, и казалось мне, что ходят по ним призраки забытых столетий да арабских легенд и сказаний. Больше всего я крутился в центре Каменного города на улице Шангани, где мой хозяин жил. В районе Сокомохого много раз бывал, куда меня посылали на рынок за провизией всякой.

Улицы шириной в шесть аршин, извилистые как змейки. Идешь по ним, как по мрачным щелям. Посмотришь вверх и видишь над головой, там, где сходятся крыши высоких домов по обеим сторонам улицы, только узкую светлую полоску неба. И кажется, что ты попал на дно глубокой пропасти и весь мир где-то далеко и в вышине где-то над тобой. Кружишься в запутанной паутине лабиринта, не зная, куда идешь, теряя всякое понятие о направлении, словно слепой. Никак не удается убедить себя в том, что это действительно улицы и что в этих хмурых домах живут люди.

Однако, очень мудро, что улицы такие узкие, а дома - массивные, крепкие и каменные. В этом палящем климате они остаются прохладными. Люди ищут прохлады и находят ее в этих домах. Кроме того, эти дома хранят в себе многовековые воспоминания. А к старине я большое уважение имею.

Смотрел я и на людей, которые по этим улицам ходят, и все больше проникался к ним интересом. Ни одного бездельного человека не видел, все что-то руками делают, все куда-то идут. Только старики на завалинках мечетей сидят да пересудами о жизни да о городских сплетнях бытие свое скрашивают. Даже верить не хочется, что благополучию своему они обязаны работорговле. Все хозяина моего с уважением привествуют, а он состоянием своим и не гордится, одет как все и высокомерия в разговоре ни с кем нету.

Я, конечно, везде побывать не успел, но посетил много мест разных. Из города Занзибар, что на западном берегу острова, прям напротив материка африканского, я весь остров вдоль и поперек пересек. В деревушке Мангапвани был, в поселке Уроа, что на севере, в портовом городишке Чвака, что на восточном берегу Занзибара острова, до Кизимкази и Макундучи доехал, что на юге острова. Больше всего меня поразили гвоздичные да коричные плантации. Деревья вроде небольшие, но красивые, темно-зеленые такие, а запах от них, вернее, от соцветий гвоздичных, по всему острову. Кора корицы добавляет сладости к запаху да ванилью тоже не надышишься. Но самая острота - это местный перец, пили-пили называется. Без привычки его и в рот положить страшно, а они жуют спокойно с любой едой и ничего.

Посмотрел я и на то, как они игрища с быком устраивают во время праздника в деревне Макундучи. Вся деревня собирается кругом на площади, в середину выгоняют быка и начинают ему издевательства всякие учинять. За хвост, и даже за рога хватают, пальмовыми ветками пугают. И так заставляют его бегать целый день, пока бык от усталости с ног не свалится. Потом они его добивают, разделывают, жарят и устраивают пир на весь мир, то есть, на всю деревню.

В Кизимкази побывал я и у мечети древней, говорят, самой старой в Восточной Африке. Махонькая такая, меньше, чем самая маленькая мечеть в Занзибаре-городе, но сложена отменно, из камней. Правда, минарету у нее нет. Да и в городских мечетях минаретов раз два и обчелся. Почитай, что нет. Так что азан - призыв к молитве - они с крыш голосят в одно время да так, что по всему городу слышно. Кто где кричит и не разберешь.

Бывал я и в городском квартале Кипонда, где у них рынок рабов устроен. Дело у них с работорговлей поставлено давно и чувствуется, что отлажено. Посреди квартала на площади столбы вкопаны. Между столбами цепи натянуты, и к этим цепям во время торгов невольников приковывают. А вокруг рынка стоят дома, в подвалах которых невольников держат перед выставлением их на продажу, которая азартнее всех торгов проходит. Торгуются в голос, и кто больше заплатит, тот и хозяин. Весь этот шабаш невольничий до сих пор мне по ночам в тяжелых снах снится.

К неволе я еще с Бухары отвращение имею. А к торговле людьми еще больше. Сам я в рабстве уже раз был и знаю, что такое крепостная рабская неволя. Особенно, когда своими глазами вижу, как здесь с ними обращаются да содержат их побитых в цепях. Из-за краткости моего пребывания на Занзибаре я, слава Богу, торговлю людьми на этом острове не часто созерцал, и все невольничьи рынки не обошел. Но по рассказам старожилов-невольников понял, что на Унгудже таких мест немало.

А которые хотят султанских таможенных поборов избежать, не платить налогов и тем самым процент прибыли своей выше сделать, не в городе торгуют, а привозят и хранят свой людской товар в пещерах, которых на занзибарских берегах множество. Особливо в местечках таких как Мангапвани, Уроа и Чвака. Оттуда их, после скрытных торгов и договоренностей между незаконными потаенными работорговцами, на лодчонках быстрых с балансиром - нгалавах - развозят по кораблям.

Капитаны, охотники за этим делом, приходят в занзибарские воды скрытно и ставят свои корабли на якорь в бухточках напротив этих пещер. Делают они этак, чтобы не платить им дани султанским властям. И никаких неприятностей, вакилов султановых, стражей береговых и караульщиков всяких они не боятся, поскольку рейды там удобные и при случае можно легко сняться с якоря, уйти и затеряться в скоплении мелких островков да проливов, что во множестве вокруг Занзибара имеются.

В эти бухты приплывают всякие корабли. И аглицкие, и хранцузские, и португальские, и арабские. По ночам невольников из пещер выводят и грузят на них. Эти корабли плавают без флагов и без вымпелов, только по речи моряков и можно понять, откуда они пришли.

Я у моего хозяина был объявленный невольник. Скрывать ему меня нужды не было. И поэтому, пошел я, слава Богу, не в пещеры Мангапвани, где он незаявленых рабов держал, и не на рынок невольничий, а прямо в дом хозяйский на улице Шангани. Поместили меня в дворовой глинобитной пристройке в келью какую-то довольно темную, но все таки с крошечным окном на океан-море. И прожил я там за домашним хозяйством дней десять. Ходил я с хозяином по городу, носил за ним корзины, ждал, пока он переговорит с соседями да знакомцами о делах городских да о своей торговле.

Домашняя прислуга из бывших невольников, кто принял ислам, по вечерам сидя во дворе у открытого камелька, попивая хозяйский кофий и наслаждаясь кусочками жареной козлятины, осьминога да каракатицы, много рассказывали мне о жизни своей. Но жалоб в этих рассказах было немного. Больше мне вопросов задавали. Удивлялись, как я выжил и не понимали, почему я не хочу мусульманином стать. Поскольку без веры в Аллаха ты остаешься в рабстве, и по их мнению, это не жизнь. Я на такие вопросы отвечал, что, по моему разумению, вера в Господа нашего Иисуса Христа душу очищает лучше, а за это и рабство потерпеть какое-то время можно.

Перед новолунием по дому сборы начались. Собирали хозяина в его поход вглубь материка африканского. Этот поход здесь сафари называют. Идет туда отряд человек в двадцать арабов отчаянных, до зубов вооруженных опытом, ружьями да ножами местными длиной в пол нашей сабли и в два раза ее шире. Панга называется. С ними вместе идут еще человек пятьдесят носильщиков из прибрежных племен или из невольников и прислуги хозяйской. В этот отряд вошел и я, поскольку силой и выносливостью меня Господь не обидел, да и опыт в охранных делах у меня был. Норов покладистый я в странствиях своих приобрел и начал жить по принципу: в каком народе живешь, того обычая и держись.

Здоровых мужиков здесь немало, но я и лицом был бел, и волосами светел, то есть как есть пугало по местным понятиям, у которого кожа, как они считали, по цвету брюхо дохлой рыбы напоминает. Эта белая кожа особенно у местных какую-то брезгливость, а чаще жалость ко мне вызывала, поскольку я на солнце обгорал сильно и кожа на мне облезала и шелушилась по первоначалу, а потом только потемнела. Слава Богу, что я аж на голову выше всех остальных по росту и в два раза могутнее, так что все эти «грехи» мне прощались за непохожесть мою на остальных.

Будем считать, что и в невезении бывает везение. Кстати, на счет могутности. Сила силой, да как в народе говорят, была бы спина, а кнут найдется. Потому я, получив в свое время немалое количество побоев, решил хитростью увечия избегать и какое-то время гнуть спину перед моими новыми хозяевами, которые, по совести говоря, не очень-то ее и гнули, а просто работу требовали, хотя не всегда с уважением.

Хоть и приглядно на Занзибаре было. Было так сказать на что глаз положить, а в душе все равно кошки скребли. Нашего российского простора, воли не хватало. Но как-то иду я по портовой набережной Фородани со своей корзинкой, смотрю, идет на меня ватага матросни с хранцузского корабля, что невольников с континента на острова возил. В сильном таком хорошем подпитии робята.

Я не знаю, где они на Занзибаре хмельное зелье нашли, видно, еще на корабле приняли. И я так понимаю, что с согласия капитана. Стало быть, у них какой-то праздник. Увидели они меня, загалдели чего-то по-своему как грачи по весне.

Окружили и кричат: «Ноэль! Ноэль!» А потом они, видя, что я хоть и белый, но сути их балагурства не понимаю, стали мне по-аглицки втолковывать: «Кристмас! Кристмас!» Ну это я понял и стало мне стремно и горько, что я про Рождество забыл. А ведь в Индии я его справлял.[34]

Как-то отмотался я от них, похлопал их по плечам, улыбнулся им, правда, кисловато. Они пошли своей шаткой, но веселой походкой дальше своей дорогой, а я продолжил свой путь по хозяйским поручениям. Вечером вернулся я домой, разобрался с мешками да корзинками, подмел двор, натаскал воды из колодца в хозяйские большие каменные чаны, в те, из которых они для себя воду берут и в те, которые для скотины, и полез по лестнице на крышу на небо и вдаль смотреть. А крыши на занзибарских домах самое приятное и полезное место. Там на солнце и морском ветру и рыбу с мясом вялят, и белье сушат, и скарб домашний проветривают. А чаще просто сидят, на море смотрят да кофий пьют. Залез я на крышу и пошел мимо всякого барахла, на крыше разложенного, в то место, откуда море лучше смотрится. Огляделся вокруг и стало мне опять грустно.

Махнул рукой, положил на камень крыши пустой куль рогожный. Сел на него, ноги с крыши свесил. Сижу как филин на суку. Глаза в никуда вперил, голова пустая. Но по-тихоньку стал приходить в себя.

Дело к ночи. На улице все еще шаги, разговоры неразборчивые слышатся, где-то издалека муэдзины к ночной молитве правоверных призывают. А я сижу, как завороженный, ничего не слышу. Вижу только, что передо мной море, уже темное, как наступающая ночь, и разрезает его широкая яркая лунная дорога.

Ночи на Занзибаре, знаете, такие темные, какие только себе можно вообразить. А коли луна новая, то и ее света не хватает,

---

[34]   Во времена странствий Ефремова католическое и православное Рождество совпадали.

чтобы осветить этот заросший пальмами и гвоздикой остров. Но хоша и темные эти ночи, но претеплейшие и премягкие. По небу звезды как лампадки навешаны, а по низу темнота такая густая, что кажется, что словно в ней кто-то тебя шарит и трогает.

Устремил я свой взор на небо и все жду знамения какого-нибудь для меня на манер звезды Вифлиемской. Богу свои мольбы направляю о свободе и возвращении домой. И, видно, дошла моя молитва. Как по приказу Божьему посыпался сверху в море звездный дождь.

Перекрестился я, поздравил себя с Рождеством Христовым и прям почувствовал за своей спиной дыхание ангела-хранителя своего. И в хорошем настроении спустился я во двор по лестнице скрипучей, а там пошел к себе в пристройку, а точнее в сарай, где по соседству с моей кельей стояли ослики да козы. Повалился я на тюки с соломой и заснул крепким сном без сновидений.

ГЛАВА IX

Сафари к Великим Озерам африканским

*С отрядом работорговцев Филипп идет вглубь Африки
до Великих Озер и по дороге видит много интересного.
Дикие звери. Тропический ливень. Нападение обезьян.
Разлад. Тоска.*

*Декабрь, лета 1781 от Рождества Христова -
Январь-февраль, лета 1782 от Рождества Христова.*

К восходу следуюшего дня нагрузили я и еще трое дворовых
людей корзины свои разной разностью нужной в походе,
взвалили их на плечи и по улице Шангани, а потом Сокомохого
пошли за хозяином и его охраной в порт, на набережную
Фородани, где собирался весь наш отряд. Моряки из команды
доу уже на борту были. Погрузились мы на лодки и погребли
к огромной доу-фелюге арабской, которая была больше, чем

любая из тех, что я видел до того. Матросы подняли парус, и поплыли мы через пролив Занзибарский на юго-запад. Во второй половине дня прямо по курсу корабля объявилась маленькая рыбацкая деревушка Мбва Маджи. В этой деревушке Джума Набхани хотел навестить своих родственников, которые там держали небольшую торговую факторию.

Селеньице это расположено в красивой тихой бухте. Моряки арабские ее называли «Дар эс Салам»[35], что по-русски означает «Бухта спокойствия». Погостили мы там день, а потом вдоль берега поплыли на север в городишко Багамойо, что в переводе с суахили означает «прощай, сердце». И назвали его так, видимо, невольники, которых отсюда в рабство увозили в Аравию да на острова в Индийском океане.

Мне этот городок, скорее, большой, но обустроенный поселок, понравился. Аккуратный такой. Домики небольшие, но складные. И порядку больше, чем в Ламу. И это все опять же по торговым причинам. Сюда с материка африканского, а точнее из глубинки Восточной Африки товары разные привозят, но самый ходовой здесь товар - это те самые невольники, которых изо всех мест в Багамойо сгоняют, а потом на Занзибар везут, чтоб дальше в неизвестные страны в рабство отправить.

Выходя на берег увидел я знакомую картину. Скованых цепями рабов тычками грузят на плоты да нгалавы. Причем к удивлению моему было много и тех, кто и без цепей добровольно шли навстречу своей несчастной судьбе, то есть пока в трюмы доу арабских, а дальше - кто знает.

Напихивают их на корабль бессердечно, как тюки с товаром, как селедку в бочку так, что ни сесть, ни лечь. Вздохнул я от переживания за этих несчастных, пожалел и тех, кто в рабство по своей воле, а точнее, по глупости подрядились. Тут как раз

---

[35] Сейчас это город с миллионным населением. До объединения с Занзибаром и создания Объединенной Республики Танзания Дар эс Салам был столицей Танганики.

кстати я вспомнил, что и сам невольник и у меня работы много, которую надо делать. А не справишься с этой работой к сроку, то кнутом, а то и дубинкой по спине помочь могут.

На песчаном берегу разложили мы свои пожитки. Дождались когда утром пришло к нам человек тридцать носильщиков из местных прибрежных племен. Навьючили мы на свои и на их спины корзины с продовольствием, аммуницией разной, цепями-кандалами и другим нужным в такого рода походе снаряжением. С восходом солнца, которое светило нам прямо в затылки, отправились в саванну, каждый по-своему думая о том, что уготовили нам грядущие дни.

Как мне сказали, идем мы к вождю какого-то племени, который воевал с соседом, победил и запасся для нас людским товаром. И идти мы будем мерным шагом примерно неделю. Что, по моим тогдашним понятиям, не такая уж и дальняя дорога. Конечно, у этого вождя и другого товару можно было много купить. И дерева черного, и золота, и каменьев драгоценных, и кости слоновьей. Но людской товар тем и отличается, что он своим ходом за хозяином идет. Нести его не надо как огромные бивни слоновьи, которые человек может только по одному на плечо взгромоздить.

Я нес на плечах мешок с припасами. Но поскольку я мнил себя еще и охранником Набхани и расчитывал, что в этом качестве он ко мне благоволить будет больше, то попросил также, чтоб дали мне либо ружье или копье с пангой[36], чтобы на случай встречи с хищниками или людьми лихими я мог отбиваться вместе со всеми. Я мыслил, что ружья мне, конечно, не дадут. Но и от копья не хотел отказываться, хоть по правде говоря, с копьем обращаться не умею, поскольку я с ружьем знаком больше.

---

36 Панга — африканская разновидность широкого плоского и длинного ножа мачете. Используется главным образом для прорубания дороги в кустарнике, рубки тростника и т.д.

Начальник каравана, Юсуф Химиди, человек с холодными пронзительными глазами на темном, обветренном африканскими суховеями, сухопаром лице, в ответ на мою просьбу посмотрел вопросительно на моего хозяина Джуму Набхани, а потом на меня со своей жутковатой улыбкой, сунул в руку пангу и сказал, что ждет от меня спасибо и за это.

Спасибо, конечно, надо было бы ему сказать. Хоть пангу дал, и то слава Богу. Другим невольникам оружия вообще не полагалось. А мне, поскольку здоровьем вышел и в доверии у Набхани был, все-таки хоть тесак, но выдали. Ведь, действительно, не корзинкой же мне при случае отмахиваться от львов, какого другого хищника, который мог из слоновьей травы на наш караван выпрыгнуть, или, не приведи Господи, от какого-нибудь лихого, разбойного человека из племен, по землям которых мы проходить будем. Поблагодарить надо было, конечно, но я почему-то промолчал.

И вот идем мы по холмам африканским, покрытым изумрудной зеленью. Начальник каравана и мой хозяин идут ходко, слуги их с зонтиками за ними еле-еле поспевают. Караван наш растянулся чуть-ли не на полверсты. А я отмериваю шаги в хвосте каравана и смотрю по сторонам.

Пальмы, которые растут только на побережье, уже давно перестали попадаться. Перед глазами была зелень. То темная от кустарников, то изумрудная от травы, росшей по склонам холмов. То там, то здесь эту сплошную зелень нарушали прогалины. Сквозь эти прогалины высвечивалась красная африканская земля.

На второй день пути холмы кончились и окрест раскинулась ровная степь с выжженой солнцем золотой травой, с темными пятнами колков[37] кустарников, нарушавших монотонность этой степи, которую здесь называют «ньика». В тени этих колков паслись небольшие стада. Тут и там стояли деревья, которых я

---

[37] Колок — группа отдельно стоящих деревьев или кустарников.

и в Индии не видел. Они были похожи на хорошо сколоченные бочки с толстыми, в шесть обхватов, стволами и с тонкими ветвями, на которых висели странные плоды. Эти деревья спутники мои называли мбуйю или баобабы.

Кроме них много в степи было акаций с кронами, как бы постриженными снизу весьма ровно. Так что выглядят они как исполинские грибы маслята. Я сам догадался почему они плоские внизу. Собственными глазами видел как объедают их на одной высоте какие-то антилопы с широко расставленными ногами и с шеями такими длинными, что они могли бы и конек на самой высокой деревенской избе разглядывать, как говориться, лицом к лицу. По-аглицки их жирафами называют, а носильщики-африканцы на своем языке - твига.

Шкура у этих жирафов вся в красивых темно-коричневых пятнах, обрамленных белыми полосками. Пятна словами описать трудно, поскольку все они разные по размеру и по рисунку. По пятнам жирафов этих делят на две породы, но я большой разницы не увидел. Любопытные эти твиги до невозможности, но и осторожные. Стоят в стороне от дороги и глядят своими красивыми коровьими глазами, а вспугнешь - бегут да так складно, что смотреть приятно.

Особо хочу рассказать о слонах местных. Я в Индии по джунглям не ходил, только прирученных слонов видал. Поражался размером их, трудолюбием и миролюбием, как они со своим махаутом[38] ладят. Но африканский слон меня удивил не размером, хоть он и поболее индийского слона будет, а тем, что пасутся они там целыми стадами, чего в Индии мне увидеть не пришлось. Стадо слонов в Африке обычно голов двадцать-тридцать, а то и пятьдесят насчитывает. Во главе стада стоит самка, самая мудрая и опытная из них всех. За ней идут молодые самцы, и самки, да и детеныши с ними по саванне бродят.

---

[38]   Махаутами в Индии называют погонщиков слонов

Самцы слонов бродят больше в одиночку. На вид степенные, некоторые огромного размера, намного больше индийских будут. Но степенность их как рукой снимает, если они опасность почуют. Ушами хлопают, ногами топают, хоботом своим размахивают да трубят как трубы Иерихонские. А бивни у них огромные, хотя часто бывают со щербинами, а то вообще один может быть посередине сломан. Видно частенько приходится им этими бивнями деревья ломать, зверье всякое, а то и охотников от себя отгонять да отпугивать.

Слоны вообще не такие уж миролюбивые, как я думал, скитаясь по Индии. Здесь я понял, что если слонов затронешь, тогда держись, неприятель. Всем стадом они во главе с вожаком на противника набрасываются и затаптывают его, и клыками протыкают до смерти.

Что зверье, против слона ни одному зверю, даже львам, не повадно. И людям иногда круто приходится. Я видел деревни, вытоптанные этими великанами. Видно, жители этих деревень не потрафили слонам, гоняли их со своих огородов да пашен. Слоны это запомнили, а память у них хорошая, вот и отомстили. И отомстили серьезно. Так что никто им не указ, никого они не боятся.

Однако, больного слона, если его до кладбища слонов стадо не успевает проводить, и по какой-то причине оставляет посреди саванны, львы еще могут загрызть. Но я о таком случае только один раз слышал. Старые слоны уходят умирать на кладбище свое слоновье. Умерших слонов степные падальщики - гиены, шакалы да стервятники всякие, в одночасье обгладывают. К слонам, которым удалось на кладбище умереть, стадо приходит раз в году, даже когда от стариков умерших одни кости остались. Стоит слоновья родня, головами мотают, хоботами своими печальные стенания исторгают. Словом, помнят и поминают своих усопших.

Мы прошли мимо такого одного слоновьего кладбища и я своими глазами видел все это. До сих пор голову ломаю, как они знают, куда им идти помирать, и почему их потом родня не забывает. Ума не приложу. Ведь даже не все люди о своих покойных помнят.

Есть тут и другая животина. Я назвал ее «водяным боровом», а местные его «кибоко»[39] называют. По весу он почти как слон, только ноги короткие и хобота нет у него, одна пасть огромная. Среди носильщиков были те, которые по-аглицки говорили. Они этого зверя называли «гипопотамом» или «бегемотом», прям как по Библии[40].

Живет он в болотах, в реках и в озерах, на вид смешной, толстый, как дюжина боровов. Когда в воде рот открывает, его клыки и пасть огромная, конечно, немножечко пугают, но когда вроде как в неподходящее время он хвостом как вертушкой вертеть начинает, чтобы разметая свой помет запахом территорию обозначить, то без смеха на это смотреть нельзя.

Однако, местные говорят, что от него людям опасность больше, чем от крокодилов. Крокодил одного-другого с берега может стащить, конечно. Жалко. Но эти кибоко-бегемоты любят лодки переворачивать многоместные, принимая их снизу за соперников своих, которые в его владения вторглись. В большой лодке, почитай, до дюжины человек порой умещается. И кибоко эти, перевернув лодку, пока всех, кто в воде оказался, не перекалечат и не убьют, не успокаиваются. А такие случаи при переправах через реки и озера бывают часто. Вот и подсчитайте.

Зверья здесь полно всякого. Есть огромная, размером с быка, толстая, на вид неуклюжая скотина. Только не в шкуре, а как бы в кожаные латы закована на толстых ногах, а вместо двух рогов у нее один толстый рог и не на голове, а прямо как на носу. Я бы

---

[39] Кибоко - на языке суахили - бегемот. Из его кожи делали плетки, которыми погоняли и наказывали рабов. Эта плетка также называлась кибоко.

[40] Ефремов, видимо, имеет ввиду упомятутое в Библии мифологическое существо, демон обжорства и чревоугодия.

их носорогами и назвал, поскольку ученого названия не знаю, а местное имя для них кифару я так и не принял. Так как по моему понятию, кифара - это слово для обозначения греческих гуслей. У этой скотины-великана по бокам кожа на броню похожа. Кроме того, она подслеповаты, но запахи улавливает знатно, особенно когда беда к ней с наветреной стороны приближается. За версту опасность унюхивает. А если рядом с носорогом детеныш пасется, то у него и внимания, и злости в два-три раза прибавляется. Его тогда даже буйволы местные - «ньяти», огромными стадами вытаптывающие саванну, стараются обходить на своем пути.

Львов здесь полно, но днем они смирные, как кошки домашние, только не ластятся. Их не тронешь, они на тебя и смотреть не будут. Но ближе к вечеру и ночью это самый опасный зверь. Как солнце начнет садиться, так рев льва, выходящего на охоту, за много верст слышен. Лев-одиночка, конечно, охотник неплохой, но самые добытчицы - это львицы, которые охотятся ватагой. Если у львов еще неудачи в охоте бывают, то львицы без добычи на свое лежбище не возвращаются. Ничего не поделаешь, выхода у них другого нет, надо кормить львят маленьких да и львов неудачников.

Львы, на отдыхе здесь конечно, - заглядение. Обычно спят они прям под деревом. Но, хотите верьте хотите нет, я собственными глазами видел как они на деревьях на отдых располагаются. Хотя им это делать лень но все таки они вскарабкиваются и делают это очень смешно. Лапы свешивают с веток, урчат, прямо наши кошки-мурки, только размером в десять раз больше.

Много здесь диких вепрей с клыками загнутыми, шибко на наших кабанов похожи, только помельче и по покладистее будут. Свирепости в них нету. Бегают они довольно быстро и пасутся поближе к местным лошадям. Лошади здесь малорослые, полосатые, пугливы до невозможности. Бродят по саванне стадами маленькими. Но, когда суховеи начинаются, то собираются они в огромные орды и кочуют неделями из сухого района в тот, где есть вода и трава позеленее. По-аглицки их кличут зебрами, а носильщики называли их по-местному «пунда милиа», что значит «осел полосатый».

Один зверь меня аж напугал, поскольку шибко-сильно на дьявола похож. Морда у него не то бычья, не то звериная, волосами и бородой вся обросшая, с рогами как у дьявола, а тело вроде как лошадиное, цвета черного. В саванне их много, они тоже все больше около лошадей этих, которые зебры называются, околачиваются. Но все равно держатся отдельными группами. Имя этим зверям гну. Это имя я сразу запомнил.

Из птиц меня больше всего удивили индюки с длинными шеями и на длинных ногах с острыми коленками. Ростом они выше меня, а бегают так, что никакой заяц их не догонит. Но не только это мне бросилось в глаза. Перья у них пушистые да красоты необычайной. Местные их себе для украшений используют. В основном мужики на праздники. Яйца этой птицы имеют толстую белую скоролупу, которую туземцы употребляют как сосуды, оплетая ее снаружи веревками, свитыми из растений.

Идти в караване удобно только потому, что в какой-то момент мысль начинает работать самостоятельно, а ноги несут тебя сами по себе. И вот так я шел, рассуждая про себя о том, сколько же все-таки Господь Бог зверей разных сотворил, и как они вместе в этой насквозь прожженой солнцем саванне уживаются. Не так как люди, которым всегда что-нибудь у соседа не нравится.

Шел я шел, обо всем думал. А вот про дождик я совсем забыл. И обрушился он на нас как снег на голову. И какой! Посреди недели яркое голубое небо вдруг неожиданно потемнело, и по залитой светом золотой африканской степи стали носиться черные тени от темных грозовых облаков, собиравшихся в небе на горизонте, и которые порывы ветра несли прямо на нас. Солнце сквозь темень облаков еще пробивалось на землю, но тучи сходились плотнее и плотнее и скоро стало темно как в сумерках.

Юсуф Химиди громовым голосом, странно звучавшим из уст в общем-то небольшого сухопарого человека, начал кричать команды остановить караван и сооружать из рогожи и парусины укрытия. Носильщики и охрана тоже засуетились: «Мвуа, - кричат, - мвуа!» Быстренько соорудили палатку для Набхани и занесли туда ружья, порох и другую аммуницию, чтобы она не намокла. Грузы же мы свои разместили на пригорке, стали накрывать их покрывалами рогожными и парусинными, что у нас были запасены.

Едва успели свой товар накрыть, как эта самая «мвуа», что как оказалось, означает дождь, и обрушилась на нас. Сначала капли дождя были крупными и редкими, но громко стучали по земле и больно по нашим головам и телам. Так что не укрывшись можно было и синяки огрести. Тем более, что с каплями падали и градины величиной с большую горошину. Все это уже говорило о том, что начинается ливень. Но такого потопа, в котором мы оказались, я даже в Индии не видал. Мне почудилось, что местные боги поливают нас водой из ведер, а оглушительный грохот грома и сверкание ярких молний - это их хохот и белозубые улыбки.

Из-за сплошной пелены дождя можно было видеть перед собой только на расстоянии десяти саженей. Водяные струи под порывами ветра наискосок сильно били по лицу, по мокрой одежде, как будто кто-то нас стегал в бане веником. Вокруг в степи заглох последний топот копыт табунков зебр и гну, которые нашли себе убежища под акациями или закрывались от ветра с дождем за широкими стволами баобабов. Тучи заслонили от нас божий свет. Казалось, что вечер, неожиданно начавшийся в полдень, с минуты на минуту принесет нам ночь.

Но ливень продолжался недолго. Сезон дождей еще не наступил. А то, что мы испытали, была обычная для этого времени в Африке гроза, которая редко длится больше часа.

Ветер прогнал тучи, и вновь засветило яркое солнце, которое и не собиралось уходить за горизонт. В степи заголубели лужи, отражавшие высокое бирюзовое и теперь уже безоблачное небо. Гну, зебры да антилопы всякие, стоявшие полчаса назад как мокрые курицы, стряхивали с себя оставшуюся на их шкурах воду, и разбрызгивая лужи начали весело разбегаться в поисках свежей травки.

Мы тоже начали разбирать свои пожитки. Начальник каравана человек был опытный. По его команде бивак был разбит на холме. И вода из разверзнувшихся хлябей небесных стекала вниз без большого ущерба для каравана и грузов. Товар наш шибко не пострадал да и мы тоже, вначале испугавшись молний и громовых раскатов, потом поняли, что этот дождь для нас был как бы непрошенной благостыней. Мы смыли с себя дорожную пыль и даже повеселели. Усталость ушла в область воспоминаний. Стряхнув с себя воду как гуси, мы опять цепочкой в два ряда пошли на запад в африканскую глубинку.

Еще одно малоприятное происшествие окончательно уверило меня в непредсказуемость саванны. Ты ожидаешь опасность с одной стороны, а она приходит с другой, откуда ты ее совсем не ждешь. И эта опасность вначале кажется смешной оказией.

Так вот, в этот раз проходя мимо красивого кряжа каменистых холмов Лугбара, начальник нашего каравана сделал остановку на дневную молитву и чай. Мусульмане расстелили свои коврики для молитв, стали на колени и начали совершать свой намаз в три раката[41]. Нам же инаковерующим было самое время отдохнуть, растянуться на жесткой, но приятной траве и ждать, когда повар раздаст миски с похлебкой.

Я воспользовался возможностью побыть одному. Отошел от каравана и забрался на довольно высокий с плоской вершиной валун, откинулся головой навзничь и стал смотреть на белые

---

[41] Ракат — цикл мусульманских молитвенных формул, сопровождаемых ритуалом молитвенных поз и движений.

облачка, которые выплывали из-за окружающих нас скал и бежали друг за другом по бескрайнему небу, тая на горизонте над бесконечной саванной. Прикрыл на секунду глаза, втянул в себя носом свежий, пропитанный запахом степных трав воздух и собрался прикорнуть чуток, но тут опять раздался крик.

Я поднял голову и с высоты своего валуна увидел, что со склона холма, кувыркаясь и визжа, на лагерь, а точнее говоря, прямо к месту, где нам еду стряпали, бежит стадо обезьян с собачьими мордами и красными задами. Впереди бежал огромный самец ростом с самого большого кобеля. За ним бежали другие самцы и самки, у которых на плечах или под брюхом сидели и висели детеныши. Обезьяны хватали, что плохо лежало, а на тех, кто пытался их отпугнуть, окусывались с каким-то странным тявкающим лаем. Всего в стаде было голов пятьдесят, но шуму и гвалту они наделали полно.

Спрыгнув с камня и вернувшись в лагерь я в разговорах со спутниками было начал умиляться озорству обезьяньему и со смехом показывал пальцем на красные задницы убегающих самцов. Но собеседники мои почему-то не смеялись. Понял я почему только когда обезьяны, переполошив наш лагерь и переворошив кухню и запасы провизии нашей, исчезли. Мы могли, собрав пожитки, снова продолжить свой путь. Но Юсуф Химиди пока такой команды не давал.

Я увидел, что у многих носильщиков на руках и ногах были рваные ранки и укусы от обезьяньих зубов. Они протирали их какой-то жидкостью. Я спросил у своего напарника, с кем я шел рядом в цепи каравана, что так они суетятся из-за каких-то царапин. И получил печальный ответ, что обезьяний укус неглубок в тело, но глубоко ранит здоровье человека. От обезьяних укусов немало людей нехорошей преждевременной смертью умерло.

По рассказам караванщиков, от укуса обезьяны зараза такая проникает в организм, что человек в течении года высыхает весь, кожа да кости остаются, и что от этого человека зараза другим передаваться может через слюну или через ранки на руках и других каких частях тела. Хоть и не проказа это, но от людей с такой заразой народ тоже сторонится и шарахается.

Несколько человек склонились над поваренком-малолеткой по имени Хамиска - племянником нашего повара. Он сидел на камне весь в слезах и показывал всем свою разодранную ногу с почти перекусанной костью. Из страшной рваной раны сочилась кровь. Охранники, окружавшие поваренка, молча переглядывались и тяжело вздыхали. Ноге поваренка, как я мыслил по их лицам, уже никакие знахари с их мазями не помогут. Сколько он прохромает с такой ногой сказать было трудно.

Джума Набхани и Юсуф Химиди сошлись лбами по поводу Хамиски. Хозяин хотел поваренка оставить в соседней деревне. Отлежаться ему, значится, раны залечить. А на обратной дороге забрать. Химиди же настаивал, чтобы поваренок по дороге раны залечивал: «Отряд кормить надо. А повар один может не справится. Голодный отряд в саванне не нужен и обессиленный даже пропасть может». До того они надсаживались в споре, кто из них правее и в пути главнее, что до ора дошло. Когда Набхани уж совсем на Химиди окрысился неподобной разной бранью, что тот дескать его приказы в грош не ставит, начальник каравана махнул рукой и, сверкнув глазами на хозяина, отошел к своим караванщикам.

В общем, Набхани отдал приказ, и понесли мы Хамиску на плечах до ближайшей деревушки, что попалась нам по пути. И там оставили. Жалко нам было поваренка. Он был любимец всего каравана, потому что он был хоть и озорной, но общительный и добрый малец. Никому не делал зла и пайки наших похлебок, разлитые его половником, были всегда больше чем положено. Добавок мы почти не просили...

И злились мы не только на обезьян, но и на людей, которые место для бивака выбирать не стали, а остановились где попало. За что мы и поплатились. Будучи при всем, разгильдяйством и небрежением своим не уберегших наш караван от тварей человекоподобных. В ссорах только о своем верховенстве пекшихся.

Короче, смешные обезьяны только в балаганах скоморохов-потешников есть. В природе же некоторые породы обезьян, как например вот эти бабуины, как есть зверь, так эта тварь зверем и остается. Конечно, если ее не трогать, то и она не тронет. Но бывает на них такой кураж находит, что сначала весело носятся они по склонам холмов и между скалами как угорелые, а потом ни с того ни с сего то между собой какую склоку учиняют, то на путников нападают всей стаей.

К саванне я так и не пристрастился. Близко ли далеко, низко ли высоко, но чужая она какая-то. Особливо по вечерам. Сидишь, смотришь на кровавый закат, заливающий алым светом степь, на заходящее красно-желтое и уже неяркое солнце размером в полгоризонта, а на нем черные тени деревьев. И домой хочется... Тоска на душу ложится.

Да и днем, даже на привале, когда кажись и погода хорошая стоит, все равно как-то неуютно. Жарынь, в лагере тихо, носильщики и охрана спят, а я голову на тюк с поклажей положу и гляжу на эту проклятую саванну. Раздолье широкое. Простор - краю нет. И в одну сторону и в другую - все одинаково. Знойный вид, жестокий. Травы слоновьей этой ростом с взрослого человека - буйство. Она как золотое море волнуется и по ветерку запах несет. Пахнет вспотевшим зверьем, что от солнца под акациями спрятались, и травами какими-то колдовскими. А солнце отливает и жжет, и саванне этой словно жизни моей тягостной, нигде конца не предвидится. А глубине тоски дна нет.

ГЛАВА X

Встречи по дороге

Необычные люди и их обычаи. Ефремов вновь отмечает для себя гнусность работорговли и необходимость любыми путями вернуть себе свободу и вернуться домой в Россию. Филипп сходится со спутником по сафари, как и он попавший в рабство обманом. Снова Багамойо. Неожиданная смерть Химиди. Уговор Ля Биша с Одулем.

Январь-февраль, лета 1782 от Рождества Христова

Много деревушек маленьких мы прошли, вокруг которых огороды, где разные местные фрукты-овощи растут. Главным образом, клубни какие-то продолговатые, папайя да бананы. Много вручную вспаханной земли, на которой они сажают маниоку, просо, сорго и так далее. Земледельческий народ здесь улыбчивый, и если их не обижать, то они к путникам всей душой, особенно если их меньше, чем самих путников. Земля эта разноплеменная, но языки у этих племен похожие. И хоть для каждого племени названия разные, языки, на которых они говорят, отличаются не очень и обозначаются общим словом - банту. Но прибрежный язык суахили, хоть там наполовину арабских слов, тоже почти все понимают.

Окромя этих попадались нам поселения другого народа. Народность эта - масаи. Говорят они на языке совсем на другом, от банту полностью отличающимся. Племена банту язык их не понимают. Не принимают они и уклад жизни этих бродяг-кочевников. Если банту земледельцы, то эти - скотоводы. У банту хижины из ветвей и тростника в основном сделаны, а у этих халабуды из глины с соломой слеплены.

Проходили мы мимо их поселений, бома называются. Сразу их и не увидишь за слоновьей травой, потому как это поселение - всего лишь несколько глинобитных хибар формой каждая как буханка черного хлеба. А высотой не выше человеческого роста. Обнесены они высоким забором из колючих веток акации. И через этот тын ни скот в саванну без пригляду не уйдет, ни лев с леопардом не перепрыгнут, чтобы скотом или человечиной поживиться.

Жители в этих деревнях высокие, худые. Живут они родами. С другими племенами если и общаются, то в основном либо продают, либо отнимают у них скот. На лицах улыбок нет, одна строгость. Все ходят с копьями да со щитами. Одеты в красные либо синие покрывала - рубега, а в руке дубинка-палица. Рунгу называется. Делается эта дубинка с выдумкой. Ветку дерева-акации разрезают, в разрез камень вставляют. Через определенное время камень деревяшкой обрастает, и на конце этой ветки как бы набалдашник получается. Потом ветку так срезают, что выходит дубинка как небольшая палица.

Главное занятие у них допрежь всего остального - выпас скотины и охрана ее. Вот они уж действительно скотоводы. Стада у масаев большие, коровы с характером, пасти их непросто, а оберегать от зверей или от соседей недружелюбных еще сложнее. Вот они такую воинственность и строгость и приобрели.

Попадались по дороге нам стада козьи да коровьи, которые пасут по два-три местных пастушонка. Сами они босые. Всей одежды у них - только что кусок ткани через плечо перекинут, на талии перепоясаный веревкой. На той же веревке в кожаных ножнах длинный кинжал висит в домашних кузницах кованый.

Кроме того, у всех у них сбоку кожаная баклажка с каким-то питьем приторочена, и они к этому питью время от времени, но не часто, прикладываются. Силы восстанавливают и жажду утоляют.

Я сначала удивлялся, как они в безводной почти саванне ориентируются и что пьют, потому что не всякая вода в саванне к питью пригодна. Но верите или нет, своими глазами видел, как они в посудину из тыквы - калебас или в баклажки из кожи наливают молоко. Потом вскрывают ножом вену у коровы и это молоко с кровью коровьей смешивают, а чтобы оно не свернулось сразу на жаре и на солнце, добавляют туда немножко мочи. Вроде как тоже коровьей, но может даже и своей. Пробовать ими изготовленный напиток мне было стремно. Я решил себе такой напиток сам сделать под их наблюдением, и с их молоком и кровью, остальное свое. Очень мне захотелось понять, чем же народ перебивается в саванне для питья и для питания. Честно говоря, мне не понравилось, но как говорится, захочешь жить и такое употребишь.

Побывал я в одной из масайских бом. Хозяин мой, Джума Набхани, послал меня с товарищем мяса купить. Зашел я и в саманную лачугу ихнюю - енкангу. Мрак, темно, хоть глаз выколи. Пара лучиков света сквозь щели в стене пробивается, и все. Молодняк скота с людьми в одном помещении. Мух и других насекомых несчитано, так что я руками махал как мельница, все от оводов отмахивался. А они люди привычные, насекомых и не замечают даже. До того доходит дело, что у них в глазах мухи яйца откладывают, и у многих проблемы с болезнями глазными. Бельмы и другое прочее.

Вождей у них, как у других племен, не имеется и управляется народность эта по разным местностям, где они кочуют, советами старейшин родов.

У масаев родов тьма. У каждого рода свой тотем, священный знак, значит. Между родами сложная система связи, так что не каждый род с другим породнится может через женитьбу или замужество. Считают, что если они без понятия начнут друг с другом родниться, то племя может вымереть от неправильных, не приведи Господи почти семейных браков. Поэтому часто берут они себе в жены девушек не из масаев, а из соседних племен банту - кикуйю, ньямвези, гого или еще каких. Разных племен в этих краях полно, говорят, что больше сотни народностей.

Отличить роды масаев внешне очень трудно но они как то отличают наверно по каким то только им известным признакам может еще по цвету покрывал на плечах да по рисункам на щитах. Молодежь как зрелого возраста достигает, так им обряд посвящения устраивают у горы Элгон, после чего они становятся молодыми воинами - моранами. Скитаются они группами по саванне, промышляя, чем Бог послал, опыта военного набираясь.

А ежели какая свара между родами или с другим каким племенем произойдет, то выбирают они ленану - вождя боевого, только на время какой-либо кампании. И этот вождь моранов и взрослых масаев в отряд объединяет, и идут они за обиду мстить, скот у соседей угонять или свой возвращать. Масаи народ такой, что в рабстве я их никого не видел, предпочитают смерть. Горой друг за друга стоят. Если какое на них племя нападает, то масаи свои межродовые обиды откладывают и все вместе врага отбивают. Конечно, иногда и между семьями свары происходят. Но главным образом из-за пастбищ или из-за того, что скот не поделили. Чаще всего причинами раздора становятся водопои.

Когда масай не в боевом расположении духа, он на копье шарик из страусиных перьев накалывает, чтобы видно было, что он не воюет ни с кем. Бабы у них головы бреют, а мужики наоборот, в косички волосы заплетают да красной глиной обмазывают. Что может и правильно, потому как глина от солнца да и от заразы какой голову защищает.

Бывалые спутники из грамотных да знающих сказывали, что масаи эти откочевали в Восточную Африку от истоков великой африканской реки Нил, и поэтому племена, родственные масаям и говорящие на сходных языках, нилотами называются. Больше того, некоторые бают, что эти племена чуть ли не от римских легионеров происходят, которые вглубь Африки из Египта к истокам Нила по приказу Кесаря римского дошли аж почти тыщу лет назад. Лично я на этот счет большое сумление имею, потому что не всем в нашем отряде можно было верить или даже доверять. Народ, в целом, выдумщики, да и не очень честный. Все это, конечно, от безысходной жизни.

Шли мы, занятый каждый своими мыслями, молча, только иногда охрана какие-то короткие песни напевала громкими пронзительными голосами. Как-то неожиданно саванна с ее слоновье травой кончилась и перед нами раскинулась, без конца и края, плоская, цвета пыли и кирпича, равнина, выжженная полуденным африканским солнцем. Во все стороны, пересекая эту равнину, бежали узкие протоптанные скотом, а может быть и диким зверьем, тропы. Только в дали, в дрожащем от жары мареве, виднелись призраачные купы деревьев. Мы прошли мимо одной маленькой деревушки из шести глиняных домиков. Я диву давался, как люди здесь вообще выживают. Ведь вокруг тянется однообразная, мертвая почти бестравная степь. А они живут и даже улыбаются. Но тянулась эта равнина, слава Богу, не долго, всего два дня пути.

На горизонте показалась деревня одного из вождей племени ньямвези, где у нас была договоренность насчет пленников и другого африканского товару. Там и сям в тени редко растущих деревьев прикорнули соломенные хижины. Как мне показалось, строятся они из золотистой местной травы, связанной в пучки. Крыши у них пологие, как наши купола на соборах, только во много раз больше и ширше. Если смотреть на них с расстояния, то они кажутся шарами, распиленными пополам и положенными на землю полукружьями вверх. Окон у них нет. С божьим светом одни двери их соединяют. Строится они должны по местному обычаю за один световой день, чтобы через недостроенную крышу или стены ночью туда не проникли злые духи. Поэтому строят они дома всей деревней так быстро, что и поверить нельзя. Как в наших деревнях - всем миром.

Остановились мы здесь ненадолго. Ничего вроде примечательного или удивительного. Стоят хижины, вроде почти такие же как у других банту-племен да и все. Но когда я внутрь одной из таких хижин заглянул то и обомлел и удивился, когда увидел, что некоторые ньямвези эти в качестве домашних животных огромадных змей - удавов держат.

Увидел я это конечно не сразу а только когда зашел я в этот дом. Испугался, конечно, а хозяйка этой хижины вместе с хозяином и детьми смеются над моим испугом. Объяснили они мне, что удав у них ручной и держат они его, чтобы мышей, крыс и другой нечисти в доме не было. Кроме того, по праздникам ньямвези с удавами на шее танцы танцуют. Все другие племена, глядя на эти танцы, удивляются смелости этих ньямвези. Потому как удав человеку шею может переломить двумя кольцами своего тела, вокруг нее обвившись.

Про этих питонов много я рассказов услышал. Однажды недалеко от этой деревни завелся один был такой большой питон, что разом целого козленка проглотил. Этого обожравшегося питона ньямвези отловили. Охотились за ним всей деревней. А он с набитым пузом и уползти далеко не мог. Самые отчаянные разможили голову питону длинными палками и вскрыли ему живот. Козленок выглядел как живой: и шкура и копыта. Питон даже жевать его не стал, хотя зубы у питонов, наверное, тоже есть.

А тем временем хозяин Джума поторговался с вождем и говорит: «Возвращаться нам рано, надо дальше идти. Невольников на обратной дороге захватим». Мы, конечно, удивились, поскольку не мыслили мы так далеко идти, но вспомнил я поговорку, что в рот закрытый глухо не залетит муха, поэтому промолчал да и другие тоже.

Пошли дальше в сафари. Как нам было сказано, дойдем мы до Великих Озер африканских и там основной товар возьмем. Не скажу, что уж очень утомительна была дорога, но попотеть пришлось. Ведь идешь с тяжелым грузом на плечах под палящим солнцем да еще и по непривычной африканской земле. Опасность отовсюду может подкрасться. И змея может укусить, и лев лапой из слоновьей травы может ударить, когтями в тебя впиться да потащить за собой. Слон взбесившийся или носорог с детенышем, или стадо буйволиное - тоже опасность немалая. Так что головой нужно было вертеть не ослабляя внимания. Чего греха таить, и местный народ мог на караван наш напасть да стрелами да копьями нас угостить, чтоб по их земле зря не топтались, а если и топтались, то мыт-налог платили бы вождю.

Короче, охране нашей забот и хлопот хватало да и мы тоже рот не разевали. С такими вот заботами и мыслями о свободе подошел я с отрядом к озерам. Озерами-то их кто-то по ошибке назвал, каждое озеро как море по моим понятиям было, не меньше. Берега где низкие, а где высокие. А на одном низком берегу, куда мы вышли, деревня стоит, Кигома. Здесь я еще один рынок невольничий увидел. Но лучше бы мне его не видеть. На Занзибаре рынок тоже радости взору не доставлял, но здесь похуже было. Невольников кучками перегоняли как скот от одного покупателя к другому в зависимости от того, кто за них больше предлагал. Это в основном были полоняне недавней войны между племенами. Сами понимаете, что злость на противника остывает не скоро, поэтому жестокость в обращении с ними, которую я увидел, я понял, но принять не смог.

Рассказали мне, что перед нашим приходом человека четыре пленника-яремника, которых в предыдущей межплеменной схватке поранили и в полон взяли, решили из плена бежать. Воины были отважные. Родились в этих краях, то есть места знали хорошо. Несмотря на ранение, и силушка у них оставалась, и имелась привычка к жизни африканской. Ну и вот, убежали они в саванну в надежде встретить кого-нибудь из своего племени. Но на второй день их поймали и при всем народе, распластанных, к забору привязали от жару солнечного помирать, чтобы другим неповадно бегать было.

Этот случай подтвердил мое мнение, что если уж этим убежать не удалось в саванне, то мне и подавно это не удастся. Меня не жестокость пугала, если меня поймают, а то, что раньше людей звери меня съедят и не увижу я родного края, а кости мои будут белеть на выжженной африканским солнцем земле. И уйду я в мир иной невенчанный и неотпетый. И грустно мне от этого до невозможности.

Единственное, что смягчало как-то смятения души моей это то, что работой нас пока не напрягали особо и кормили неплохо. Мяса жареного давали, рыбой озерной потчевали, плодов и овощей местных всяких для нас не жалели. Попробовал я и папайю, наверное, самый вкусный фрукт. Есть еще и такой фрукт, что на дыню колючую похож, но растет на дереве. Дурьян нывается. Вкус у него терпеть можно, а вот запах - как на скотном дворе. Но кое-кому этот фрукт нравился.

Полезнее всего как еда, да и по душе она пришлась мне - мухого, клубни которые на нашу картошку похожи, но длиннее и с более мучным привкусом. В нашем отряде ее кассавой[42]

---

[42] Кассава — корнеплод высокого кустарника, произрастающий и широко культивирующийся в Африке. В сыром виде клубни

называли. Больше всего, конечно, по вкусу мне подошла рыба, что в местном море-озере водится - выглядит как огромный окунь, размером с осетра, а по вкусу точно белорыбица или даже севрюга. Так что живот-то мы насыщали, а вот душу порадовать было нечем.

В нашем отряде мне легче всего общаться было с одним носильщиком, крепким хотя и невысоким, худым жилистым парнем с грустными глазами. Как и я он служил в доме у Набхани. Только я на скотном дворе и на посылках, а он на кухне. Но там мы с ним почти не общались. Мужик он был сам по себе. Друзей себе не искал. Хваткий, за словом в карман не лез, к хозяину относился с поклоном, но другим давить на себя не позволял. Имя у него было почти как наше Василий, но когда я вслушался, то понял, что зовут его не Вася, а Базиль. Базиль Ля Биш.

По виду, хоть и кожа была у него смуглая, на африканца был он не очень похож. А смуглость кожи у него была от скитаний под солнцем африканским. Он историю своей жизни со мной не обсуждал, но сказал, что на материк, в Африку он попал с расположенных в Индийском море- океане Сейшельских островов. По глупости своей попал, из-за завидущих глаз. Захотелось ему побывать на Занзибаре, подзаработать легких денег на торговле пряностями. Посадили его на корабль как пассажира, как и меня когда-то, а в итоге записали в рабство. Ну понятно, что по общности судеб мы с ним сошлись. Не скажу, чтоб сдружились, но доверяли друг другу.

Так вот, этот вот Базиль Ля Биш все меня к побегу подбивал, говорил:

- Когда вернемся на Занзибар через неделю, то к тому времени корабль туда подойдет знакомый. Мы такой случай упустить не

ядовиты, в печеном или вареном напоминают по вкусу сладкий картофель-батат. Из сухих клубней делают муку-тапиоку, лепешки из которой называются «кассавным хлебом».

должны, потому как на этом корабле мой земляк капитаном. Он уже был раз на Занзибаре и обещал в свой второй заход меня оттуда забрать. В первый его заход мы только договорились обо всем, и сейчас я точно знаю как нам действовать.

- В неволе у Джумы Набхани мы пропадем, а на корабле хоть работа грязная, но свобода полная. А работа она простая: корабли торговые останавливать, товары с них, а иногда и сами корабли забирать по справедливости, а потом продавать их в местах условных, где властей ни аглицких, ни хранцузских нет. А мест таких в Индийском море-океане полно. Особливо остров Мадагаскар, большой самый, Сейшельские острова, Иль-де-Франс остров, да Бурбон остров.

Не то что бы мне его предложение понравилось, но лучше свобода с пиратством, чем баланда с рабством. И понял я, что нужно мне держаться этого Базиля Ля Биша, поскольку он для меня как золотой ключик от моих кандалов. Другой возможности уйти из рабства у меня пока не просматривалось.

Я в сафари в паре с этим Базилем Ля Бишем больше недели прошагал пехом. За это время успел присмотреться к нему, разобрался в его привычках и странностях. Чем-то он мне глянулся. Товарищ он был надежный, голова у него светлая, а руки додельные. А то, что обычаев его я не понимал, то не мое это было дело. В историю его жизни я особенно не влезал.

Радостнее мне стало немножко, когда наш отряд вспять повернул. Назад путь всегда быстрее, поскольку дорогу помнишь и домой ноги быстрее несут. Хоть Занзибар и не дом мне, но все-таки был у меня там угол и надежды больше на побег. Так что шел я, базилевы слова о побеге обдумывал. В голове у меня замыслы-вариации всякие на этот счет роились.

На обратной дороге Хамиску-поваренка подлечившегося с собой забрали. Прошли еще пару дней. И вот уже даже в воздухе запах моря-океана чувствоваться начал. И степь-саванна осталась сзади, а шли мы уже в окружении природы прибрежной полосы - мримы.

С холма уже видно море. Белые паруса вдали. Пальмы на ветру качающиеся. Потемневшие от солнца рыбацкие хибары-халабуды и глиняные лачуги. Лучше всего видны дома людей побогаче. Стало быть, к вечеру мы дойдем до Багамойо. И даст Бог, утром с приливом вернемся на Занзибар.

К слову сказать, сафари наше было не очень удачным. Дошли мы до берега из африканской глубинки с потерями. У Хамиски нога так до конца и не зажила, гноилась. И приходилось нам, когда ему самому сил идти не хватало, нести его на плечах. Были и другие неприятности. У многих невольников кандалы, ошейники да деревянные хомуты, которыми их попарно охранники с небрежением повязали, кожу им до крови стерли, и началось у них в крови заражение. Так что потеряли мы по дороге пятерых человек. Хозяин очень сокрушался, зло свое на охране срывал, кричал в голос да и по нашим спинам плеткой-кибоко прошелся.

Но особливо Джума Набхани зуб имел на начальника каравана Юсуфа Химиди, с которым он уже давно не ладил. В Багамойо они опять в чем-то не расквитались, и начальник каравана на хозяина даже опять голос повышал. Жаловался, что не доплачивает ему Набхани. А хозяин, наоборот, пенял Юсуфу Химиди, что он должность свою не справлял как надо и что из-за него Джуме Набхани и в этот раз убыток большой в торговле случился.

Но потом, вроде как Джума отошел. Пригласил Юсуфа кофейку с ним испить. Сам его же и приготовил, тунгавизи этот, в котором вкус ощутить никакой возможности нет. Попили они этот кофе рядком, да поговорили ладком. Расстались чуть ли не друзьями. Хозяин пошел к родне ночевать, а начальник каравана - к себе домой...

Наутро, когда мы товары, привезенные из глубинки, на берегу к отплытию готовили, да невольников на борт грузили, прибежал к Джуме Набхани человек дворовый от Юсуфа Химиди и сообщил ему, что хозяин его в одночасье от грудной жабы[43] скончался... Мне почему то зелье хозяином на Пембе купленное сразу на ум пришло. Рассказал я о сумлениях-подозрениях моих и Ля Бишу. Он выслушав рассказ мой только рукой в сердцах махнул. Так что когда мы в доу погрузились да на остров поплыли легче нам не стало. И решимость свою бежать от Джумы Набхани мы только укрепили.

Вернувшись на Занзибар, мы увидели, что корабль, где капитаном был земляк моего дружка, стоит на рейде Фородани. Знакомый сторож склада в порту сказал нам, что этот корабль уходит вскорости на север в бухту Мангапвани, где у него какие-то торговые дела были, а после этого отправится этот корабль на Сейшелы, на остров Маэ.

Пока мы разгружались и ждали портовое начальство, чтобы грузы наши на Занзибар допустили, Базиль Ля Биш на набережной набрел на капитана-дружка своего, Гастона Одуля, который на свой корабль из портовой таможни возвращался. Повезло, конечно, но должно же было нам когда-нибудь повезти. Даже если бы мы его сегодня не встретили, то мы бы не очень расстроились. Потому как на Фородани нас хозяин всегда бы отпустил. А оттуда до корабля докричаться и капитана на берег пригласить, чтобы с ним обо всем договориться, очень даже запросто можно. Но получилось удачнее. И Ля Биш с Одулем обо всем порешили в первый день встречи.

По договоренности Ля Биша с Одулем, чтобы не подводить капитана, бежать мы будем не в порту Занзибара, а в бухте Мангапвани, почти непосещаемой султанскими приказными и служивыми людьми. Мангапвани далеко на севере от Занзибара города. Там безлюдно, а здесь Набхани и его дворовых все в лицо знают. Караульные нас заметят и наверняка задержат.

Так или иначе, по новой договоренности нам в полнолуние надо было оказаться в Мангапвани и погрузиться на корабль. В

---

[43] Грудная жаба — устаревшее название острого приступа стенокардии.

общем, на этот раз задумка побега стала обрастать плотью. Уже с более легким сердцем вернулись мы в дом Джумы Набхани. Базиль пошел к себе на кухню, где он квартировал в углу на сундуке, а я отправился в свой чулан на скотный двор. Упал навзничь на тюк соломы и продолжил рассуждать о том, буду ли удачлив на этот раз.

ГЛАВА XI

Побег

Ефремов со своим товарищем по несчастью умудряются выскользнуть из дома хозяина и по ночной дороге с надеждой навсегда освободится от рабства едут на север острова в бухту Мангапвани, где их подбирает корабль капитана Гастона Одуля.

Февраль, лета 1782 от Рождества Христова.

И вот по соизволению Господню все сложилось в нашу пользу. В день полнолуния, как по заказу, хозяин с сыновьями уехали сами по себе без сопровождения на свою перечную плантацию на юге в местечке Фумба. Домовая прислуга после пятничной молитвы обкурилась травы дурманной да нажевалась ката, и мы с Базилем поняли, что Господь на нашей стороне и мы сегодня уйдем в бега.

Сказать это было просто, а сделать, несмотря на хороший план и удачные совпадения, очень даже непросто. Чтобы добраться до Мангапвани нужно было много чего предпринять и еще больше избежать. Для нас, конечно, было важно не столкнуться с кем-нибудь из охраны дома без того, чтобы заранее получить разрешение на выход у Набхани или прямо накануне, пока хозяин в отъезде, договорится с домоправителем.

Выход наш из дома может статься особых подозрений бы не вызвал, поскольку мы с Базилем не раз отлучались в город по хозяйственным делам. А вот выехать из дома на маленькой, стоявшей на дворе арбе запряженой осликом, было довольно-таки сложно, поскольку охрана часто брала ее, когда ездила вдоль по его западному побережью на самую северную оконечность острова в местечко Уроа. И не очень-то была расположена позволять кому-нибудь еще ею пользоваться. Важнее всего было сделать так, чтобы это нужные нам средства передвижения - осел и арба, в день побега были в конюшне.

По сути, для побега удобнее Мангапвани, для Одуля и для нас бухты на занзибарском побережье не было. У Одуля там были свои дела, а мы всегда могли сказать, что едем в Мангапвани по приказу хозяина. Он там в пещерах на берегу держал свой товар, неучтенный на таможне султана. Таким образом он обходил налоги, которые султан собирал со всех своих подданных без исключений. Под товаром я опять же понимаю не только мешки с мануфактурой, тюки с пряностями, но и людей, попавших в рабство. А ведь рабов-то кормить надо. И догляд за ними да за другим товаром нужен. Что-то подвезти туда из города, что-то забрать оттуда. Посему поездки в Мангапвани время от времени хозяин считал просто необходимыми.

Нам надо было только осмелиться с независимым видом покинуть дом как бы по делу. Как это объяснить мы уже решили. Однако, нам нельзя было задерживаться за разговорами да приготовлениями. Корабль нас ждать не будет, и нам хоть кровь из носу, но надо добраться вовремя. А без арбы успеть мы никак не смогли бы. Вывести же из конюшни ослика с телегой без ведома домоправителя было просто невозможно. Но несмотря на все сложности, от побега отказываться мы не собирались. Как говорится, либо в стремя ногой, либо в пень головой.

Если бы затея с арбой не удалась, то нам бы пришлось искать лодку и всю ночь на ворованой маленькой нгалаве без паруса, на веслах добираться вдоль берега на север в Мангапвани. А закладываться на это сумнительно, поскольку лодку в темноте найти и выбрать непросто. Хорошие лодки, наверняка, охраняются. А те, что без охраны на берегу лежат, могут быть со щелями да пробоями, которые мы ночью по первоначалу заметить не сможем. Отплыв же от берега уже поздно будет другую искать. И тогда к сроку в Мангапвани мы точно не успеем. Так что тележка с осликом-скороходом была для нас самым надежным способом добраться к кораблю Одуля до рассвета.

Покумекав немножко, мы решили подойти напрямую к домоправителю нашего хозяина Мустафе-Сундуку, так мы его за жадность и за грузность прозвали. И пошли к Сундуку нарочно в то время когда ему обычно Зейнаб, его прислужница, кофий приносила. Подгадали удачное время. Застали его лежащим на полу на коверных подушках. Он после молитвы и сытной еды был в хорошем настроении, Зейнаб с ее кофеем это настроение ему всегда улучшала. Рыгая после ужина и как бы для благородства и политесу прикрывая рот рукой, он, нарочито строго сдвинув брови, спросил у нас зачем мы пришли и посмотрел на Зейнаб на предмет, впечатлилась ли она его строгостью.

Надеясь, что у него не достанет догадки усмотреть нашу хитрость, мы сослались на то, что якобы нам хозяин до отъезда наказал выгрузить и привезти домой часть мануфактурного и скобяного товара с корабля, который подойдет в Мангапвани завтра утром. Попросили у него под это дело не только тележку с осликом, а еще и еды на дорогу туда и обратно, поскольку якобы собирались быть там до вечера следующего дня.

У Мустафы желания долго с нами разговаривать не было. Он протянул Зейнаб пустую чашку, чтобы служанка налила ему туда еще кофея, остановил на ней затуманенный и охмуряющий ласковый взор. Потом, не сводя с Зейнаб глаз, вяло махнул нам пухлой рукой, чтобы мы поскорее убирались вон. Мы поняли так, что нам нет никакого препятства, чтобы мы отправились на север в Мангапвани, равно как и на то, чтобы мы взяли для этого арбу.

Так скоро наградил он нас согласием на отъезд, конечно, не только из-за желания поскорей отвязаться от нас и остаться один на один с Зейнаб. На него и уговоры наши подействовали. Мы ведь не ударили в грязь лицом и говорили довольно убедительно.

Насчет того, куда мы едем, мы душой не кривили. Правду говорили. На счет цели мы, конечно, морочили ему голову, но это была ложь во спасение. И не так просто нам это лукавство далось. По спине у нас мурашки бегали от страха, что нас он не выпустит в город, не даст арбу. И боялись мы, что придется нам, как ты хошь, улепетывать к Одулю своим ходом, тая в себе опасение, что нас догонят и вернут домой. А дома после этого хозяин наверняка снова закует нас в кандалы и выставит на продажу.

Тем не менее, долго не раздумывая и сталкиваясь плечами в дверях, Базиль и я по деревянной лестнице скатились во двор с балкона, на котором оставались Сундук с Зейнаб. Со всех ног побежали мы в конюшню запрягать серого, готовить арбу. Нам самим на сборы времени много не надо было. Мы быстро собрались, захватив с собой лишь только то, что могло уместиться в наших дорожных торбах.

И вот, проехав по лабиринту вечерних улиц Каменного города, где тусклые огоньки светили из окон высоченных домов-утесов, стоявших по обеим сторонам узких переулков и проездов, мы уже в полной темноте выехали на окраину в район Мландеге, где были последние городские заставы.

Проехали местечко со смешным названием Бубубу. Затем въехали в рощу манговых деревьев и высоких красивых пальм, где на поляне с выходом на пляж стоял окруженный бассейнами, фонтанами и садами новый султанский загородный дворец Марухуби.

Выехали на лесную дорогу и как могли быстро, погоняя ослика, чуть ли не галопом поехали по освещенной луной дороге. Над нами на черном и безоблачном тропическом небе ярко светили крупные звезды, а диск луны забивал их свет своим серебряным сиянием. Справа и слева сквозь темень четко прорисовывались черные силуэты высоких восточно-африканских пальм, ветви и листья которых мерно колыхались в потоках воздуха, всегда метущихся между морем и берегом. У дороги, а больше в стороне от нее, во дворах угасали огоньки уже почти потухших костерков, которые местные крестьяне обычно зажигают перед своими хижинами, чтобы приготовить нехитрый ужин. Красное мерцание углей в темноте вместе с сиянием луны и звезд делало дорогу какой-то волшебно-сказочной.

В тишине тропической ночи мы только слышали перестук копыт нашего серого, скрип колес арбы да шелест пальм. То там, то здесь раздавалось хлопанье крыльев летучих мышей. Пару раз екнуло у нас сердце. Один раз, когда мы проезжали летний султанский дворец, и за нашей спиной послышались окрики стражи, ржание коней и бряцанье доспехов. Первое, что пришло нам в голову, это то, что за нами пустили погоню. Но, слава Богу, это был возок султана, который по неизвестным нам причинам из города спешил в летний дворец.

Второй раз мы поволновались, когда уже на подходе к Мангапвани на султанской заставе из придорожной хибары вышло три караульщика. Старший спросил, куда мы едем по этой дороге поздно ночью. Узнав, что мы дворовые люди Джумы Набхани, они расступились, дали нам дорогу и ехидно зашептались о чем-то за нашей спиной. В остальном наш путь протекал без происшествий.

С рассветом зари усталые и загнавшие бедного ослика, мы с дороги свернули на тропу в колючем кустарнике, которая вела к бухте, не надеясь увидеть корабль, поскольку Одуль не мог и не хотел отчаливать днем. А ночь была уже на исходе. Но выйдя на довольно высокий обрыв, мы облегченно вздохнули, увидев стоящий примерно в ста саженях от берега корабль, почти полностью готовый к отплытию, и в душе сказали спасибо якорям, еще цеплявшимся за заросшее кораллами дно.

Мы оставили повозку с осликом у ограды склада, в котором жили грузчики и хранились товары. Осторожно прошли мимо шалаша из пальмовых листьев, где с храпом спала охрана и таким образом «надежно» сторожила товары Набхани. Не потревожив никого из обитателей этой подпольной фактории, мы тихонько прошли к полосе прибоя. Столкнули в воду оставленную рыбаками на берегу маленькую легкую лодку-нгалаву и, ударив короткими веслами по воде, полным ходом погребли к кораблю на корме которого медью светилось его название - «Черная Чайка».

Корабль давно уже был готов к выходу в море и не вышел в плаванье не только потому, что ждал нас, а еще и потому что для отхода надо было чтобы прилив развернулся в полную силу. Когда мы причалили к борту, нас окликнули. Базиль отозвался. Нам скинули лестницу веревочную, и мы забрались по ней на палубу. Капитан, который был уже на мостике и отдавал команды парусным матросам, посмотрел вниз и приветственно махнул нам рукой, но сразу не стал спускаться, потому что готовил корабль к отплытию.

Обозначив наше присутствие, Одуль снова занялся своими капитанскими делами. Мы слышали, как он выкрикнул команду ставить паруса и с якоря сниматься. Отчитал за что-то боцмана и только после этого солидно сошел с мостика, чтобы пожать руку Ля Бишу и поздравить с благополучным исходом дела. По улыбке на его лице видно было, что Гастон был искренне рад за своего товарища, сумевшего вырваться из рабских оков. Что понятно, поскольку Базиль был его земляк. Понимал он и что в условиях Занзибара, где тайного ничего не бывает, а доносы султанским ищейкам хорошо оплачиваются, до Мангапвани скрытно добраться нелегко. Одуль уже и не надеялся, что Базиль осуществит свой план. И когда он увидел его стоящим на палубе корабля, капитан немного успокоился. Удивило его кроме успешного побега еще и то то, что Базиль был не один.

Долгого разговора у нас на палубе не было. Базиль кратко, в двух словах рассказал обо мне. Гастон Одуль вскользь взглянул на меня и, приказав матросу отвести нас к нему в каюту, вновь поднялся на мостик и вместе с помощником и боцманом стал выводить корабль через проход в коралловых рифах в Занзибарский пролив. Дело это непростое и без капитана тут не обойдешься. Хотя видно было, что команда у Гастона Одуля опытная, и каждый матрос знает свой маневр.

Спотыкаясь от усталости и качки, мы вдоль борта пошли на корму, где располагалась кают-компания и капитанские покои. Распахнув украшенную резьбой тяжелую дверь, на которой вместо ручки были прикованы медное кольцо, мы ввалились в каюту с ощущением, что мы чуть ли не вернулись домой.

Каюта капитана корабля оказалась на удивление светлой. Солнечный свет, проникавший в нее через ряд окон на задней стенке, выходящей на корму, освещал очень прочную тяжелую мебель. Обстановка была простая: стол, на одном конце которого лежала карта, от ветра придавленная бландербасом.[44] На другом конце стола мы увидели поднос со стеклянным кувшином и двумя оловянными стаканами. Здесь же на широкой в цветах фаянсовой тарелке лежали какие-то местные фрукты.

---

[44] Бландербас - очень короткое, популярное среди пиратов ружье, около 40 см. в длину, которым моряки того времени пользовались во время абордажа, так как им было удобно стрелять, держа в другой руке саблю или топор. Из него стреляли маленькими свинцовыми шариками, как дробью, для массового поражения противников.

Мы уселись на скамейки поближе к кувшину и продолжили осматривать каюту.

К стене была прислонена довольно широкая конторка над которой висели два сложных инструмента с отметками, полосками и цифрами[45]. По порядку, в каком они содержались, мне показалось, что Гастон Одуль очень дорожит ими и что-то похожее я уже видел в руках у помощника капитана «Ласточки». В углу стоял тяжелый сундук из тикового дерева, обитый медью. У дальней стенки была прибита к полу, сделанная из тяжелых досок койка, накрытая шерстяной попоной с каким-то ярким, непонятным рисунком. В изголовье койки на гвозде висела темно-коричневая шляпа, а под ней в кожаной кобуре - пистолет.

В кувшине оказалось неплохое легкое виноградное вино. И мы, давно не отведавшие такого вкусного и прохладного напитка, с удовольствием осушили кувшин до дна, закусили фруктами и стали обсуждать, что делать дальше. Рассуждения по поводу нашего будущего вскоре были прерваны. Дверь каюты распахнулась и в нее тяжелой поступью вошел капитан, принеся с собой порыв южного ветра, наполненного капельками морских брызг.

Базиль уже успел рассказать мне кое-что о Гастоне Одуле. И я из его рассказов знал, а на палубе сам увидел и убедился, что капитан Одуль - это действительно здоровенный, просоленный и обветренный морскими штормами мужик с хриплым голосом и мозолистыми руками, привыкшими к штурвалу и к мордобою. Но в каюте он мне показался еще больше. На лице у него было выражение уверенности в себе, абсолютного спокойствия и даже пренебрежения по отношению к другим. Глаза его холодом обдавали наши лица, а мне этого холода досталось еще больше.

---

[45] В поле зрения Ефремова, видимо, попали астролябия и секстант — навигационные инструменты, которые в то время использовались капитанами парусных кораблей для определения географических координат (широты и долготы).

Говорят, что в жаре холод не помеха. Но в нашей ситуации лучше было потерпеть жару.

Тяжело сев за стол напротив нас, он молча смотрел то на Базиля, то на меня, больше, конечно, на меня. К Базилю вопросов, понятно, не было, а мне, как человеку новому, несмотря на рекомендации моего товарища, пока капитанова доверия не было. И он имел сомнения, гожусь ли я к нему в команду.

Вслед за капитаном в каюту вошел корабельный повар - кок, который принес жареную козлиную ногу с вареными клубнями кассавы, а также овощей. Поставив все это на стол он вышел из каюты и вернувшись принес уже для капитана большую флягу рома, а для нас еще один кувшин с вином. Капитан показал рукой на бутылку, как бы спрашивая, не хотим ли мы выпить, с утра порадовать душу крепким зельем. Но с утра ни я, ни Базиль крепких напитков не пили и поэтому от рома отказались, а вина из кувшина выпили еще по стакану с удовольствием.

Накормив и напоив нас досыта, а заодно выслушав рассказ о подробностях нашего побега, капитан попрощался с нами и послал нас в матросский кубрик выспаться после бессонной ночи. Разместились мы на наших веревочных койках-гамаках, которые были уже повешены для нас в дальнем углу кубрика. Пытаясь заснуть средь бела дня мы еще раз вспомнили наши ночные приключения и продолжили прерванные Одулем размышления о том, как дальше быть.

Под конец, уже с закрытыми глазами Базиль сказал, что мне, как ты хошь, а надо доказать Одулю свою полезность и как-то оправдать мое местопребывание на корабле. Промолвив это, он повернуся на другой бок и сначала засопел а потом и захрапел. А я все еще не мог заснуть и думал над словами о том, чтобы приглянуться капитану Одулю своей полезностью на корабле. На этот счет и у меня сомнений не было. Придется мне опять не покладая рук отрабатывать запас доверия. Показать свою способность ужиться на корабле, стать не просто моряком, а еще и пиратом на «Черной чайке».

Так оно и произошло. До того как капитан меня признал, мне пришлось не одну пару бочек перекатить или переставить с места на место, не раз продраить палубу, сложить канаты в бухту, разобраться с парусами, а также четко обозначить свое место в команде. То есть показать, что у меня и сила, и мозги есть. Сильно помогло мне в обустройстве на корабле то, что я, кроме морской будничной работы еще и язык хранцузский довольно быстро и неплохо освоил. В своих странствиях я понял, что к языкам я завсегда большую способность имею.

Эта способность не раз мне на пользу сыграла: и в Хиве, и в Индии, и в арабских странах. Аглицкий язык я еще в Индии выучил, с арабским познакомился в Азии и прибавил знаний во время путешествий и пока до Ламу шел с арабскими моряками. Хранцузский язык в меня вошел еще проще, поскольку в этом языке все слова на аглицкие похожи, только произносятся по-разному. Но в общем, похожи они почти как русский с польским. Одуль к этой моей способности отнесся с большим интересом и уважением, поскольку по роду его занятий ему в разных местах бывать приходилось, и толмач такой как я, ему на корабле не помешал бы.

ГЛАВА XII

Сейшельские острова

На корабле путешественник много интересного узнает о загадочных Сейшельских островах. Пpaлен. Майская долина. Коко-де-мер и нечистая сила.

Февраль-март, лета 1782 от Рождества Христова.

Дорога-то от Занзибара до Сейшельских островов недолга. Даже за это короткое плаванье, как мне показалось, я успел записаться в «свои». На Сейшелы я плыл с легким сердцем и с большими надеждами на быструю пересадку на какой-нибудь корабль, который как можно скорее отвезет меня домой. Но этим надеждам, к сожалению, не удалось оправдаться. Отъезд мой на Родину опять отложился, но я пока об этом не знал.

Плавание было спокойное, ветер попутный, дел немного, погода просто как на заказ. После палубных работ вся команда, свободная от вахты, размещалась ватагами то там, то здесь под парусами надутыми ветром. Кто покуривал трубки, кто матросский танец - джигу для смеху пытался на качающейся палубе сплясать, кто рыбачил прямо с борта леской с крючком, но без поплавка, кто оружие в порядок приводил, а кто просто дремал.

Облокотившись на борт было приятно смотреть на закатное небо, уходящие за пылающий горизонт облака, а потом, когда солнце скрывалось, на яркие тропические звезды, загоравшиеся в вышине. При этом неплохо было неспеша пожевывать копченое мясо, которое корабельный повар выдал нам вместо ужина.

С приятелем моим Базилем Ля Бишем за время плавания мы сошлись еще ближе. Стали настоящими сотоварищами. Когда он не был на вантах по своей вахте, не помогал коку в камбузе или не общался с капитаном, то проводил свободное время в разговорах со мной. Без удержу и взахлеб он рассказывал мне разные истории о Сейшельских и о других островах Индийского океана, которые ему удалось посетить.

В этих рассказах Базиль выказал себя очень интересным знающим собеседником, который много где побывал и много повидал, хорошо знал всю историю этой части моря-океана Индийского и, конечно, своих любимых Сейшельских островов, куда его семья много лет назад была вывезена из Франции.

Базиль с восторгом и с улыбкой говорил, что хранцузские власти высылали на Сейшельские острова в ссылку не только городскую бедноту, но и разорившихся дворян, совершивших преступления разного плана. Высылали-то в сылку, а получилось на самом деле, что выслали их в райский уголок.

Но, продолжал он, и в раю работать надо, чтобы построить новую жизнь. Надо было здесь стать и рыбаком, и плотником, и каменщиком, и начать заниматься сельским хозяйством. А на Сейшелах это дело непростое. Ведь Сейшельские острова - это сплошные гранитные горы, где на граните за многие века отложился лишь только тонкий слой плодородной земли. Таких источников воды как родники, ключи, колодцы здесь нет. Пресная вода здесь в основном дождевая, и собирается она в запруженых горных долинах, откуда ручьями стекает в море.

А в сухие малодождливые годы заковыка с водой становится очень острой.

Бережливость и невзыскательность стала особенностью людей, обживавших Сейшельские острова. Те, кто решил обосноваться здесь, оказались людьми с характером. Поселились они надолго и сделали для себя Сейшелы не просто промежуточной остановкой на жизненном пути, а новым домом, в котором должно быть благополучие. А благополучия, как известно, без работы и без труда не бывает. Вот и стали Сейшелы больше рыбацкими островами и местом, где сейшельцы обработали и используют террассы драгоценной земли на склонах гор для плантаций тропических культур, среди которых наиболее известные - сейшельские чай и ваниль. Скромность и независтливость сейшельцев стала притчей во языцах.

Скромность эта не ушла и в условиях того, что вокруг было немало роскоши. Купцы, торговавшие между Африкой и Индией, Азией и Персидским заливом, были богатыми людьми и часто заходили на Сейшелы по пути в Африку и обратно. Сейшельцы видели красивые корабли, набитые дорогим товаром. С этих кораблей сходили самодовольные купцы с золотыми цепями на шеях и с перстнями на всех пальцах рук, украшенными драгоценными камнями. Одеты они были в бархатные камзолы с золотыми и серебряными позументами. В местных тавернах эти богачи заказывали себе дорогие блюда. Даже их служки были одеты и накормлены вдоволь. Сейшельцы не завидовали, а только удивлялись. Это устраивало купечество, которому можно было почти без риска бахвалиться своим богатством.

Капитаны кораблей на отдых все чаще останавливались на острове Маэ. Однако, в этих водах Индийского океана разные плавали корабли и на них разные были люди. Были и такие, что рыскали в районе этих островов, бороздили эти воды в поисках судов, перевозивших пряности, золото и драгоценные камни с тем, чтобы ограбив их, самим окунуться в роскошь.

Богатство проезжего купечества, товары, которые они перевозили в своих, в общем-то не предназначенных для боевых действий судах, стали отличной добычей для опытных пиратов, с большим трудом изгнанных с Антильских и Карибских островов и которые решили продолжить свое пиратство в Индийском океане.

Долго и с азартом Базиль рассказывал мне, что последние сто лет множество морских пиратов испытывало свою храбрость, демонстрировало свою жестокость и отвагу в здешних водах. Ими совершались неслыханные ограбления. После чего англичане и французы договорились развернуть крупные силы, чтобы избавить Индийский океан от дерзких пиратов, как европейцев, так и малабарцев[46]. Но успех пришел к правительственным кораблям нескоро. В Индийском океане расстояния гораздо больше, чем на Карибах, а островов не меньше. А есть и такие острова, которых и на картах-то нет. И спрятаться там пиратскому кораблю перед нападением на караван купеческих судов совсем несложно.

Идеальным местом для сокрытия награбленного стали Сейшельские острова, многие из которых тогда еще были почти необитаемы и малоизвестны в Европе. Сейшелы, конечно, оплотом пиратства не стали как Коморские острова или Мадагаскар, но как раз подходили для того, чтобы отдыхать от трудов неправедных. Там на самом большом и заселенном острове Маэ около удобной гавани и появился новый городок, куда на отдых и дележ добычи съезжались корсары, так здесь пиратов называли, каперы[47], которые тоже вроде бы как пираты,

---

[46] Малабар — общее название для известного своими пиратскими традициями юго-западного побережья полуострова Индостан.

[47] Капер — корабль или владелец корабля, с ведома своего правительства занимавшийся нападением на торговые суда противника и нейтральных стран, перевозивших грузы для воюющей страны. Просуществовав более двухсот лет, каперство было запрещено в 1856 году.

но грабят с государственным патентом, да и те отважные купцы, которые знали, что по пиратскому коду приличия в гавани острова Маэ их потрошить не будут. А если будут, то они смогут себя защитить.

Тем не менее, большинство купцов боялось нечестности пиратской. И на Сейшелах было больше корсаров, чем купцов. Лишь немногие торговые суда отваживались заходить сюда. В основном это были хорошо вооруженные пушками корабли с тренированной командой, которые могли противостоять самым дерзким морским разбойникам.

Один из пиратов, француз Оливье Ле Вассер по кличке Ястреб, особенно был привязан к Сейшелам и часто заходил туда, считая их своей вотчиной и пристанищем. За Ле Вассером была устроена настоящая охота. Лет пятьдесят назад он был схвачен и приговорен к смертной казни, поскольку натворил слишком много, чтобы получить прощение со стороны властей.

Дед рассказывал Базилю, что сам видел, как стоя у подножия виселицы, Ястреб вынул из-под рубахи пергамент с загадочными письменами и рисунками и, швырнув его в толпу, воскликнул: «Пусть тот, кто разгадает эту абракадабру, будет наследником моих сокровищ!» С тех пор прошло много лет, а сокровища все еще не найдены. Сейшельцы убеждены в том, что они спрятаны на острове Маэ, в скальных пещерах на западном берегу острова в районе Бель-Омбр.

С той поры и по сегодняшние дни многим не дают покоя эти сказочно богатые пиратские трофеи. Люди ищут и передают веру в них от отцов к сыновьям. Некоторые вообще забывали обо всем, о работе, о семье. Разочарование охватывало многих, продолжал Базиль, и они бросали гоняться за сиюминутным богатством.

Только совсем пропащие продолжали стучать кирками в прибрежных скалах и в горных утесах, подпитываясь надеждами на то, что богатство упадет на них с неба и надеясь через сокровища найденного клада поменять свою жизнь к лучшему.

Они забыли обо всем, о родных и близких, упершись мыслями и поступками в ставшую главной для них цель - отыскать сокровища, уповая на то, что пока они их ищут, с голоду им умереть не дадут природа и соседи. Вот так и живут, перебиваясь подачками из бананов, кассавы, рыбы от жалостливых старушек, которые, видя, как проходят они вечером усталые и голодные мимо их хижин, выносили им немного поесть.

Искатели золота на Сейшелах ищут сокровища украдкой друг от друга. А чтобы им не мешали чужаки, они сочинили множество различных самых невероятных историй, связанных с сокровищами, нарисовали много поддельных карт, чтобы новые искатели копали не там, где надо. Надежда была на то, что приезжие искатели золота разочаруются и бросят это занятие.

Базиль оглянулся по сторонам и прошептал, что славу Ле Вассера перехватил наш капитан Гастон Одуль, который тоже собирает изрядные урожаи в морском грабеже. И его близким друзьям, при этом Базиль указал пальцем себе на грудь, известно, что хранит он свой клад на острове Силуэт, совсем недалеко от острова Маэ. Правда, точного расположения этого клада никто не знает. А кто знал, те давно собой рыб кормят или в расщелинах скал догнивают.

Таких островов как Силуэт вокруг Маэ и Пралена много, и наверное, на каждом из них побывали пираты и оставили там не только следы, но и часть своей добычи. Клады могут быть зарыты на острове Фрегат и на острове Астов. Эти два острова имеют неплохие водохранилища с дождевой водой, и туда частенько заходят за водой даже большие португальские военные суда с трофеями, захваченными в Индии и в Малайе. Искатели сокровищ перекопали практически оба эти острова. Базиль признал, что они нашли какие-то золотые изделия и пару-тройку серебряных ложек, но убежден, что до настоящих сокровищ они так еще и не добрались.

Базиль рассказывал все это красочно, размахивая руками, показывая красоту Сейшел и трудолюбие сейшельцев всякими жестами. Особенно он разошелся, рассказывая о пиратах. Часто он прерывал свое повествование, чтобы отхлебнуть вина и закусить его копченым мясом. Всю дорогу на Сейшелы слушал я, что рассказывает мне Ля Биш и не знал, верить мне в это или нет.

Что касается высылки людей, тут, конечно, сомневаться не приходится, такое по жизни бывает и пожалуй что повсеместно. Только у нас людей в Сибирь ссылают, а хранцузы и англичане - на острова всякие. А что касается всякого такого разбоя, то эту заразу из людской души да и обычаев людских вытравить сложно и в это поверить тоже можно.

Вот во что мне не верилось, так это в байки всякие досужие про схроны пиратские с каменьями драгоценными да золотом. На кой морскому человеку, дом которого на корабле и на котором украсть труднее, чем на земле, хранить свое состояние за много десятков верст от себя с риском, что кто-нибудь его найдет и присвоит? И шибко сильно не верится в объемистость кладов этих. Уж очень неубедительно легенды рассказывают, будто бы там каменья да украшенья золотые в огромных сундуках хранятся и кажное из этих украшений дороже коня стоит. Хоша не верил я в эти сказки, но слушал их с вниманием, поскольку после вахты на корабле, как понимаете, кроме тех кто любит бить баклуши, остальным делать нечего. Остается только рыбу ловить да спать, и лясы, либо точить, либо слушать.

Однако, рассказы об этих островах захватывали меня своей необычностью да загадочностью. Кроме того, на Сейшелы я ехал потому как в этом для меня был самый здравый смысл - свобода обещана. Да и посмотреть на эту часть света, действительно, каждому надобно. Это я сразу понял, как мы к этим островам подошли. Сразу увидел, что они шибко-сильно на райские кущи похожи.

Острова Сейшельские разбросаны в океане тесными кучками, где от острова до острова примерно пять морских миль[48]. Но эти кучки отстоят друг от друга на сотни миль. Между отдельными группами острово лежат обширные водные пустыни. Архипелаги эти от других континентов да материков сильно удалены. Здесь полно всяких птиц, гадов пресмыкающихся и растений, которые хотя и на материках водятся, но на Сейшелах другой облик приняли по причине уникальных погод и природы.

Так, например, показал мне Ля Биш кокосовый орех, который я в жизни не видал. По виду он как два сросшихся кокосовых ореха огромного размера. Ни в Индии, ни в Африке таких нет. А возит он его с собой в дорожной сумке повсюду как память о земле, которую он любит.

Базиль сказал, что называется этот орех «морской кокос» по-ихнему «коко-де-мер». Растет он только на Сейшелах, напоминает формой своей бедра женские, весит больше пуда, когда свежий и в нем сердцевина есть. Поскольку этот кокос прибавляет силу мужчинам и женщинам для утех любовных, то понятно, что Базиль эту сердцевину съел (о том как этот коко-де-мер на него подействовал, Ля Биш рассказывать не стал). Распилив пополам орех, он использовал нетяжелую, но прочную кокосовую скорлупу как удобное и легкое хранилище для мелких личных вещей.

Ля Биш сказал мне, что именно этот сорт кокоса был запретным плодом для Адама и Евы. Пальмы, на которых растет «коко-де-мер», есть и на Маэ. Однако, самые большие сдвоенные кокосы растут в колдовской Майской долине на острове Прален, где пальм с такими плодами целая роща. Ночью туда ходить опасно, поскольку сила колдовская отшибает память и делает безумными тех людей, которые увидят как эти кокосы размножаются.

Окромя того, на Сейшелах полно гигантских сухопутных черепах, которые живут по сто пятьдесят лет и некоторые весят

---

48 Морская миля — составляет примерно 1850 м.

аж по десять пудов. Таких черепах держат в ямах, выкопаных у домов, и выращивают на мясо как угощение для свадебных гостей.

Базиль со смехом рассказал, что свое название Сейшельские острова получили в память человека, который никогда не был на Сейшелах и, честно говоря, даже не интересовался, есть они или нет. Командир хранцузского военного корабля Никола Морфей, ставший известным из-за того, что был единственным капитаном, которого уважали и боялись пираты за его дерзость, умение сражаться и знание моря, официально объявил эти острова владением Франции и назвал их Сейшельскими в честь своего друга, тогдашнего министра финансов - казначея Франции Моро де Сешелля.

Словом, скоро сказка сказывается, да и дело от нее не отстает. И увидели мы перед нами над зеленым океаном голубые холмы. И был это остров Прален. Причалили мы к нему к вечеру. Закат был великолепным. Водную гладь рассекали широкие полосы ярких разноцветных красок. Одни - густо-синего, другие - пурпурного, третьи - цвета полированной меди или бронзы. Волнистая цепь холмов и отрогов скал переливалась изысканными изумрудными, зелеными, а скалы - серо-коричневыми красками. А весь закат над островом сиял всеми оттенками бирюзы, пурпура и темных цветов.

Мягкие бархатные склоны иных холмов хотелось погладить, словно лоснящуюся спину кота. Пологий мыс, далеко врезавшийся в море прямо по нашему курсу, сначала показался нам размытым в собиравшейся над морем предзакатной дымке, сделался сперва седым и призрачным, а потом заалел и превратился в розовое видение. Весь остров казался невесомым и нереальным. Пролетевшее облачко вспыхнуло ярким пламенем в небе и также отразилось на море. И от этого восхитительного зрелища кружилась голова.

Встали на якорь. Капитан отпустил желающих на остров погулять. Я, понятно, очень заинтересованный был той Майской долиной, о которой мне Базиль рассказывал, и стал искать себе попутчиков, чтобы сходить туда в вечеру и вернувшись доказать всем, что не все легенды и сказания правдивы бывают. Но хотите верьте, хотите нет, я не то что в сотоварищи себе ни одного из бывалых пиратов не смог найти, но и Базиль просто на коленях стоял, пытаясь отговорить меня от этой вечерней прогулки.

Я геройски от него отмахнулся и хотя не знал маршрута, но держа в разумении, что долина между гор только может быть, пошел в распадок, по обоим сторонам которого высились покрытые лесом и какими-то странными пальмами высоченные холмы из которых выглядывали гранитные скалистые утесы.

Вечер уже был на исходе, солнце красным светом заливало гряду холмов, окружавших меня с обоих сторон. Тени от этого красного света казались фиолетовыми и какими-то жутковатыми. Проносящийся по долине ветер раскачивал деревья, они скрипели. Шелестел кустарник. Отовсюду раздавались стуки и скрипы, как будто кто-то ногами стучал в дверь избы и при этом шипел так, что в ушах свист стоял. Закрутил я головой что твой филин. Смотрю и вперед и назад, но ничего такого особо пугающего не вижу. Думаю, может у меня что-то с ушами после моря.

Потом поднял голову наверх, где на еще не очень темном небе начали вспыхивать первые звездочки, и понял, откуда стук идет. Это кокосы под ветром об пальмовые стволы бьются. Крик же и свист идут от крыльев несчетного числа огромных летучих мышей, которые на ночь глядя вылетели из пещер в эту долину всякими плодами питаться.

Понять-то я понял в чем суть дела, но жуткость все-таки перебороть не смог. Мыслю, зачем я себя в это мученье добровольно отдал? Сказано что там нечистая сила, и проверить хочется. Проверив, убеждаешься, что нет ее там, а в душе боязнь остается. Повернул я оглобли и сначала рысью, а потом галопом побежал обратно на берег к людям. Когда я из лесу выбежал, вид у меня действительно какой-то чумовой, видно, был, так что начали меня успокаивать, напитком местным «тодди»[49] отпаивать.

Посадили меня около костра, расспрашивают так встревожено, что я видел. Я им отвечаю, что ничего страшного там нет, просто пальмы шумят да летучие мыши прям в лицо летят и крыльями по волосам шугают. А они меня спрашивают:

- Почему ж ты весь дрожишь?

Я по своему разуму напрямик отвечаю:

- Сил много потратил. От бега в руках и ногах слабость имею.

А они в ответ смеются:

- Хорошо, что ты сейчас убежал, а не стал дожидаться полуночи. В полночь самая дурь человеку в этой долине в голову лезет, и он на всю жизнь деревенским дурачком становится. И все-таки, раз там ничего страшного нет, от какого-такого страху ты бежал?

Ну я говорю:

- Ни от какого ни от страху. А бежал, чтобы ужин не пропустить. Кстати, что у нас на ужин?

Они мне вопросы задавать перестали и начали угощать жареным черепашьим мясом, которое они, разделав черепаху, прямо в панцирь положили, добавили рису с приправами разными и на костре приготовили. Мне понравилось, поскольку черепашье мясо сильно на свинину похоже, а свинину я не ел очень давно.

Решили мы переночевать на берегу. Расстелили свои одеяла вокруг костра и под потрескивание горящих веток заснули. Снилось мне, что я в каком-то ущелье от демонов отмахиваюсь, а они меня за щеки щиплют и в уши соломой тыкают. В общем, снилась мне нечистая сила. Как будто я в преисподней был. Я

---

[49] Тодди — пальмовое вино домашнего производства.

открыл глаза, осмотрелся и понял, что нахожусь я не в аду, а все-таки в раю.

Утром Прален был еще красивее, чем вечером: изумрудно-зеленая листва, бирюзовая вода, серые, скругленные прибоем огромные прибрежные скалы. Я подумал: «Какая же это красотища, такого, наверное, в свете нигде больше нет». Мы угли костра загасили, одеяла свои и всякий скарб, что у нас был, в лодку положили, поставили весла в уключины и через десять минут опять были на корабле.

Капитан был шибко зол, за то, что ослабленной командой ему пришлось корабль к выходу готовить. Хотя наш выход на берег вроде как сам разрешил, но то, что мы задержались на острове и проснулись позже, чем надо, его сильно разозлило. Раскричался на нас. И погнал нас авралить. Лодку поднимать на талях[50], с якорей сниматься и паруса ставить. Так что у меня Прален из памяти как бы вылетел на ближайшее время. И про рай его я забыл.

Но когда к острову Маэ подходить стали, и я увидел его высокие горы, покрытые зелеными лесами, прибрежные скалы, берега песчаные, красивые островки в голубой бухте, то совсем у меня дух захватил. Вода за кормой была ослепительно синей, а впереди, ближе к острову, она делалась изумрудной и искрящейся. А у самых берегов трех маленьких островков и главного острова Маэ вода рассыпалась длинной полоской белой ряби, без всплеска, без малейшего шума. На берегу большого острова Маэ маленький городок укрывался в зелени, похожий на пушистый ковер, раскрашенный великолепием нежнейших красок и переливов. Прямо за городком вставали высокие, покрытые атласной зеленью горы, верхушки которых были окутаны вуалью облаков или туманов.

---

[50] Тали — грузоподъемный механизм на борту корабля для спуска и подъема лодок.

Вспомнил я, что Прален раем называл и сам себе ухмыльнулся за впечатлительность свою скоропалительную. Маэ-то ведь покрасивше будет. И пришла мне в голову старая как мир поговорка: лучшее всегда враг хорошего.

ГЛАВА XIII

Клад

Филипп уверен, что даже если его принудят стать пиратом, то он все равно при первой возможности уйдет и продолжит дорогу домой. Его выбрасывают за борт. Товарищ Филиппа, Базиль Ля Биш обзаводится картой, которая может принести им богатство. Они договариваются с капитаном португальского парусника Жоакимом де Мелу о совместных действиях. Клад найден!

Март, лета 1782 от Рождества Христова.

Зашли мы в бухту, где на берегу самого большого сейшельского острова Маэ, стоял приморский поселок под названием Виктория - главный город Сейшел. У причала мест не было и капитан поставил «Черную Чайку» на якорь недалеко от островка Сент Анн, что в бухте красовался. Команда спустила шлюпки на воду, дружно ударила в весла, и поплыли они в Викторию, по тавернам, трактирам всяким походить да с женским полом пообщаться. А нас с Базилем Одуль пока на корабле оставил, поскольку у меня с этим капитаном разброд и разборка получилась.

Гастону Одулю моя самостоятельность и независимость во время плавания и шатания по Пралену не приглянулись, и он, думая, что я мечтаю остаться на корабле ему в пиратстве сотоварищем, решил мне для острастки на будущее выговор вчинить, чтобы как он сказал, настоящего матроса из меня сделать. На что я ему ответил, что я и без него обойдусь и про дисциплину я не меньше его понимаю. От этих моих слов и дерзости у капитана аж дыхание сперло. Он помолчал немного, а потом сверкнул глазами и рявкнул мне, чтоб я немедленно с корабля убрался пока жив. Что я и сделал с помощью одулевых дружбанов.

Боцман с помощником взяли меня подмышки и перевалили через фальшборт[51]. С высоты почти двух саженей я задом плюхнулся с брызгами в воду и начал отплывать к берегу островка Сент Анн. Через пару минут вдогонку мне полетела моя дорожная торба. Подобрал я ее, доплыл до места, где до дна можно было ногами достать. Встал и смотрю на корабль. Капитан с боцманом с палубы ушли. А у фальшборта Базиль стоит. Яркие солнечные лучи бьют ему прямо в глаза, а лицо его все равно темное, как туча. Махнул я ему рукой как бы прощаясь, повернулся и по песчаной отмели пошел на берег этого небольшого островка, где стояло несколько рыбацких навесов с сетями и вяленой рыбой.

Иду я и думаю. Свободу обещанную я получил. А то, что списал меня Одуль на берег с «Черной Чайки», то и это понять можно. Ведь получилось, что я кусок своего пути домой опять на халяву проехал, поскольку большой пользы своим пребыванием

---

51 Фальшборт — конструкция из дерева, используемая на кораблях для ограждения палубы.

команде не принес и за билет не заплатил. Слава Богу, что Базиль упросил капитана, чтобы мне какого зла вдогон не учинили.

Походил я по островку, пообщался с рыбаками. Понял, что капитаны больших кораблей на Сент Анне не высаживаются, и на этом островке записаться на другой корабль я не смогу. И осталось мне плыть на Маэ своим ходом, поскольку по моему понятию, Гастон Одуль намерения помогать мне больше не имел.

Добрался я до Маэ на случайной рыбачьей лодке. Хозяин лодки взял меня за то, что я ему помог погрузиться и подрядился грести. Ну вот, причалили мы к деревянному пирсу. За ним раскинулось поселение большое, почти как город из домов, построенных из местных материалов: камней, дерева и тростника. Домов по настоящему богатых маловато, дюжины не наберется, остальные все на сараи похожи. Правда, много разных трактиров. Народ все больше приезжий: поселенцы и авантюрщики всякие из Франции, да чернокожие рабы из Африки. Попадаются индийцы, даже китайцы.

Пошатавшись на свободе на берегу по узким проулкам между портовых пакгаузов, арсенального склада «Ля Пудриер», по-русски это пороховница, я начал размышлять как мне дальше до России добираться. Хоть дорога здесь, понятно что одна - море, а вот как по этому морю путешествовать, загадка. Без корабля в него не сунешься. Я на собственном опыте убедился, что на суше все мореходы, а кто в море не бывал, тот горя не видал. Но ехать-то все равно надо, а вот как, пока не знаю. С Гастоном Одулем пиратствование мое не состоялось. Не очень-то он меня и звал, поскольку не пиратский у меня по жизни настрой. Куражу пиратского нету.

Переночевал на песке под пальмами. На следующий день, повздыхав по своей судьбе, зашел я в одну из дешевых харчевен, где кроме рыбы и каши из плодов хлебного дерева да фруктов местных разных ничего толком не было. Подрядился я за харчи и ночлег поработать для хозяев на дворе. Дрова порубить да мусор в яму скинуть. Работаю так дня два. И вот однажды ближе к полудню захожу в дом со двора, чтоб воды испить, а на веранде для посетителей харчевни за столиком сидит товарищ мой по занзибарскому рабству и по неудавшемуся моему пиратству - Базиль Ля Биш. Увидел он меня и рукой машет, за стол приглашает. Я подошел, сел. Он налил мне местного тодди стакан и говорит:

- Одуль тебя прогнал. Может, это и к добру. Мне, честно говоря, и самому там не в радость. Хоть пиратство дело и прибыльное, но поскольку я невелик по росту и по силе, то я думаю, при дележе мне добычи не шибко много достанется. А задаром плавать с Одулем я не хочу. Он мой земляк, наши с ним деды из одних краев, из французской провинции Лангедок. Народ там в целом неплохой, но он мужик жесткий, душу свою людям не раскрывает, настоящих друзей-товарищей у него нет, одни только дружбаны пиратские. А на других людей ему наплевать, даже земляки ему нужны только тогда, когда в команде недобор.

Есть у меня один план готовый, - со вздохом, глядя перед собой невидящим взором продолжал Базиль, - и поскольку совесть моя это позволяет, то этот план обязательно выполню. Я, Филипп, не один в мире, у меня есть любимая женщина и дети от нее. Я перед ними ответственен, кормить их должен. А пока только шляюсь по свету, да пользуюсь их расположением ко мне да любовью. Ну а от меня им кроме улыбки пока ничего и не было. Но я с этим покончу.

Вот так пожаловался он мне на жизнь, не понимая наверно, что моя не лучше, а потом оглянулся и говорит:

- С деньгами-то откуда хошь выбраться можно, а денег на островах этих немерено и взять их можно без всякого грабежа. Доставать эти деньги придется из пещер и тайников, которые вдоль всего побережья пираты обустроили как хранилища добычи своей. Да и в утесах гор Морн Сейшелуа, а так же Труа Фрер есть смысл поискать. Я таких более-менее надежных мест несколько знаю. Конечно, это долгий труд, без карты если. А с картой это гораздо быстрее. И мы с тобой, поскольку такую карту уже имеем, будем иметь и сокровища. За два часа взять сможем.

Но делать это надо без свидетелей. Тебе я об этом раньше не говорил, не хотел голову дальними планами забивать, да еще и неизвестно насколько моя задумка реальна была, поэтому я тебе, Филипп, и не доверился сразу на счет планов своих.

Наклонил Базиль голову через стол к моей голове, сдвинули мы лбы и он зашептал:

- При встрече мне Одуль похвастался, что есть у него карта, как до спрятанных сокровищ Ле Вассера добраться. Сказал он мне это по пьянке и, конечно, нужно было это ему сказать, чтоб свою значимость и богатство мне продемонстрировать. Про свою казну он, конечно, никогда бы не проговорился, поскольку где его деньги лежат он знает, а карта Ле Вассера может еще и не сработает. Поскольку, он ее еще не проверял.

Деньги и власть меняют людей. И вот, пообщавшись с новым, изменившимся Одулем, я решил, что он не обеднеет ни душой, ни карманом, если я эту карту левассеровскую у него в каюте отыщу и срисую. Знаю, что она там, поскольку он любит доставать и глядеть на нее. Я его раз застал за этим занятием. Даже по счастливому случаю узнал, где он хранит эту карту: в самом неприметном месте, в своем старом сапоге, который у него под шкафом лежит.

Войти к нему в каюту пока он на мостике просто нельзя. Значит, надо было ждать, пока он на берег сойдет, и за пару часов разобраться с картой. Мне об этом даже думать было по-человечески нелегко, как-то неудобно охмурять даже такого знакомого. Решиться на это я смог только после того, как Одуль в пьяном виде с дружбанами своими наорали на меня неподобной разной бранью, избили как мальчишку за какую-то малость. Оставили меня на корабле, а сами в Викторию отправились догуливать.

Так что мои планы стать его помощником на корабле рухнули. Одуль, когда вернулся на корабль и пришел в себя, предложил мне либо на берег списаться, либо в качестве подручного у повара служить. То есть, получается, что пиратствовать я буду вместе с ними, а от навара по этому пиратскому делу мне одни стало быть крохи доставаться будут. Так что, слава Богу, что я эту карту, спрятанную Одулем, из тайника уже успел вытащить и умудрился срисовать ее. А после капитановых слов у меня и угрызений совести не осталось по этому поводу. Так что я для вида повздыхал, потихоньку собрался и со спрятанной под рубахой копией карты свалил на берег.

Карту-то я срисовал и оприходовал, но к делу пока не приступал. Ждал, пока «Черная Чайка» в море выйдет по делам своим пиратским или контрабандистским. Если бы они сразу отплыли, то мы бы с тобой на следующий день богатеями были. А поскольку они ушли только сегодня, то нам самое время сразу же за работу приниматься. Нашая главная задача сейчас - мести Одуля избежать. Я все проработал как следует, и имею пути как сокровища перепрятать и пристроить с умом.

По моим рассуждениям, у нас только один день остался, чтоб богатством овладеть. Скорее даже ночь. Завтра с утренним приливом португальский корабль один отплывает с Сейшел, называется «Креолка». Я уже с командиром этого корабля договорился, что покажу ему карту, которую капитан мой Одуль «потерял». Капитан этого корабля - португалец, дон Жоаким де Мелу, хорошо известен в здешних морях не только своим богатством, но и справедливостью. На корабле у него такая команда, что любой абордаж отобьет да и самого пирата утопит. Хоть и хвалят его все за честность, но я думаю, показать ему на всякий случай сначала не всю, а только половину карты.

Капитан этот деньги как и все купцы и деловые люди очень уважает, но с ним можно было бы договориться по причине честности его. Понятно, что он очень осторожен. Ведь вокруг одно жулье. На словах он нам вряд ли поверит. Мыслю, что захочет он убедиться, есть ли клад или нет. Другой вопрос, как с ним делиться. Может быть даже придется отдать ему большую часть. Но все равно, без капитана де Мелу мы этими драгоценностями вообще никак не распорядимся. И с этим сокровищем с Сейшел не исчезнем. А если останемся на Сейшелах, то хоть и достанем клад, то не успеем потратить. Одуль сразу скумекает кто у него с корбля свалил и почему после этого сокровище пропало. Как он это скумекает, то безотлагательно нас с тобой на рею и повесит.

Кроме всего даже если допустить, что капитан де Мелу человек порядочный, то все равно ты наверное знаешь что с людьми золото да сокровища делают. Поэтому одному, как ты понимаешь, идти мне не с руки. Как говорится, береженого Бог бережет. А поскольку я силой не вышел, меня де Мелу может, не приведи Господь, в пещере оглоушенным оставить и все драгоценности забрать. А с двоими с нами он не совладает. Надо уговорить его, чтобы он с нами по этой карте к сокровищу добрался и согласился нас от Одуля в какой-нибудь большой город довезти, чтобы там по договоренности драгоценности разделить.

При этом Базиль грустно ухмыльнулся, как бы сомневаясь в своем предприятии. Но буквально сразу же он принял серьезный вид, кашлянул со значением. Важно посмотрел на меня. Твердым голосом, не терпящим возражений, Базиль отчеканил мне команду:

- Бросай, Филипп, свою работу и пошли в порт капитану португальскому карту сбывать. Без тебя я все равно один этого не сделаю. Дал Бог клад, да не умею один взять, это называется.

Я особливо долго и не размышлял, поскольку, как говорят, не так живи как хочется, а так как можется. Благо дорога была недолгая, через пару часов мы были на корабле и сидели в капитанской каюте. Как нас пустили туда я не знаю, но Базиль велиречивый, уговорил капитана на аудиенцию.

Первое, что мы увидели на корабле, это то, что кругом порядок. Да и команда у него сытая и довольная. И по внешности и по обхождению люди серьезные и порядочные. В таком окружении я как-то особенно почувствовал, что мы на этом корабле как оборванцы находимся. Если Базиль еще более-менее прилично одет, то меня, в грязные лохмотья облаченного, и на помойку-то только по знакомству можно было пропускать. Однако капитан виду не подал, за что я ему в душе сказал большое спасибо.

И вообще, в отличие от капитана Одуля, дон Жоаким де Мелу произвел на меня впечатление очень грамотного и опытного по жизни и по морским делам человека. В его каюте было все прибрано, на полках лежало много книг, да и в глазах его можно было прочитать здравый смысл и рассудительность. Одет он был со вкусом. Капитанов камзол шелком расшит, сам он гладко выбрит. По его одежде и по по окружавшим его предметам, было видно, что он ценит хорошие вещи и живет полной жизнью. Да и моряк он был, видимо, неплохой, поскольку команда относилась к нему с большим почетом и уважением.

Стоим мы с Базилем у дверей каюты, а капитан прошел к своему письменному столу, сел в кресло и повернувшись к нам боком, спрашивает: «Чем обязан, судари мои?». А мы перетаптываемся, молчим, не знаем, с чего начать. Постоявши и помолчавши достал Базиль из рукава своей рубахи трубку кожаную, а из трубки - перерисовку карты этой на пергаменте. Подошел к столу за которым капитан сидит. Показывает капитану свои рисунки, чегой-то на своем хранцузском языке шепчет, чтобы команда не услышала. Вижу я, что капитан заинтересовался, но сомнения все-таки показывает. Дескать, нарисовать все что угодно можно, надо посмотреть перед тем как сделку заключать. Помолчал он немного, поглядел искоса на меня, кашлянул, потом хлопнул рукой по столу, встал и пошел к нам. Я думаю, погонит он нас сейчас пинками под зад, но этого, к счастью, не произошло.

Он потрепал моего товарища Базиля по плечу и попросил нас выйти на палубу, где Базиль и нашептал мне, что сейчас пойдем проверять там сокровище или нет. Через четверть часа выходит капитан на палубу уже переодетым в морскую грубую робу, и его по виду от простого рыбака и не отличишь. Сразу видно, опытный моряк, знает, что по местному берегу ночью франтом не походишь, если ты сам, конечно, не пират. За поясом у него, правда, в кобуре пистолет, а в сапоге кинжал воткнут, а вот и вся разница от рыбака.

Команда по его приказу на талях шлюпку на воду спустила. Спустились и мы по веревочной лестнице. Уселись в лодку, Базиль на корме, капитан на носу, а я на веслах. Когда от корабля отплыли саженей на двадцать, Базиль говорит капитану:

- Я, конечно, тебе доверяю, но дорогу к сокровищу показывать тебе пока рано. Так что давай-ка глаза мы тебе завяжем, а как к месту подойдем, там ты все и увидишь.

Капитан согласился. Пересадили мы его ко мне вторым гребцом на весла для скорости и хорошим ходом поплыли.

И вот, мы с капитаном за гребцов, а Базиль за рулевого, плывем на шлюпке корабельной на север от гавани вдоль берега каменистого. Отлив огромный и скалы обнажены, а на некоторых из них прям какие-то загадочные рисунки, на которые Базиль особенно внимательно смотрел. Плыли довольно долго, потом Ля Биш свистящим шепотом кричит нам: «Гребите сильнее!», а сам рулем начал табанить, и мы, как мышь в нору, в какую-то расщелину меж камнями юркнули так, что с океана лодки нашей и не видно, а мы как будто в каком-то озерце окруженным скалами стоим. Смотрю, капитан повязку сорвал, за нож держится, а вторая рука на пистолете:

- Что мы здесь делаем? - спрашивает.

Базиль ему отвечает:

- Еще немножко подождем, когда отлив посильнее будет, и все сам увидишь.

А сам нагнулся к нему с картой, показывает на рисунки пальцами и на хранцузском языке опять ему что-то объясняет. Капитан слушает и то на карту, то на Базиля с подозрением смотрит.

Через полчаса вода с отливом почти совсем из-под скалы ушла. Наше озерцо подсохло и лодка килем уже в песок упиралась. Базиль посмотрел на скалы и пальцем показал на какую-то узенькую щель в гранитной стене. Они с капитаном перелезли через борт и по колено в воде пошли к этой щели. Ля Биш с картой в руке, согнувшись, полез в щель, а за ним протиснулся и капитан. Меня оставили лодку сторожить.

Честно скажу, жутковато мне было. Ночи там наступают сразу, как будто кто попону на фонарь набрасывает. Народ, на берегах морских живущий, как правило обладает складом характера необщительным и подозрительным и норовистым. Я очень опасался того, что меня кто-нибудь с высокого берега увидит и заподозрит что-нибудь неладное. Если бы не чувство товарищества по отношении к Базилю и желание уговорить капитана увезти меня с Сейшел, я бы точно ноги сделал в порт, там бы где-нибудь бы до утра провалялся на скотном дворе, а потом бы опять стал корабль попутный искать.

Но пока эти мысли слабовольные я от себя отгонял, смотрю - вылезают оба. У Базиля улыбка до ушей, а у капитана брови сдвинутые. Оглядывается, одна рука в кармане, а в другой пистолет заряженный. Мне даже показалось, что он в меня или в Базиля стрелять собирается. Они молча сели в лодку. Дождались мы прилива, и погреб я обратно в порт по капитанскому приказу. Капитан молчит, а Базиль улыбается, только трубку с картой мне из-под рубашки показывает, пока капитан не смотрит.

Подплыли к кораблю. Взобрались на палубу. Дон Жоаким нас в каюту позвал, из кармана на стол каменьев драгоценных три горсти высыпал, золотых монет штук пятьдесят. Хоть я к драгоценностям человек несклонный, и в общем-то такого количества их никогда не видал, но и у меня аж дух захватило, когда камни эти и золото при свете лампы засияли, и вокруг них какое-то свечение произошло.

А капитан не на камни, а на Базиля смотрит вопросительно. Базиль помялся и тоже из карманов драгоценностей пару горстей извлек. Капитан вздохнул, оперся руками об стол и что-то сказал Ля Бишу, который рядом с ним у стола стоял. Базиль с ним покалякал немножко вполголоса и позвал меня с собой опять на палубу.

На палубе мы долго не задержались, а по веревочной лестнице спустились в лодку, которая у борта на волнах качалась и ждала своего часа, когда ее будут поднимать на талях. Вот в лодке он мне говорит:

- Эту карту спрятать - самая трудная задача. Карта ему, конечно, нужна, но нужны и мы, поскольку без меня он только скалу по памяти найти сможет, но что самое главное, там он и застрянет. В карте секрет есть, о котором я ему не сказал. Секрет этот в том, что даже если он найдет лаз в скале, он все равно в пещеру без меня не попадет, поскольку в этот лаз он не пролезет. А после лаза там еще лабиринт есть. В этот-то раз он до сокровища понятно не долез и меня в маленьком гроте дожидался. Я ему три пригоршни камней да монеты вытащил, чтобы его уверить в том, что есть сокровища. Остальное договорились, мы отдадим ему потом, когда мы все золото с камнями извлечем и получим от него то, что он нам должен будет по договорным обязательствам.

Так что по-настоящему взять это сокровище только я могу, поскольку я один дорогу в этом лабиринте знаю. Пока ты лодку сторожил, а он в пещере ждал меня, то я при моей стати маломощной долез по паутине ходов до сокровища и принес ему доказательства существования оного. То, что он на стол перед нами выложил, и заначка моя, им отобранная, то и есть то доказательство.

Раз я ему нужен, и поскольку мы с тобой вроде как друзья, то и ты, понятно, тоже ему нужен. Без нас-то он пещеру если и найдет, то до сокровищ не доберется. А без моей половины карты де Мелу вообще ничего не сможет и эту половину мы сейчас с тобой спрячем.

Я, понятно, спрашиваю:

- А какой у капитана в нас интерес, если у него и так камней и золота полно?

- Очень простой. - Базиль отвечает, - он прекрасно понимает, что доверие со знанием человека приходит. Поэтому мы посмотрим, что с этими горстями сокровища на африканском континенте станется сначала. Сам понимаешь, ценность их немалая и, по большому счету, денег от продажи этих камней нам бы с тобой хватило на скромную, но безбедную жизнь до скончания века. Однако капитан человек деловой, ему сами по себе не деньги нужны, ему надо, чтобы его торговое дело росло. Вот тут ему только все сокровище может помочь. Как говорится, для купца чем денег больше, тем лучше.

Когда он нас на континет привезет и те камни, которые мы уже достали, поделит по справедливости, то мы у него в глазах будем в новом качестве. А капитан человек неглупый, он знает, что малого пожалеешь, большое потеряешь.

При таком раскладе есть два варианта. Первый довольно рисковый для меня и надежный для тебя. Ты останешься в Африке ждать своего корабля в Европу, а я с ним вернусь на корабле на Сейшелы, чтобы остальную часть сокровищ ему отдать. Второй вариант отберет у тебя немножко времени, но более безопасен для меня. На Сейшелы мы поедем вдвоем для надежности, чтобы ты меня от капитана при случае защитил. Займет все это не больше месяца, а денег и у тебя и у меня прибавится заметно. Так что даже сможем свои торговые фактории открыть.

Хотя опять же, сдается мне, что мы излишне осторожничаем. На вид капитан человек честный и порядочный и с его богатством может позволить себе содержать совесть. Хотя я и верю ему, но с поправкой на нынешние нравы есть очень

Все время хотел рассказать о чем-то другом. Заманивал своим лихим пиратским прошлым. И как-то одним вечером он сказал, что поведает нам невероятную, но быль. А поведал он нам вот что.

Лет сто назад француз один по имени Тьерри Миссон махнул рукой на королевскую службу и решил стать пиратом и работать на себя, а жить по законам справедливости. Однажды, когда после боя с английским корсаром на корабле из офицеров остался только он, Миссон обратился к матросам с призывом бросить военную службу и стать пиратами. У Тьерри на корабле был авторитет, матросы уважали его за смелость и отчаянность, а кроме того многие из них разделяли его идеи, которыми он делился во время отдыха с моряками. Так что без колебаний практически весь экипаж согласился.

На корабле был поднят флаг белого цвета, на котором была только одна надпись: «За Бога и свободу!» Везение им было или умение их делало успешными, но корабль их с удачным названием «Ля Виктуар», то есть «Победа», поработал и в Атлантическом и в Индийском океанах. На абордаж было взято несколько судов, экипажи которых были просто поражены. Пираты не брали у них ничего лишнего. После абордажа на борт «Ля Виктура» грузились только те товары, которые им были необходимы для дальнейшего плавания. При абордаже новоиспеченные пираты никогда никого не грабили и не убивали.

Исключение составляли только корабли, перевозящие рабов из Африки в Новый мир - в Америку и в Европу, а также в арабские страны. К работорговцам Тьерри Миссон и его экипаж были беспощадны. Естественно, что в таком деле «Ля Виктуар» нажила себе много врагов среди капитанов, занимавшихся работорговлей. С волками жить - по волчьи выть. Для того, чтобы противостоять работорговцам, честным пиратам нужна была база, и Миссон нашел ее в Индийском океане.

Сначала он сделал своим оплотом один из островов Коморского архипелага, который французы называли Анжуан.

Султан этого острова сначала очень обрадовался Миссону, особенно его подаркам. А потом, когда поток подарков ослаб, чуть не сдал его охотившимся за ним работорговцам. Тьерри покинул Коморы и перебрался на Мадагаскар. Здесь в северо-восточной части острова, где была неплохая бухта и холмистый берег, с которого хорошо были видны подходы с моря, он основал маленький приморский городок-государство, в котором законом были утопические принципы всеобщего равенства и братства.

Понимая, что одному ему с задачей создания нового государства не справится, Миссон разослал письма своим товарищам-пиратам с призывом объединиться с ним и строить вместе новое государство. Трудно поверить в это, но призыв этот встретил отклик среди корсаров Индийского океана. В короткий срок основанный Миссоном на Мадагаскаре городишко разросся, а население его заметно увеличилось.

Многие известные пираты примкнули к Тьерри Миссону. Например, знаменитый карибский пират Том Тью передал новой республике свой корабль и верно служил ей до самого конца. Остальные пираты если и не присоединились к новой республике, то во всяком случае, не испытывали к ней вражды, и в городе всегда поддерживались относительное спокойствие и порядок. Даже капитаны-негоцианты[53] из американских колоний Англии поддерживали связи с Городом Солнца. Так Миссон и Тью назвали свое поселение.

Городишко был застроен в основном небольшими домиками, где обитали его жители. Были, конечно, два или три больших дома, где собирались поселенцы по разным случаям. Построил Миссон полезные мастерские и верфь, на которой были заложены и спущены на воду два корабля. Их торжественно назвали «Анфанс» - «Детство» и «Либерте» - «Свобода». На верфи ремонтировались и старые корабли, поскольку пиратские

---

53 Негоциант — крупный купец, преимущественно занимающийся торговлей с другими странами.

рейды не всегда оканчивались без ущерба для судов и рангоута. Тем более, что корабли Миссона и Тью бороздили моря от Каапстада[54] до Аравийского побережья.

В городе не хватало женщин и одна из экспедиций, направленнных специально с этой целью, привезла в поселение чуть ли не сотню девушек от двенадцати до восемнадцати лет, которых пираты в разных портах уговорили поехать с ними. На острове, где истосковавшиеся мужчины встретили новоприбывших с восторгом, началась волна спешных браков, которые, правда, быстро рассыпались. Но в любом случае проблема народонаселения начала решаться.

Все жители города считались равными, независимо от происхождения и цвета кожи. Частной собственности в республике не было. Существовала общая городская казна, состоявшая из шелков, бриллиантов, золота и драгоценностей. Она пополнялась за счет добычи и никогда не пустовала. Раненым и увечным, а также нетрудоспособным по другим причинам и пожилым людям, которых, кстати, было намного меньше чем раненых, выплачивали пенсии. В городе было запрещено играть в азартные игры и нецензурно ругаться.

Когда я услышал эти слова боцмана, я скорчил недоверчивую физиономию как бы сомневаясь в словах рассказчика. Но старый боцман, рассказывавший мне про эту республику, поклялся правой рукой, что эти запреты в городе соблюдались, потому как об этом ему рассказал его отец, который по крайней мере ему никогда не врал.

Короче, продожал боцман, строго глядя на меня как на Фому неверующего, почувствовав власть и удачу, Миссон начал думать о том, как бы его житейский порядок расширить на всю территорию острова. Он составил подробную карту прибрежной полосы и вместе со всем своим флотом ушел в море добывать деньги для новых начинаний, оставив город фактически

---

54   Каапстад - старое название Кейптауна.

без охраны. Видимо, он надеялся, что хорошие отношения с местными племенами позволят сохранить в неприкосновенности поселение. Но он забыл, что на центральном плато Мадагаскара живет высокоорганизованное племя мерина, которое умело и строить, и воевать и не нуждалось в соперниках.

Мерина собрали несколько боевых отрядов, с плато спустились на побережье и в одночасье нанесли городу, пока в нем не было его защитников, смертельный удар. Напали на него, разграбили и сожгли после короткого боя. Немногие защитники поселения были разбиты.

Вернувшись домой, Миссон и Тью нашли только пепелище, по которому с растеряными лицами и с погасшими глазами ходило лишь несколько десятков человек. Они рассказали сбивчиво и со слезами о коротком жестоком бое, в котором погибли люди и идея.

Похоронив погибших, Миссон и Тью решили начать все снова, но уже не в Африке. И с печалью отправились в новое далекое плаванье. Говорят, что в Мозамбикском проливе, славящемся своими штормами, их корабли разбросало волнами и больше их никто не видел и никто о них не слышал. Так что государство это несостоявшееся просуществовало немногим больше двадцати лет. Таких как этот город на Мадагаскаре больше не было. Но боцман клялся памятью своего отца, что вдоль побережья были и другие маленькие самостоятельные пиратские пристанища.

Уже это мне было интересно узнать. Я думал, что ничего похожего я не услышу никогда, потому что вторую такую сказку придумать трудно. Но уже на следующий день, когда мы опять собрались у бизань-мачты, чтобы отдохнуть после дневных работ, боцман продолжил свой рассказ.

Лет десять назад один из искателей приключений словацкого происхождения по имени Мориц Беневский добился встречи с Людовиком XV, и уговорил его поддержать план освоения этого африканского острова, расположенного вблизи важных морских путей. Заручившись поддержкой французского короля, он в феврале 1774 года высадился на Мадагаскаре, сопровождаемый командой из двадцати офицеров и более двухсот моряков. Не встретив серьезного сопротивления, они приступили к постройке опять же в северо-восточной части острова «столицы» - города, названного в честь французского короля Порт-Луи, затем переименованного в Луисбург. А потом, показав где надо свою мощь и силу, а где надо свое умение убеждать хитростью, Мориц Беневский добился того, что года через два вожди местных племен избрали его своим королем.

Для местных-то он, конечно, король, а для французского короля он оставался губернатором и это Беневскому не особо нравилось. Состоя в должности губернатора Мадагаскара, Мориц Беневский, зачарованный этим райским уголком и властью, установил дружественные отношения с местными племенами. Даже начал формировать туземное ополчение, вроде как свою армию. Конечно, со свойственной ему непосредственностью и амбициозностью стал подумывать и об образовании здесь независимого государства. Боцман, показав на меня пальцем, сказал, что Беневский этот даже намеревался обратиться за помощью в этом деле к государыне российской Екатерине Второй.

Растущая самостоятельность словака встревожила французских наместников близлежащих островов Бурбона и Иль-де-Франса[55], которые завалили Версаль депешами самого неблагоприятного для Беневского содержания.

Вследствие такого оборота событий помощь из Франции перестала поступать. В лагере Беневского свирепствовали тропические болезни. Число европейцев под его начальством сократилось до шестидесяти трех. Это вынудило его свернуть

---

[55] Бурбон — старое название острова Реюньон (заморский департамент Франции).
Иль-де-Франс — старое название острова Маврикий.

свою деятельность и вернуться в Париж. Оставил он Мадагаскар под властью местного короля племени мерина и под контролем французских колониальных чиновников, которые прибыли на Мадагаскар как из Франции, так и с соседних островов Бурбон и Иль-де-Франс.

Боцман закончил свой рассказ, а я думал о тяге человека к справедливости и о том, что люди, защищающие свою независимость, обращаются за помощью к Российскому государству. Не знаю, можно ли это назвать зазнайством или высокомерием, но эта мысль наполняла меня гордостью за то, что я русский человек и что про Россию даже в Африке знают и надеются на нее.

ГЛАВА XV

На Мадагаскаре

Здесь путешественнику предстояло пройти пешком от Нуси Бе, на северо-западе острова Мадагаскар, до его восточного берега - Таматава. По дороге он знакомится с местной жизнью и необычными обычаями.

Март-апрель, лета 1782 от Рождества Христова.

Перебирая эти истории в голове я смотрел вперед и ждал встречи с этим островом. Состоялась эта встреча на северо-западе Мадагаскара, в красивом живописном заливе. Моряки это лукоморье Нуси Бе называли. В переводе это означает - Маленькая гавань.

Прибыли мы туда на Пасху. И как всегда к этому празднику настроение у меня было хорошее, приподнятое. Все вокруг казалось ласковым, пригожим да сердцу приятным. Не знаю, поэтому или нет, но когда мы причалили к берегу, мне как будто боженька мягкой ладошкой по душе погладил. Островок этот расположен рядом с самим Мадагаскаром, окаймлен широким поясом белоснежных коралловых рифов. За этим поясом - полоска грациозно склоненных пальм с уютно прильнувшими к их стволам хижинам туземцев среди кустарников. Дальше - немного невысоких деревьев, заросших тропической растительностью. И совсем вдали - живописные зеленые горы. Но это уже на Мадагаскаре. А прямо перед нами мы увидели остов разбитого корабля, торчащий на уступе прибрежного утеса. С моря все это казалось сказкой. А когда мы зашли в бухту, то я вообще не знал, что и сказать.

Место красивейшее. Море прозрачное как стекло, а точнее, как изумруд зеленое, рыбой, кораллами и водорослями разными наполненное. На берегах золотой песок, пальмы кокосовые на ветру качаются. По красоте с Сейшелами спорить может место это. В общем, и там рай, и здесь рай. Люди даже могут подумать, что уж больно много рая я на своем пути домой повстречал, но что же я там не остался? Ответ мой простой. Как говорится, не нужна соловью золотая клетка, а нужна зеленая ветка.

Если бы меня тянуло в раю жить, то я либо остался на Сейшелах или в Нуси Бе, либо смерть свою бесшабашно искал бы с риском вместо рая в ад попасть. Проще говоря, Богу свою душу многогрешную допрежь времени отдал бы на его справедливый суд. Но мне пока веселее в обычной, пусть даже трудной жизни. А больше приятности я себе найду среди морозов, лесов и полей наших.

Долго мы в этой Маленькой гавани не простояли. И вот почему. Местный король по имени Андрианапуйнемерина хоть и неграмотный, но шибко уважаемый как своим народом, племенем мерина, так и пиратами и проезжими купцами, на этот счет свое мнение имел. Его слово для всех было законом, который нельзя не выполнить.

Наш корабль местные подробно осмотрели, с мздоимством и тамгой ихней нас познакомили, и по прошествии одного дня зачитали они нам предписание. По королевскому указу торговые люди с кораблей приходящих на Мадагаскар в течение года, могли торговать поочередно со всеми народностями мадагаскарскими, чтобы ни одной из народности обидно не было. В прошлый раз корабль торговал с народностями с центрального плато, главным образом, с мерина. Поэтому нам предписывалось безотлагательно уйти из гавани на восток, так как на этот раз капитану была разрешена торговля в течении недели только с племенами, населявшими восточный Мадагаскар. Самая большая проживающая там народность - бецимисарака. А город их главный - Таматав[56] стоял прямо на берегу моря Индийского.

Несмотря на то, что торговать мы имели право только на востоке, мы должны были, тем не менее, поднести дары королю Андрианапуйнемерина, резиденция которого была в самой середине острова на горе Рува в поселении Антананариву. Соблюдя эти обычаи и закончив торговлю, по разрешению портовых властей и по королевскому указу, мы все должны были уплыть с острова.

Слова «царский указ» мы слышали повсюду и при всех ситуациях. Царь этот мадагаскарский разумно рассудил, что сила государственная в единоправии, и что пока все народности мадагаскарские не объединятся под одной рукой, остров ни процветать не будет, ни защитить себя не сможет от чужеземцев или от каких-других злонамеренных людей, которые захотят Мадагаскар под свою власть подвести. И с помощью приближенных своих и опираясь на народность мерина, самопровозглашенный король силу набрал и стал островом единолично править, стараясь привлечь к себе другие народности не только силой, но и уважением к ним, а иногда и подкупом нечестным.

---

56 Таматав — старое название города Туамасина. В настоящее время это второй по численности населения город Мадагаскара. Самый большой глубоководный порт на острове.

Знающие люди в Нуси Бе объяснили мне, что хотя король и высшая власть в племени мерина, но нести это бремя ему нелегко. Врагов у него среди родни властолюбивой и правителей соседних племен несчитано. И они от своих амбициев править островом легко не отказываются. И короли местные много страдают от вражды такой.

С самого первого момента, когда его только возглашают королем, судьба новоиспеченного монарха на грани жизни и смерти. По обычаю король может стать правителем только когда его подданные на руках поднимут его носилки по крутому склону горы Рува, где находится его дворец. Надо ли говорить, что любая оплошность здесь, случайная или нарочитая, может привести к падению носилок вместе с королем и его смерти.

Да и после того, как он уже царствовать начнет, многие из его приближенных продолжают ронять слюни по поводу его места и всегда готовы при удобных обстоятельствах покончить с его жизнью. В истории вождей племени мерина немало случаев, когда королям подсылали убийц, а иногда и подсылать не надо было, поскольку родственники, рядом с королем проживающие, сами хотели убрать его.

Спасались цари за счет ловкости своей, осторожности и предвидения. В загородном королевском дворце в Амбухиманге часто уходили они от своих убийц, подосланных к ним врагами или родственниками, по балкам чердака и по крышам прилегающих домов.

Но королевские дела, это их дело. А наше дело было добраться до столицы по острову сухопутным путем, а это непросто. Мадагаскарцы народ отчаянный, и стрелы у них ядовитые, и стреляют они хорошо. Это моряки уж лет сто назад узнали. Указы короля дело серьезное только когда их на руки получишь, а угадать, что у него в голове не каждому человеку способно. Кто знает, может указов этих два было? Один нам на руки - с разрешением о торговле, а другой страже королевской - с разрешением нашу торговлю любым способом остановить.

А кроме того, не надо забывать, что даже если указ один был, то те, кто по дорогам озорует и не знает, что мы приказ короля выполняем, очень даже легко нас на тот свет отправить могли бы по своей неразумной воле, не догадываясь, что мы по королевскому слову и делу в столицу идем.

Андрианапуйнемеринадал нам разрешение беспрепятственно идти до Таматава только при условии, что мы до этого обязательно зайдем на плоскогорье, где его племя заложило град-столицу и назвали его Антананариву. Что означает «тысяча селений». Поднесем ему дары с возможностью, что за это он все-таки разрешит нам выставить там на рынке на обмен кой-какие свои товары по выбору местных приказных. Понятно, почему нам такое исключение сделали. Король все-таки больше пекся о своем племени, чем о других и хотел, чтобы новые европейские товары пришли сначала к мерина, которые, ознакомившись с ними, потом перепродали бы их с доходом другим племенам.

Выступили мы в поход. И пока наш корабль вокруг острова шел в бухту Таматава, мы пешим порядком с караваном носильщиков понесли наши дары и товары в горное местечко Амбухиманга, недалеко от столицы, где в то время мадагаскарский король на отдыхе проживал. Дорога не ближняя, но шлось нам легко. Провожатые у нас были местные, люди военные, с копьями да с луками, и прошли мы без помех куда надо. Отдали дары и своими делами занялись.

Мы все сделали по их понятию. И после передачи даров королю, по совету его придворных из Амбухиманги пошли по другим городкам на плато мерина - в Антананариву, а также в Анцирабе, где много камней драгоценных, яхонтов, смарагдов, топазов да яшмы, добывалось. Там мы должны были завершить предписанный нам королевский политес.

Места эти красивые. Есть источники с горячей водой, которые, говорят, если в них часто мыться, молодость возвращают. Мы по паре раз вымылись в них, но моложе не стали, видно, мало мылись. Зато в торговле мы преуспели. Распродали весь товар за два дня с выгодой. Мадагаскарцы очень большой интерес к заграничным товарам имели, а мы, пользуясь этим интересом, торговлю провели, как капитан нам сказал, удачно.

Что на Мадагаскаре хорошо, конечно, кроме природы - это порядок и для торговых людей раздолье, поскольку чего здесь только нет. Тут и деревья с дорогой древесиной, и каменья самоцветные, да и золотишко. А к пиратам и купцам человеческим товаром здесь относятся с пониманием, лишь бы мыт - таможенные деньги и за стоянку в порту платили. А не платить нельзя. Мадагаскарцы, как я уже говорил, народ лихой, даром, что малый ростом. И в ответ на обман и силу могут применить и коварство.

Моряки аж говорили, что по повериям некоторых местных знахарей изгнанных из своих деревень за злонамеренное колдовство и наговоры и превратившихся в настоящих бандитов, белые люди, по местному вазаха называются, очень хороши для того, чтобы по их кишкам будущее определять. Вскроют живот бедолаге какому-нибудь кто на берегу напился или с местной девушкой прогуляться по лесу пошел, и на его кишках гадают. Точность предсказаний, говорят, необыкновенная. Но я в это не очень сильно верю, хотя все может быть в этом мире.

За себя я особенно не беспокоился, поскольку мерина в ратном труде хотя и упорные, но бандиты из них никудышные, а я в два раза их выше и в три раза тяжелее. Короче, разбойному люду со мной трудно справится было бы, тем более, что шел я не один. И вот без ущерба всякого для себя топали мы мерным солдатским шагом из Антанариву поперек этого огромного острова на его восточный берег в Таматав.

В этом походе, несмотря на мой опыт, я все-таки иногда чувствовал себя неуверенно. Языка местного я не понимал, и народ на нас троих смотрел очень подозрительно, хотя в гостеприимстве не отказывал. И кров предоставляли, и кормили очень даже неплохо. Так что эта неделя пути прошла у нас почти без приключений.

После встречи с королем провожатые наши остались в городе, и мы шли одни. Останавливали нас дорожные люди пару-тройку раз, но взять с нас было нечего. Да и на вазах мы не были похожи, поскольку лица черные от загара, обветреные, а одежда больше лохмотья напоминала, чем рубаху да порты европейцев. Так что местные скорей к нам с состраданием относились и вреда большого для нас в сердце не таили.

Между собой, верно, они воюют, поскольку племена на Мадагаскаре разные, самое большое и сильное - мерина, у царя которых мы гостями были. На них набегов не устраивают, поскольку боятся ответного мамаева побоища. Которые помельче, те между собой бандитствуют. Скот да землю делят, обиды родовые вчиняют друг к другу. Не все народности обычаями сходятся, и каждое племя хочет заставить другое племя свою традицию уважать. Но в целом, народ они незлобный, и чаще между собой договариваются.

В тьме обычаев мадагаскарских один поразил меня. И я до сих пор понять его я не могу. Суть этого обычая в том, чтобы каждый год покойников с кладбища забирать и в дом вновь приносить мумию. По этому случаю в доме гулянка, можно сказать праздник. Народ местную брагу пьет, скот забивают, всякую вкусную еду соседям и просто проезжим и прохожим людям предлагают.

Мы когда шум и музыку громкую с песнями в одном доме услышали, сначала подумали, что свадьба. А уж потом, когда нас за руки взяли да в дом ввели, увидели, что посреди комнаты покойник лежит весь в полотняные ленты замотанный, а народ вокруг, видимо, хвалит его и приятные слова в его адрес говорит. Это, конечно, уважение к покойному, что дескать не забывают его, и он по-прежнему член рода, но для нас жуткость какая-то в этом чувствовалась.

Я уж почти полсвета проехал да много всякого повидал, и в результате одну мысль в голове построил. Природа человеческая до того различна и в таком количестве разных образов проявляется, что никакой здравомыслимый расчет охватить эту разность обычаев и принять как свое не может. Поэтому все эти традиции надо просто принимать как есть и уважать по возможности. Но если тебя этим обычаям чуждым против воли твоей следовать и подчиняться заставляют, то лучше от этих обычаев в сторонку отойти. Потому как переучивать людей, которые эти обычаи столетиями накапливали и в себя впитывали, дело ой какое непростое. Во всяком случае, не по моей голове шапка.

ГЛАВА XVI

По дороге на Таматав

Местный скот. Загадочная зверушка. Выход из восточного порта Таматав.

Март-апрель, лета 1782 от Рождества Христова.

Шли мы по Мадагаскару рядом с груженой телегой, в которую была запряжена не то вол, не то корова. По-местному зебу называется. По тому, как к этой породе здесь относятся, я понял, что эта скотина для мальгашей - мадагаскарцев, обозначает их благополучие и надежду на будущее. Самого короля Мадагаскара Андрианапуйнемерину местные глашатаи с гордостью именовали «быком с большими глазами», что по их понятию прибавляло еще одно достоинство к его другим титулам.

Говорят даже здесь, что их главное божество Занахари с начала сотворило быка, а потом приступило к созданию людей. Сделало оно это так, чтоб человек ни с голоду не умер, и без помощи в хозяйстве не остался, поскольку эти коровы и в пищу и как тягловый скот здесь используются.

Я обратил внимание, что в разных районах острова, скажем на севере и на востоке, коровы эти друг от друга отличаются. И хоть эти коровы в хозяйстве на полну катушку используются, тем не менее, используют их и как священных животных, как и в Индии, для совершения ритуальных обрядов. То есть, относятся мальгаши к своему скоту не только как к материальному достоянию, а еще и поклоняются ему в духовном смысле.

Одной из самых важных частей ритуальных торжеств здесь является доение зебу вождями и помазание молоком всех, кто на это торжество приглашены. Говорят даже, что одно время этих коров забивать нужно было по особому обряду, чтобы не вызвать гнев предков.

Издавна местные зебу считались не только священными, но и полезными животными. И постепенно их стали приносить в жертву и даже с особыми обрядами стали употреблять в пищу. По местным поверьям, кровь зебу очищает новорожденного, охраняет от болезней. Каждая часть тела зебу наделяется местными жителями особыми свойствами.

Самой вкусной частью считается горб зебу, который вкушают лишь старейшины. Некоторые народности Мадагаскара умеют вырезать из горба кусок жира, не подвергая животного опасности. Для того, чтобы корова не страдала, раны ее залечиваются нитями паутины и лекарственными травами, а швы сшиваются муравьями, которых сыпят на рану, чтобы они зашили ее.

Иногда на зебу возлагают и искупление грехов. Если какая-нибудь община местная чувствовала за собой грех или вину в каком-нибудь деле, то она приносила в жертву корову, а лучше быка. Перед тем, как убить животного для очищения они заставляют прыгать его через горящие ветки священных деревьев.

Зебу учавствуют во всех жертвоприношениях по временам года: с наступление весны, равноденствия, начала полевых работ. В день зимнего солнцестояния тоже. Подобные праздники имеют целью вымолить у добрых небесных сил задержавшиеся дожди, хороший урожай.

Владеть скотом здесь - это гордость. Но для меня такая гордость условная, потому как выкрасть десяток коров и пригнать их родителям невесты, чтобы получить руку любимой, для мадагаскарцев дело вполне обычное. Число украденных коров здесь как мерило мужества. И ни одна уважающая себя местная красавица не отдала бы руку тому, кто еще ни разу не угнал чужую скотину.

Но делают они это, по-моему, очень забавно. Будущий похититель быка обычно идет к его владельцу и говорит, что он собирается это сделать. Так что, гляди в оба, хозяин. И если коровокраду все же удавалось украсть коров, несмотря на предупреждение хозяину, то они считались не украденными, а доставшимися мальгашу как боевые трофеи. А тому, кто попадался, пощады не было. Похитителя могут закопать в стойле так, чтобы оставалась одна голова. И при выгоне скота вор получает смертельное увечие. Несмотря на все это, кража скота - самое распространенное преступление на острове.

У некоторых народов пастухи в особом почете. Даже короли не брезгуют этим занятием. У пастухов зебу, как наши петухи. Деень для них начинается с мычания коров. В туман коров не выгоняют, потому как по их представлениям, от тумана зебу могут заболеть.

Главное в скоте - это масть, форма рогов и упитанность быка. Для мальгаша это самая она красота бычья и есть. Любопытно, что богатым здесь считается не тот, у кого много зебу, а кто больше их забьет к обряду поминовения предков. Скажем, если у тебя тысяча быков, а принес ты в жертву только одного, в глазах односельчан ты будешь считаться неровней всем остальным. А если у тебя всего три быка, а ты двумя пожертвовал, то ты - первый человек на деревне по щедрости и уважению к обрядам.

Много всяких разностей на Мадагаскаре. Как говорится, у каждой избушки свои погремушки. Но меня на острове поразило одно животное, равное которому я нигде не видел. Специально людей о нем расспрашивал. И узнал, что называется оно словом «лемур». Слово это обозначает «дух усопшего».

На вид лемуров много разных. Но что такое лемур я так и не понял. Кто это? Обезьян какой, собака или кошка? Мне удалось повидать много лемуров, и по их виду и по поведению они для меня так и остались чудной загадкой. На Мадагаскаре верят, что в лемуров переселяются умершие. Есть на острове сказание, что некогда жили в лесу мужчина и женщина. У них было много детей. Некоторые дети расчистили клочок земли и посадили рис. Они стали предками мальгашей. А другие работать не стали и стали жить на деревьях. Они стали лемурами.

Строгие запреты не разрешают мальгашам убивать лемуров. Однако, некоторые народности, например, бецимисарака или махафали, питаются их вкусным мясом. Чтобы тяжесть нарушения запрета на убийство лемура не ложилась им на душу грехом, они предварительно отрубают животному маленькие лапки, которые очень похожи на руки человека. Не знаю как насчет души, а зверюшку мне жалко.

Однако, в целом на Мадагаскаре к лемурам отношение особое и все-таки уважительное. Большинство считают, что они вышли из плохо зарытых могил, и на самом деле - это преобразившийся человек. Найденого в лесу мертвого лемура нередко хоронят с почестями. Если зверьки попадают в ловушку, поставленную на другого животного, то его немедленно выпускают, принося очистительную жертву, смазав тело зверька жиром. Однако, в некоторых местах лемуров считают колдунами. Если они поселяются около деревни, то деревенский народ перебирается подальше на новое место жительства. Ибо считается у этих племен, что где обитают лемуры, там свирепствуют демоны и злые духи.

У народа сиханака есть такое поверье. Когда человек засыпает в лесу, лемур приносит ему подушку из сухой травы. Если она будет положена спящему под голову, то он разбогатеет. Если под ноги, станет бедным. Врочем, бедности здесь никто не боится, поскольку никто не знает, что такое богатство.

Однако, для всех мальгашских народностей поголовно, один вид лемура является священым и на него объявлен фади - закон не причинения вреда. Охота на этот вид - величайшее оскорбление предков. Убийство же его влечет за собой еще более серьезные последствия, чем убийство человека.

Название этого вида лемура - индри. Похож он и на кошку, и на собаку, но самое красивое в нем, это его немного вытращенные, круглые и любопытные глаза и высоченный полосатый и пушистый хвост. Мальгаши зовут его бабакуто, что означает «маленький папа». Еще они его ласково называют дедулей. Эти индри не живут в неволе, чем они питаются, тоже пока не понятно.

Видал я стайку этих зверьков. Они важно хвостом трубой всей ватагой мимо нас прошли по тропинке лесной. И даже вниманием не удостоили. Шли дружно, только перекликались между собой тонкими голосами. Долго смотрели мы как они в лесу скрываются. И спокойствие их и уверенность нам передались. Насмотревшись, вздохнули и рядом с телегой пошли на восток мерным солдатским шагом.

Шагали мы без приключений. Телега наша со скрипом катилась за нами. За товар, который был в ней, я особенно не беспокоился. Шел весь в мыслях, поскольку узнал я для себя много нового. Пока гостевал на Мадагаскаре, я успел природу этого острова полюбить, а вот в людях так и не разобрался. Уж в больно замысловатом своем мире они живут. И обычаи и традиции у них, пожалуй, самые древние и, пожалуй, самые мудреные. Мне даже казалось, что обычаи эти из какого-то другого района земли приплыли на остров, и тут они приросли к душам народностей мадагаскарских[57].

Вот последний перевал и мы остановились, чтобы перевести дух после длинного пологого подъема на гребень холма, с которого перед нами раскинулся захватывающий душу вид. Внизу темнели домики и хижины. На берегу лежали рыбачьи лодки. А в бухте стояло несколько кораблей разного размера. Прямо наротив нас расстилалось в своем величии океан-море. Сказочными казались полоска сверкающей, прозрачной изумрудной воды вдоль золотого берега, окаймляющая бухту, огражденную каменной грядой кораллового рифа, бившиеся об эту гряду мощный накат океанских волн, которые от ударов оставляли за собой длинную ленту белой пены. А дальше - режущая глаз густая синева глубокого моря, усеянная гребешками волн, поднятыми морскими течениями и сильным ветром. А совсем далеко, там, где небо сходилось с морем, виднелся одинокий парус.

Спустились мы под гору в порт Таматав, главный город народности бецимесарака. Порт небольшой, и гавань вся как на ладони. Среди других кораблей отыскали глазами наш. Видим, что он готов к отплытию. Бросили мы телегу у таможенной заставы и со всех ног побежали по дороге пыльной прям в воду. Вахтенный с корабля нас увидел, дал команду шлюпку на воду спускать. Пока лодка к нам шла, а мы в море пыль с себя смывали, тут и телегу местные таможенники к берегу подогнали с товаром и скарбом нашим. Мы покидали тюки и пожитки в лодку, расплатились с таможенниками и возницей, потрепали по горбу корову-зебу, которая нашу телегу везла, и махнули рукой Мадагаскару: «Прощай!».

---

[57] Некоторые исследователи полагают, что многие черты современной мадагаскарской культуры сходны с элементами культур Океании и конкретно, Полинезии. Считается, что Мадагаскар в 200-500 гг. н.э. был заселен выходцами с Суматры, Явы, Тимора, Сулавеси и т.д., прибывших на Мадагаскар на гигантских каноэ и плотах.

Взошли на корабль. Нам говорят, что дон Жоаким и его приятель, капитан Эдмундо де Норонья с корабля, что рядом с нами на рейде стоял, с местной знатью переговоры ведут насчет товару людского, что у вождя объявился. После войны с соседями, пленников человек пятнадцать представили на продажу. Народ, конечно, невзрачный, но как я уже успел узнать, работящий, да и в работе умелый. В рабство кое-кто себя по своей воле продал, а кое-кто был из племен, что на центральном плато живут. Бецимисарака с ними время от времени воевали. Пленников захватывали и отводили на берег на продажу. Невольничий товар у них всегда был, поскольку таматавские воины, в отличие от других мадагаскарцев и ростом велики, да и силой их Господь не обидел. И спроть мерина и других племен с центрального плато только они одни воевать успешно могли.

Дон Жоаким де Мелу на переговорах своего интереса не имел. Человеческим товаром не хотел он торговать. Поскольку доверия и весу у него посреди мадагаскарцев было премного, он своему земляку по его просьбе просто помочь согласился, но не по невольникам торговаться, а по другому товару по мясу, черному дереву да по каменьям драгоценным коих на Мадагаскаре немеряно.

Конечно, капитан Эдмундо де Норонья, кому в голову пришла идея продать рабов на соседнем острове и у кого в трюмах место было, и сам торговаться умел знатно, а с помощью дона Жоакима возобладал над мадагаскарцами по цене и взял невольников почитай что задаром, что привело его в хорошее и даже боевое настроение. Хотя теперь и человеческого товару у него достаточно было, но к этому товару он еще дерева да скота прикупил. Трюмы были все забиты дополна, и на остров Иль-де-Франс он отправился с явным перегрузом по весу и с явным перебором по барышу. Его корабль шел у нас в кильватере и скрипел от перегрузки.

ГЛАВА XVII

Под Южным Крестом

Дон Жоаким рассказывает о капитане Уильяме Кидде. Заход на Иль-де-Франс. Земля, люди и природа острова.

Апрель, лета 1782 от Рождества Христова.

А мы шли вперед полным ходом. Все паруса были подняты, и «Креолка» грудью мощно рассекала воду. На капитанском мостике, недалеко от штурвала, дон де Мелу с каменным лицом отдавал команды рулевому и вахтенному. Но больше молча прохаживался из одного угла капитанского мостика в другой.

Базиль, с кем на корабле я с радостью встретился после моего пешего перехода, сохранял свой веселый нрав, несмотря на то, что корабельными делами его загрузили с лихвой, учитывая его морской опыт. Мы много вспоминали Занзибар, сафари, Сейшелы и рисовали себе перспективы будущей жизни.

Капитан тоже присоединялся к нам иногда. По его разговорам мы к удивлению своему поняли, что поперву у капитана все-таки приключения в море, авантюры всякие, а уже потом как оплата риску его и усилий - товары и сокровища. В пример рассказал он нам о пирате одном во всех океанах известном. История эта меня очень удивила. Получалось, что пират этот вовсе и не пират, а работный человек на графьев и благородий всяких, которые сначала у него деньги отбирали за труды его, хоть и неправедные, а потом и вовсе повесили. Звали этого бедолагу Уильям Кидд.

Вот что нам рассказал де Мелу об этом капитане. Плавал этот капитан по океанам только три года, но известность получил большую. Было все это сто лет назад. Совершил он лишь одно плаванье и захватил всего один серьезный трофей. Но даже этого хватило ему, чтобы стать иконой пиратского ремесла.

А ведь прежде чем стать пиратом шотландец Кидд служил на каперском корабле гдей-то в Карибском море. Мотался между Нью-Йорком американским и Англией в поисках более выгодной каперской лицензии. И вот познакомился он с англичанином одним, графом Ричардом Белламонтом, которого только что назначили губернатором Нью-Йорка и Масачусетса, и обещал тот Кидду за его каперство специальный корабль и лицензию.

Только вот доходы от этой каперской деятельности по хитростям всяким в договоре уходили не капитану с командой, а этому самому губернатору Белламонту да и другим влиятельным особам. Для Кидда приобрели 34-пушечный корабль по названию «Эдвенчер Гелли» и оформили ему такое каперское свидетельство, что ему можно было не только пиратов, но и французские корабли потрошить по этой лицензии. Кроме того, Кидду намекнули, что влиятельные особы будут смотреть сквозь пальцы и на откровенное пиратство, если оно будет приносить хороший доход.

И вот Кидд на этом корабле отправляется в Индийский океан-море и пополнив экипаж на Мадагаскаре, начинает свои разбойные деяния. Нападал он и на корабли Ост-Индской компании, и на португальские суда, но все это было безуспешно, всякий раз терпел он неудачу. Он сумел захватить лишь один небольшой английский корабль. Помотало море его корабль-развалину сильно, и где-то на островах в Аравийском море напротив Малабарского побережья Индии встал он на ремонт.

Вскоре Кидд, охотник до приключений всяких и не большой любитель сидеть на берегу, снова вышел в море, но едва ушел от двух хорошо вооруженных кораблей, на которые спланировал абордаж. По недосмотру вахтенных, которые не рассмотрели, что корабли хорошо вооружены, лихой налет оказался неудачным. На «Эдвенчер Гелли» стало неспокойно. Команда была очень недовольна своими доходами, и на корабле готовился мятеж. Главарь мятежников попытался напасть на Кидда, и в рукопашной схватке Кидд убил своего противника. То есть, мятеж он пресек на корню.

После этих событий ему все-таки удалось захватить несколько небольших трофеев, а потом и более крупную добычу - большой корабль какого-то индийского богатого купца. Трофей оказался настолько хорош, что Кидд решил бросить свой разваливающийся «Эдвенчер Гелли», перебазировался на трофейный корабль, который он переименовал в «Эдвенчер Прайз». После этого Ост-Индская компания заставила английское правительство официально объявить Кидда пиратом. И теперь уже Кидд остался и без поддержки «влиятельных людей» и без надежды на амнистию. Больше того, его объявили в розыск. Ходили слухи, что Кидд зарыл свой трофей на Лонг-Айленде прежде чем появился в Нью-Йорке, где пытался договориться с графом Белламонтом и другими своими бывшими хозяевами, которые благословили его на пиратство, но они же его арестовали и в цепях отправили из порта Бостон, что в Америке, в Англию.

Там его признали виновным в убийстве и в пиратстве, потом повесили, а мертвое его тело было помещено в клетку и висело над рекой Темзой, как предупреждение всем потенциальным пиратам.

Дон Жоаким де Мелу сделал паузу и сказал:

- Да, хоть неправедные деньги счастья и не приносят, но ими все-таки друзей проверить можно. Кидд хотел за деньги белламонтову дружбу обрести и в высший свет попасть, да так у него и не получилось прославиться по-хорошему.

Опять помолчал и добавил:

- А этот Белламонт, судя по его в одночасье обретенному богатству, сумел-таки найти трофей Кидда и фактически подлец оказался единственным человеком, который получил какую-то личную выгоду от деятельности Кидда. А Кидд, в общем-то неплохой моряк, оказался по воле своих господ каким-то адским жупелом, которым власть имущие размахивали перед народом. А ими благословленные другие пираты, настоящие бандиты да злодеи, так те сквозь пальцы правосудия английского как золотой песок и просочились.

Дон Жоаким ударил с досадой кулаком по мачте и ушел к себе в каюту. Окромя этой беседы, на которую вышел с нами де Мелу, больше у нас с ним длинных разговоров не было, и по ходу рейса относился он к нам довольно сухо. Как бы наблюдал нас со стороны. Судя по всему, то, что он видел его не разочаровывало, а даже наоборот укреплялось доброе чувство доверия к нам.

На Иль-де-Франс мы прибыли в два часа ночи и стали на якорь. В темноте осмотреться было сложно, но в свете луны мне удалось увидеть, что на берегу просматриваются суровые скалы и утесы, до самых вершин заросших зеленой растительностью. От их подножья к морю отлого спускается зеленая долина. И по ней серебристой лентой речушка сбегает в море, как змейка.

С восходом солнца погрузились мы на шлюпки и поплыли на берег к маленькому городишке. Осмотрелись. И что меня больше всего удивило, что вокруг много всяких разных людей всех цветов и оттенков кожи: черного дерева, чистого янтаря, черной патоки, старой слоновой кости, коричневато-рыжего. И индийцы там и китайцы, и негры, и смешанной расы человеки, да и европейцы попадаются. Основной язык на острове хранцузский. Хотя хранцузский в устах плантаторов здорово отличается от хранцузского на котором говорят работники этих плантаций.

На Иль-де-Франсе, когда мы туда прибыли, капитан меня от вахты береговой - сторожить товар - освободил и сказал, чтобы я с другими четырьмя стал как бы шипшандлером-квартирьером, то есть заботился о пополнении корабля водой, запасами продовольствия и всякой боцманской надобности: веревок, канатов, парусины и так далее.

Походил я по острову с поручениями да и поездить пришлось. То есть, почти каждый уголок, где люди живут, посетил. Природа на Иль-де-Франсе как и на других островах Индийского океана, на которых я был, одна и та же - дивная. Я уж к этому привыкать начал. Но на этом острове и я диво увидел, которого раньше и не представлял даже. Однажды, лежа в повозке по дороге на одну из плантаций, где нам предстояло закупки сделать, и наслаждаясь теплым воздухом после непродолжительного дождя, мне почудились в немыслимой синеве неба вдруг сразу в одночасье несколько радуг. Я сначала думал, что это какое знамение божье мне видится, но местные сказали, что такое явление здесь часто бывает.

Остров хоть и маленький, но на нем одних пальм чуть ли не сто видов. Манго столько же. Даже баобабы есть. А еще есть райское дерево, на котором созревают тяжеленные плоды. И считается, что человек, которому упадет на голову такой плод сразу попадает в рай. Я в это не очень поверил, но сам пробовать не стал. А если об островитянах говорить, то как по местной жизни судить, то сразу в рай у них никто не попадет. Они и так в земном раю живут. Большинство из них греховной жизнью. Так что чистилища им никак не миновать, а кое-кому из плантаторов, живущих на Иль-де-Франс, или из морских разбойников, которые там свои притоны устроили, так и вообще прямая дорога в ад.

Но эти люди красоту острова Иль-де-Франс смазать не могут. Только представьте себе, вокруг ковром раскинулись холмистые просторы. Поражает изобилие тропических растений всех оттенков зеленого цвета. Вокруг купами стоят кустарники, рощи манговых деревьев, высокие грациозные пальмы, вздымающие в небо свои кроны с дюжиной пальмовых ветвей.

Из молодых пальм здесь делают интересное блюдо. Местные называют его «пальмиет». По виду оно похоже на очистки репы, а вкусом напоминает свежий миндаль. Очень нежное и приятное кушанье, приготовленное из сердцевины молодой пальмы. Так что, за один присест ты съедаешь целую пальму, потому что ты съедаешь ее еще до того, как она выросла.

Этот остров мне показался просто изумрудным, все кругом зелено. Если на Мадагаскаре зелень темная, а земля красная, то на Иль-де-Франсе зелень что на земле что в море бирюзовая, а берега черным песком усеяны, хотя местами и белый песок есть.

Местное чудо - это многоцветная земля, удивительным образом не смешивающаяся даже после дождя. На глазах у вас лежат слои желтой, розовой, оранжевой, коричневой и голубой почвы. И ни ветер, ни дождь никак не может их смешать в один цвет. Я даже хотел взять с собой маленькую скляницу такой земли не смешивающейся и привезти с собой в Россию. Но за делами корабельными забыл это сделать.

Горы на Иль-де-Франсе невелики. Все это в основном потухшие вулканы. Я бы больше холмами назвал. А на склонах этих холмов живет тьма народу из Индии, из Африки, из Азии. Землю обрабатывают, да и хорошие урожаи собирают, а то и два раза в год. И тростник сахарный, и табак, чай, хлопчатник, скот они разводят и так далее.

Огромной заботой для местных крестьян являются обезьяны. Они живут в густых лесах, покрывающих склоны невысоких гор. По ночам они спускаются вниз в долины и совершают набеги на плантации. Что самое интересное, что делают это они не только из-за голода, чтобы желудок набить, но и из озорства. Кое-где они полностью уничтожают урожаи бобовых культур, просто так, для забавы. Обрывают стручки и бросают их на землю. Развлекаются, сволочи. А работным людям, которым и так не много достается от барской заботы, эти бобы очень бы в пищу пригодились.

Управляют поместьями европейцы, почти все хранцузы из провинций Бретань да Нормандия. Управляют жестоко и жестко. Мне, человеческую злость повидавшему, и то аж в некоторых случаях дыхание перехватывало как здесь кнутом по рабским спинам прохаживаются.

Порядку здесь много, скрывать не буду, поскольку местные плантаторы народ суровый. Управлять, конечно, непросто, народ разный, из разных краев. Между собой они говорят на хранцузском языке, а с крепостными своими, которые у них на плантациях спины гнут, на местном языке, креол называется. И благодаря этому никаких путаниц да накладок нет. Каждый знает свое место. Хотя я такой порядок, когда человека давят и кнутом, и словом, не люблю.

Помещики хранцузские, которые этот жесткий порядок поддерживают, иначе с народом кроме как на креоле и не разговаривают, хотя между собой говорят на хранцузском с большим количеством матерных слов. Видимо дома не все дворянского роду были, хотя и дворян среди них немало.

Мне сказывали, что убежали они из Франции по разным причинам: кто из-за религии, а кто из-за притивуречия с властями были высланы с родины. Но жалеть их нечего, поскольку здесь они короли положения, да и с деньгами у них хорошо. И местная жизнь им нравится.

В этом климате, где ни печку топить не надо, ни от других природных напастей скрываться незачем, и здоровье не страдает, настроение всегда хорошее. Хотя для нового человека жить на острове небольшом не всегда способно, у многих начинаются расстройства психические из-за замкнутости пространства.

Ветра, которые дуют из Индии, муссоны называются, и обратно в Индию, пассаты называются, тоже в людей тоску вселяют. Особливо если тебе на роду написано с мотыгой да с серпом спину гнуть целый день без продыху. До сих пор я удивляюсь как они на песни и танцы силы находят. Но твердо знаю, что без этих песен, танцев, легенд и поверий, которых у них тьма, жизнь здесь совсем была бы для крепостного люда никудышная.

Работным людям здесь продыху днем нет, но вечером они до танцев и до песен дорываются, и песни у них шибко красивые. В них, в этих песнях, которые они называют сега, веселость с грустью так искусно переплетаются, что и не знаешь, плакать под эту песню или смеяться.

Юмора и любви к своему острову у них да же в их собачьем положении не отнимешь. Не знаю, в порядке шутки или серьезно они считают и делят свое мнение с приезжими о том, что сначала Господь создал остров Иль-де-Франс, а потом уже по его образу и подобию - рай. Я считаю это преувеличением. Я видал места и более похожи на райские кущи. Те же Сейшелы или Нуси Бе у Мадагаскара.

Продовольствием мы, конечно, отоварились, да не в порту, где цены были подороже, а в окрестных усадьбах. Капитан нашей заботой о судовой казне доволен остался, дал нам ночь времени и денег на пропой души в местном кабаке и предупредил, что по утреннему приливу, то есть часов в шесть утра, по морскому в четыре склянки[58], отплываем мы на африканский материк в его родной Лоренсу-Маркиш - главный город португальской колонии под названием Мозамбик. Товарищи мои по кораблю

---

[58] *Склянки — принятое на флоте название получасового исчисления времени. Вначале для определения вахтового времени использовали стеклянные песочные часы с получасовым интервалом. Количество склянок показывает время, счет их начинается с полудня. Восемь склянок обозначает четыре часа. Через каждые четыре часа на корабле сменяется вахта и счет склянок начинается снова.*

негрского происхождения называли эту страну по-своему - Мсумбиджи.

Мы знали, что переход будет долгим, вокруг всего Мадагаскара, который мы будем огибать с юга. И зайдем мы в Мозамбикский пролив как раз там где течения да и ветра для моряков жизнь легкой никогда не делают, а в муссонный сезон тем паче.

ГЛАВА XVIII

Лоренсу-Маркиш

*Шторм. Путепроходец снова на африканском
континенте. Дружеский прием домочадцев капитана.
Поездка на фазенду. Филипп проникается доверием к
семье дона де Мелу.*

Апрель, лета 1782 от Рождества Христова.

Так и есть. Муссон, чтоб ему пропасть и пусто было.
Штормило последние два дня в это время сильно здорово,
мачты гнулись, хоша и почти без парусов были. Корпус корабля
скрипел. Исполинские волны ударом задирали нос кораблю, и
казалось, что бушприт[59] в небо упирается. Через минуту водяные
валы били в корму и разверзалась перед судном бездонная
бездна. В такую бурю морскую болезнь, к которой я стал уже

---

[59] Бушприт — горизонтальный или наклонный брус на носу
корабля. Служит главным образом для крепления носовых
парусов (кливеров).

привычный, даже вспоминать не хочется. Вспоминается только прожитая жизнь. В голову приходят всякие мысли о том, что разломится корабль пополам и мыслей больше не будет, а будет только вода кругом некоторое время, а потом вообще ничего не будет. Говорят, что вода - это жизнь, но тонущий ее как правило проклинает.

Дождь, проливной как из ведра, заливал корабль сверху донизу. По килю били волны. Молнии сверкали вокруг так часто и так близко, что того гляди одна из молний в мачту врежется. Ну, понимаете, что одной молнии для нашего корабля достаточно, чтобы его весь спалить. И эта мысль особенно пугала меня. Я в таких бурях ни разу не бывал, и страшился за свою жизнь очень. Даже не хотел думать, что будет, если молния по кораблю ударит... Команда хоть и управляется с кораблем, но волнение на лицах у всех, включая капитана, есть.

Я, глядя на него вообще диву даюсь, как он себя содержит. Лицо дождем и ветром исхлестано, стоит под ливнем и градом. Корабль дрожит, скрипит, а он с рулевыми на пару курс держит как по его разумению надо. Только иногда лицо рукавом вытрет или рулевому команду какую-нибудь сквозь шторм прокричит на своем языке.

Сами понимаете, поскольку идем мы вдоль берега, то к шторму с ливнем тропическим добавляются рифы, скалы и камни всякие, что было для нас не меньшей опасностью. Капитан вторые сутки не спамши на мостике. Рулевые хоть меняются каждые два часа, чтобы отдохнуть, а капитану оттуда сойти никак не возможно, ведь ему надо курс держать. А этот курс только он знает. Вот дону Жоакиму и приходится быть и рулевым и впередсмотрящим, и капитаном, которому часами напролет, сквозь ветер да дождь, охрипшим голосом нужно отдавать команде приказы, принимать моментальные решения, чтобы корабль сберечь.

Шквал за шквалом на корабль налетали огромные волны. Ураганный ветер дул против течения, и от этого волны становились еще выше и свирепее. Они били корабль и в корму и в борта, а иногда ударяли и в носовую часть. В мешанине волн руль под кормой был не в состоянии управлять бегом судна сквозь эти волны. Паруса были зарифлены. Их оставалась только самая малость необходимая для движения корабля. Ничто не противостояло мощному напору ветра, и «Креолка» почти превратилась во флюгер.

Корабль вертелся, вставал на дыбы, трещали реи, такелаж рвался как нитки, одна из верхних рей оборвалась и повисла на спутанном клубке парусов и снастей. Поскольку штормовой ветер дул в полную силу прямо на корабль со стороны противоположной течению, то высокие мачты прогнулись назад, форштаги[60] и другой крепежный такелаж трепало в порывах ветра, они потеряли свою обычную напряженность и болтались как бельевые веревки.

Фок-мачта[61] наклонилась и повисла почти наискосок. Прекрасный корабль постепенно превращался в уродливую развалину. «Креолка», подталкиваемая ветром, шатаясь как пьяная, скакала по волнам как стоялая кобылка без поводьев и удил. Прямо по курсу на черном небе вспыхивали ярко-белые, отдающие серебряным блеском молнии. Грохот грома бил по голове и давил на состояние души всей команде. Сияющие искры молний отсвечивали в глазах каким-то потусторонним светом. И в этом адском вертепе только капитан сохранял спокойствие. Вот тогда я по-настоящему понял, почему капитана уважают и у него на корабле отдельная каюта для отдыха, а не как у обыкновенного матроса общий кубрик.

Так нас мотало более двух суток. Постепенно ветер начал стихать, море успокаиваться, и течение без противоборства ветра потихоньку понесло наш корабль изувеченный штормом,

---

60   Форштаг — элемент такелажа парусного корабля, предназначенный для крепления парусов.
61   Фок-мачта — передняя мачта парусника.

в нужном направлении. Корабль лишившийся фок-мачты, которая лежала поперек палубы и даже свесилась до воды, шел управляемый только рулем. Дон Жоаким де Мелу, подремав с полчаса в каюте, отдал команде приказ наводить порядок в такелаже после штормового разгрома, и продолжал с каменным лицом свою навигацию в родной порт.

За хлопотами по наведению порядка на корабле и его ремонту, мы потеряли отсчет времени. Но всему приходит конец. Короче, не прошло и недели с нашего выхода с острова Иль-де-Франса, как мы усталые, но счастливые стояли в гавани Лоренсу-Маркиша. Такелаж и раногоут нашего корабля усилиями всей команды был почти восстановлен. Осталось только с мачтой разобраться да проверить шпангоуты и стрингера[62].

Капитан, как мы на якорь встали, повеселел. Усталость его как рукой сняло. Шлюпку велел на воду спустить. Базиля Ля Биша и меня с четырьмя моряками на весла посадил, и мы, дружно ударив ими по воде, на полном ходу повезли его на берег. Дон Жоаким даже таможней не стал заниматься, так ему хотелось домой. Да и местные мытари-таможенники его хорошо знали, по-видимому, и отложили осмотр корабля до его возвращения. А кроме того, таможня-то эта сама по себе для других, не португальских кораблей была устроена, и своих они особо не шмонали.

Капитан по дороге домой спохватился и заскочил в портовую факторию по каким-то своим неотложным делам, о которых он вспомнил неожиданно, а мы остались стоять на причале и осматривали местность. Стояли мы напротив форта крепостного, каменного, построенного португальцами, которых сподвигнул на это известный португальский морепроходец Васко де Гама.

Крепость по фасону своему, натурально, португальская - то есть почти неприступная. Как я понял из моих странствий

---

⁶² Шпангоут — бортовая балка корпуса судна.
Стрингер — продольная балка корпуса судна.

строить их они умеют. Хоть она и несколько раз перестраивалась, но выглядит все еще убедительно. Сразу видно, что этот форт строился по одним уставам с сокотрским, момбасским и занзибарским португальскими фортами.

Группа фортов, торговых зданий и построек расположена на северном берегу реки Эспириту Санту, а на юге в океан впадает речка поменьше, Мупуту называется. Так вот, этот городишко между двумя этими реками в эстуарии[63] Эспириту Санту как раз и построен. Хотя поселение это выглядит как довольно бедное место с узкими улицами, некоторые здания были хорошими, с крышами крытыми черепицей.

В городе никаких достопримечательностей кроме самих жителей. А имею я ввиду вот что. У многих здешних португальцев темно-коричневый цвет кожи, почти как у чистых африканцев. Видно, на местном солнце обгорели и этот загар уже стал передаваться по наследству.

По рассказам команды и даже по первому взгляду я понял, что португальцы пришли на этот берег всерьез и надолго. Обустраиваются прочно. Сельское хозяйство, рыбный промысел, горное дело налаживают, древесиной торгуют. Да и рабами приторговывают, прости их Господи. Говорят, что они даже местный народ к своим обычаям и речи своей приучают, не гнушаются и жениться на местных.

А женщины здесь прям как наши деревенские, только цвета черного. Но работящие и терпеливые. Я увидел здесь полно женщин, которые носили на голове невероятно тяжелые тюки. Только осторожная поступь да особая напряженность тела давали знать о том, как нелегка их ноша. Женщины здесь работают и грузчиками, и выполняют ту же работу, которую выполняют грузчики-мужчины. Когда, принеся свой груз на корабль, они возвращались без ноши, осанка их, несмотря на

---

[63] Эстуарий — употребляемое в старину латинское название дельты крупной реки.

полноту, отличалась какой-то особой гибкой стройностью, красотой и горделивостью. Иногда мы встречали женщин у которых на голове была корзина огромной тяжести, формой напоминающей перевернутый муравейник. Верхушка ее была размером с ушат, а основание - как чашка в окружности. Чтобы удерживать ее на голове требуется большое чувство равновесия. Но оговорюсь, что при всей их грациозности, женщины у них отличаются не только крепким сложением, но и полнотой.

Вернувшись, дон Жоаким сказал нам с Базилем, чтобы мы от него ни на миг не отлучались. Дескать, мы еще должны не откладывая по поводу сокровища переговорить и определиться. А отлучаться нам он не советовал, поскольку, наверное, не хотел бы, чтобы мы карту скоровища кому-нибудь другому из местных капитанов предложили купить на более выгодных условиях. По совести мы бы этого никогда не сделали, так как к дону Жоакиму де Мелу большим уважением пропитались за его твердый характер, честность да порядочность. Ведь по большому счету, какой-нибудь другой капитан мог бы из нас эту карту проклятущую на переходе от Сейшел до Лоренсу-Маркиша в любом месте вытрясти. Но дон де Мелу даже мыслей таких в голове не держал. Твердо убедились мы в том, что он порядочный человек. Хотя и купец.

В общем, решили мы эту карту капитану отдать. Себе мы оставим только то, что мы уже взяли из спрятаного сокровища, а оставшийся клад, за то, что он нас с Сейшел увез и обходился с нами по-человечески, пусть сам забирает себе, как знает. Так мы с Базилем постановили.

Ни Базиль Ля Биш, ни я до денег большими охотниками не были, от приключений уже устали, и деньги нам нужны были только для конкретных жизненных надобностей. Ему - семью содержать, а мне - до дому добраться. Люди мы не жадные, хозяйства ни у него, ни у меня нет, а в кармане деньги только мнутся. У меня в голове одна мысль: положить в мою путевую торбу денег ровно столько, сколько мне надо на дорогу домой, а там я разберусь. Дома и стены помогают. Окромя того, сами понимаете, идти по белу свету с мешком драгоценностей за плечами больше опасно, чем радостно и приятно.

Но на сегодняшний день у нас с Базилем не то что мешка с сокровищами, карманов на одежде не было. Так, матросские штаны, роба до колен, а за плечами сидор обтрепанный. И в таком виде без пожитков наших, которые на корабле остались, отправились мы с капитаном к нему домой. Домочадцы дону Жоакиму обрадовались бесконечно, а вот от нас с Базилем шарахнулись, поскольку мы смолой были измазаны и потом пропахли. Да и одеты мы были хуже любого из капитановых дворовых людей. А ведь они большей частью темнокожие, крепостные наверное, и по положению своему не все даже в дом допущены.

Капитан распорядился отвести нас на двор, где мы помылись из скотопоильных чанов, и велел дать нам одежду попроще да попрочнее, но поприличнее. Отмылись, оделись, и зовет нас капитан разделить с ним трапезу.

Не ожидал я этого, думал, с дворовыми людьми буду хлеб делить, пока придется время в Лоренсу-Маркише коротать. Ан нет, усадили нас за стол, правда, в дальнем от капитана углу. Всего за столом человек восемь было: капитан, жена его мулатка светлая, видимо, отец ее был белым, брат капитанов старший, совсем больной, на костылях передвигался, две дочки на выданьи, управляющий всего имения капитанова, полукровка-креол по имени Жоржи Круз, да мы с Базилем

Обед был простой, но сытный: каша похожая на нашу овсянку, но погуще и с кисловатым привкусом, как я потом узнал, сделанная из местной картошки, тапиока называется. Мясо жареное, да питье для кого какое: кто пивом баловался, кто молоко, кто воду пил. Пиво мне понравилось, а управляющий сказал, что они даже торговать им могут, только здесь рынок небольшой. Где покупателей много, так это на юге Африки, там голландцев полно, да на острове Иль-де-Франс, где местные плантаторы живут. Все они большие любители пива. Там пиво и другое продовольствие мозамбикское знают и уважают, но туда дорога далека. Как говорится, за морем и телка полушку стоит, да дорог перевоз.

За разговорами обед долгий закончился, семья капитанова стала расходиться по своим комнатам. За столом остались только мы трое: дон Жоаким, Базиль да я. Капитан угостил нас кофием с выпечкой отменной. Пока мы этот кофий пили, он как бы между делом сказал, что через неделю мы опять пойдем на Сейшелы за оставшимся добром. Сокровище из тайника вывезем и по справедливости поделим. А пока съездим в соседнее поселение, к югу от Лоренсу-Маркиша, где на дальней фазенде жила его родня. Ему, дескать, надо до отъезда на Сейшелы с ними о чем-то посоветоваться.

Мы с Базилем так ему прям сразу и сказали, что все, что осталось на Сейшелах он может забрать себе, а нам вполне хватит того, что мы уже привезли оттуда. Больше того, мы даже готовы поделить на троих то, что уже привезли и нам будет вполне достаточно. Но капитан на наше предложение не ответил, отхлебнул кофе, почесал затылок, взял со стола шляпу, встал и говорит: «Завтра будьте готовы к отъезду на фазенду». Повернулся и молча вышел из комнаты, а мы остались за столом с чашками кофе в руках и в недоумении.

На следующий день вышли мы во двор. Уже ярко светило южное солнце, небо было голубым, ни одного облачка, и наше настроение, которое еще не пришло в норму после шторма, стало заметно подниматься к небесам. Обмениваясь короткими, веселыми репликами, мы оседлали лошадей, загрузили повозку да и сами переоделись в то, что нам в дорогу приготовил дон де Мелу. И вот я в куртке сермяжной и в сапогах, которых не носил уже года два, готов к выезду и выгляжу прям как местный хуторянин.

Сели мы на лошадей. Хозяин с собой взял управляющего Жоржи Круза, и еще одного работного человека из местных на повозке, и к вечеру мы были уже на фазенде его двоюродного брата Эдмундо Торреса. Там капитан пригласил всю родню и соседей и, как я понял, весь вечер уговаривал их дать ему денег взаймы на новый товар, который он хотел закупить на островах. Потом планировал торговать им по всему восточно-африканскому побережью на север до Момбасы, до Сокотры, а может даже и в Персидском заливе, и в Красном море. А на юг его интересы распространялись аж до самого Каапстада, что на самом юге Африки находится и главным перевалочным портом там является.

Мы с Базилем, конечно, переглядываемся, думаем, что хоть и не все сокровище, но деньги-то мы все-таки привезли немалые. Что же это он хитрит? Потом только начали кумекать, что видно, капитан наш план, чтобы привезенное сокровище было наше, а оставшийся клад - его, принял как окончательный и баста. А чтобы отправиться вновь на Сейшелы ему опять деньги нужны: команду оплачивать да товаром запасаться, чтобы не впустую корабль гнать. Но так или иначе ему было виднее, как себя с родней да приятелями держать.

Соседи и родня ему очень доверяли, так что никаких споров и сомнений у них не было. Тем более, что как мы увидели, они сами были зажиточными, да и капитан из предыдущих плаваний им добра да товару на выгодную продажу много привозил. А для людей, которые от моря подальше живут это подспорье в хозяйстве большое. За эти товары можно и работников купить или нанять у соседних вождей. А можно у этих же вождей обменять европейские товары на местные редкости, что в Европе в ходу и продав их туда, получить хороший доход.

Понятно, что своим знакомым и родне дон де Мелу товары по скидке привозил, они уже к этому привыкли и к другим капитанам с этим уже не обращались. Так что переговоры были удачными, настроение капитана стало еще бодрее, и поглядывал он на нас с Базилем радостно. После обеда он вывел нас во двор к лошадям, и пока мы их обихаживали перед завтрашней дорогой, поили, кормили да гривы расчесывали, рассказал нам свой новый план действий по поводу сокровища.

- Жоаким де Мелу, - сказал он, - благородства своего в Африке не растерял и справедливость понимает правильно. До сокровища мы добрались втроем. То что мы привезли, - говорит капитан, - это лишь маленький кусочек от большого каравая, а по всем законам каравай, который мы вместе пекли нужно делить поровну. И то что мы привезли, мы поделим ровно на троих.

- Теперь насчет оставшегося клада. То что нам с Базилем туда ехать обязательно, это понятно. Без Базиля я его все равно из лабиринта-пещеры не выну. Сдается мне, Филипп, что Базиль без тебя не захочет забирать сокровище, поскольку вы несчастья вместе делили, а теперь и везенье вам вместе делить надо. Ты, Филипп, решай сам, поедешь ты или останешься здесь один... Однако, по моему суждению, лучше всего нам было бы туда отправиться втроем.

Если ты, Филипп, хочешь из Лоренсу-Маркиша в Европу возвращаться, денег тебе все равно много понадобиться, потому как корабль придется самому нанимать. Пакетботы, плывущие в Европу, здесь не останавливаются так часто, как в Каапстаде, и за цену билета тебя на торговом корабле из Лоренсу-Маркиша в Европу никто не повезет. А если ты захочешь до Каапстада, как до перевалочного пункта добраться, где ты на пакетбот можешь сесть, то все равно деньги тебе нужны будут. Потому как попутного корабля и до туда ждать здесь долго придется.

Пока я думал над словами дона Жоакима, Базиль незаметно от капитана толкнул меня локтем и громко сказал:

- Делить будем по справедливости, а справедливость - это на троих поровну. Так что Филиппу надо ехать с нами, деньги ему не помешают. Хоть он и говорит, что они ему лишние, но все знают, что лишних денег не бывает.

Я спорить не стал. Чего с поговорками спорить? Сокровище еще не добыто, до дележа дело не дошло, и шкуру неубитого медведя не делят. Но что-то говорило мне, что на Сейшелы ехать надо. Не мог я такое приключение пропустить да и не хотелось мне Базиля с капитаном бросать. Очень я уж к ним прикипел душою. Люди они были приличные, а приличных людей мне все меньше и меньше по дороге попадалось.

Так что хоть я еще твердого решения пока не принял, но какое-то предчувствие побуждало меня к тому, чтобы вновь сесть на корабль и вернуться на Сейшелы, где я один раз уже обрел свободу. Теперь мне уже предстояло обрести там деньги, чтобы сделать дорогу домой полегче и побыстрее.

ГЛАВА XIX

Море зовет

Из Лоренсу-Маркиша корабль «Креолка» снова отправляется к острову Маэ. План Базиля. Кладоискатели достают сокровища из пещеры, перегружают на корабль и с необходимыми предосторожностями отплывают обратно в бухту Делагоа.

Апрель-май, лета 1782 от Рождества Христова.

Деньги деньгами, а дела делами. Капитану деньги нужны были, да и Базиль Ля Биш в общем-то больше чем я в деньгах нуждался. Кроме того, он рвался домой, потому что у него на Сейшелах где-то в горах на плантации ванили недалеко от пика Труа Фрер жила женщина любимая с двумя детьми. Базиль, несмотря на свой неугомонный характер и ведя бродячий образ жизни, все-таки тянулся к ним, душой ответственно ощущая, что он был у них практически единственным источником существования и не мог даже ненадолго оставить их в бедности, сам уже став в общем-то богатым человеком.

Мне, как я уже говорил выше, деньги карман тоже не потянули бы. И на дорогу, и на обзаведение хозяйством дома они бы мне не помешали. Конечно, из всех нас троих я наименьшую потребность в деньгах имел. Однако, это не значило, что мне хотелось от своей части сокровища полностью отказаться. На такое мое рассуждение, конечно, подействовали еще и убеждения Ля Биша, что лишних денег не бывает, а также уверения на счет того, что с полученными деньгами я обеспечу себе не просто безбедное существование, но еще и получу завидное место в российском обществе, поскольку деловых и богатых людей уважают везде.

Я, конечно, понимал, что мой путь домой удлиняется как минимум на неделю, а то и на две. Но оборванцем приехать в Россию и предстать перед Родиной бродягой никому не нужным, тоже мне не очень хотелось.

Очень я вначале также сумлевался на счет того, что нужна ли мне моя часть сокровища полностью еще и потому, что я не знал, как везти драгоценности эти проклятые. Ведь спрятать их на себе в таком объеме просто нельзя. А спрятать как-то надо, чего зря людей в искушение вводить. В общем, я сокрушался, что мою долю сокровища мне до дома было довезти труднее, чем другим. У меня ведь уверенности не было даже в том, как я до Каапстада в Южной Африке доберусь. И дойду ли я до этого города вообще. А ведь там для меня последний шанс есть снова сесть на пакетбот, курсирующий между Англией и Индией.

Однако, все мои сумления на этот счет развеял совет капитана положить деньги в какой-нибудь солидный торговый дом и на родину везти не драгоценности и золото в мешке, а вексельную расписку, что по европейским понятиям тоже самое, что деньги, а места вообще не занимает.

Словом, поменял я свои планы не возвращаться на Сейшелы, а решил все-таки сплавать туда с Базилем и с доном Жоакимом, чтобы посодействовать им в извлечении оставшейся части сокровища.

То есть продумал я все и решил согласиться на предложение товарищей моих. Не отказываться от своей части клада, но вместо сокровищ взять с собой ту самую вексельную расписку, что мне капитан посоветовал, а наличными - горстку монет золотых, которые, безусловно, пригодятся в дороге, и не только облегчат мое пребывание в Каапстаде, но может еще и на пропой души что останется. Однако, скоро сказка сказывается, да не скоро дело делается.

А пока вернулись мы от родственника дона Жоакима в Лоренсу-Маркиш и начали готовиться к отплытию. Закончили ремонт «Креолки». Корабль стал лучше, чем был. Слава Богу, деньги на ремонт были отпущены капитаном немалые. Загрузили трюмы товаром по заказам родственников де Мелу, взяли с собой дополнительные грузы по торговым контрактам с местными купцами. Так что рейс даже по его торговой части начинался удачно.

И вот не прошло двух недель с нашего прибытия в Лоренсу-Маркиш, как мы снова готовы сесть на корабль и поплыть на Сейшелы вспять. Я, конечно, в глубине души был в негодовании относительно себя. Дескать силы-воли ни у меня, ни у Базиля не хватило, чтобы уговорить капитана самим сокровища достать, а меня отпустить по-хорошему. То есть обутого-одетого и с деньгами на дорогу домой на родину. Но сомнения мои все уже были в прошлом. Я уже был на корабле, а корабль - в открытом океане.

Базилю с капитаном, понятно, Сейшелы нужны были, чтобы сокровищем овладеть, а меня они отпускать не хотели: Базиль по дружбе, а капитан по службе. Базилю в дороге и в дележе тоже товарищ нужен был, да и капитану лишние руки в круговой поруке и на корабле на обратном пути не помешали бы. Я, конечно, с одной стороны со вздохом принял плавание на Сейшелы, а с другой стороны, думаю, с деньгами домой быстрее добраться можно да и встретят меня там веселее, с деньгами-то.

С этими мыслями стал я входить в морское дело все больше и больше. После шторма у меня как все перевернулось внутри. То что я все еще живой я неделю не верил. До того меня шторм испугал. А когда испуг прошел, понял я, что не мы Книгу Судеб писали и не нам ее читать. Что Богом намечено, то и произойдет. Захватило меня колдовство моря, его бескрайние горизонты, высокое небо, закаты, восходы, сильный накат волн и тугие паруса, несущие тебя на корабле в неизвестность.

С благословения капитана и с подсказками боцмана и других опытных матросов начал лазить я по вантам как обезьяна по веткам и носиться по кораблю даже не вспоминая про свою морскую болезнь. Ощущение, когда ты забираешься по веревочной лестнице на фок-мачту, где тебя ждет воронье гнездо[64], трудно описать словами. Даже пока забираешься тебя укачивает как ребенка в люльке, а когда заберешься в бочку и смотришь вниз, видишь белые барашки волн далеко-далеко внизу и не веришь, что так мог высоко взлететь над морем.

Перед тобой раскинулся бесконечный океан. Глядишь как завороженный на качающийся горизонт и глаз не можешь оторвать, до того красиво. Но как говориться, нет худа без добра, а добра без худа. Ведь раскачивает тебя в этом гнезде сильнее, чем в любых качелях и по перваку я очень боялся, что меня оттуда вытряхнет как камешек из сапога.

Кроме того, что я уже стал умелым вантовым матросом, и другая польза от меня на корабле, конечно, была, поскольку я знал плотницкое дело, а в предыдущих плаваниях я научился

---

64 Воронье гнездо — матросский термин, обозначающий наблюдательный пункт в виде бочки, расположенный высоко на фок-мачте и применявшийся на старых торговых, спасательных, военных и китобойных судах для увеличения дальности наблюдения.

работать с такелажем и познакомился с другими корабельно-палубными авралами.

Капитан, как я уже говорил, к нам с Базилем относился доброжелательно, и как мы с каждым днем убеждались причина здесь не только в деньгах была. Мы с ним в трудном плаваньи были по дороге из Сейшел, и он видел нас в деле, как мы честно работаем в аврале, когда во время шторма каждый человек на вес золота. А если человек еще делает больше, чем можно было бы, то таких людей он очень высоко ценил.

Как человек дон Жоаким был уважительный, злился на злых людей, и по доброму к добрым людям относился. Все это он делал от чистого сердца и удержу своим чувствам никогда не давал. Нас это устраивало. И хотя мы были партнерами в деле, тем не менее честно отрабатывали свой проезд на Сейшелы: я, в качестве палубного и вантового матроса, а Базиль еще и в камбузе как помощник повара-кока.

На удивление пассаты в этом сезоне были ровными, без штормов да ливней проливных. Мы даже без захода на Мадагаскар да и на Занзибар прямым ходом дошли до острова Маэ и оказались там намного раньше, чем капитан планировал.

Корабль в порту мы ставить не стали, да и на отметке в полторы мили тоже нам было стоять ни к чему. На Сейшелах народ любознательный. Своих дел там мало, так они горазды в чужие дела соваться. Мигом бы пронюхали, что торгового интересу у нас на Сейшелах нет. Загадка. А загадки на Сейшелах решают просто: берут за горло и выясняют в чем дело. Потому как здесь не одна власть, а две. Колониальная администрация и пиратская братия. Неизвестно, кто еще дотошнее да свирепее.

Так что поставили мы корабль на якорь аж за островом Силуэт, вдалеке от прибрежных поселений, и стали приливы и отливы прикидывать. Получалось так, что к нашей скале, под которой вход в пещеру был, плыть на лодке надо через два дня, когда отлив наибольшим будет. Так что два дня у нас были на приведение корабля в порядок после длинного перехода, да и на отдых на берегу без особого привлечения к себе внимания.

Базиль уговорил капитана разрешить ему навестить жену свою невенчанную и детей-байстрюков безбатюшных на горной плантации. Поклялся вернуться ко времени, что честно сделал, однако пришел еле живой. Дорога не простая, через весь остров. А если перед этим местной браги «тодди» выпить за здоровье всей родни, то дорогу эту не все идущие могут осилить. Все время в гору. Да и под гору не сахар идти, потому как остров Маэ - это фактически только две высоченные и крутые горы заросшие лесом. Легко идти здесь только по окружающему остров золотому песчаному берегу, где пляжи перемежаются красивыми скругленными волнами и ветром скалами.

Короче, дорога Базиля вымотала, но капитан еще с большим уважением стал к нему относится. Видно, опасался, что он прикарманил часть сокровища, которое тогда еще из пещеры доставал, и не вернется. Потрепал он Ля Биша по плечу и сказал: «С Богом. Поплыли за нашим благополучием».

По команде капитана я, конечно, сел за весла. Работал по совести, ударял в весла по артикулу. Капитан, как будучи заправским кормчим рулил. Базиль откинулся на на передней банке[65] и лежал носу. Отдыхал и смотрел вперед, Через полчаса меня сменил дон де Мелу, а Ля Биш сел за руль. Гребли мы по очереди часа четыре, поскольку отлив был встречный да и путь до скалы той заветной от стоянки нашего корабля был неблизкий.

Поселений на берегу рядом с той скалой и уж тем более дорог к ней нет, и место это, видимо, было выбрано сейшельскими корсарами неспроста. Пираты, конечно, понимали, что местный человек, взяв эти сокровища, обрекал себя на верную смерть, поскольку если спрятать на Сейшелах сокровища еще можно

---

[65] Банка — поперечная скамейка для гребцов в лодке.

было, то потратить их там без риска раскрыть себя было просто невозможно.

Пока я греб я все думал о плане Базиля. Клад действительно нужно было обязательно поскорей вывезти с острова, долой от местных глаз. Сделать это можно было только на корабле, а увезти его надо было подальше от Сейшел и от Иль-де-Франса острова с Мадагаскаром, где тоже пиратов полно было. Поэтому Базиль Ля Биш с самого начала не стал хитрить и действовать в одиночку. А теперь уж полностью доверяя мне с капитаном понимал, что сокровищем этим ему легче будет воспользоваться, если мы его увезем подальше и там по-честному поделим между ним, капитаном и мной.

В плавании он успел рассказать мне о своем новом плане после того как мы возьмем сокровище и вывезем его с Сейшел. План, по-моему, был очень разумный, неплохой да и довольно безопасный. В Лоренсу-Маркише или на Мадагаскаре, или в каком другом порту Базиль хотел купить себе небольшую шхуну, загрузить ее товаром всяким и приторговывать себе на каботажном плаванье вдоль всего побережья Восточной Африки. По его плану, раз он вернется на Сейшелы на своей шхуне и с товарами, все соседи-сплетники будут уверены, что он сбарыжничал где-то удачно, и деньги у него не уворованые у пиратов, а более-менее честно наторгованные. Нас с капитаном мнение сейшельцев не волновало, поскольку капитана защищала португальская военно-морская и колониальная мощь, а меня - расстояние от России до далеких Сейшельских островов.

Но мои размышления о применении сокровищ резко прервались. Пока я греб не глядя по сторонам, Базиль подрулил нас к нужному месту в скалистом берегу, и мы с силой уткнулись носом в расщелину. Через час отлив приоткрыл в ней еле-еле заметный лаз в пещеру, которая по рассказам Базиля больше на лабиринт похожа.

Базиль взял пустой мешок в руку и как тот самый сокотрский мускусный кот юркнул в расщелину. И несколько раз с этим мешком, в котором уже лежали каменья да монеты, выползал к нам в лодку и обратно уползал в пещеру, выгрузив очередную порцию сокровища.

После того, как Базиль все сокровища вынес из склепа, капитан в азарте решил все-таки побывать в пещере, а заодно и проверить, не оставил ли Ля Биш там для себя чего-нибудь, чем не захотел делиться с нами, велел нам ждать в лодке и начал втискиваться в склеп сам.

Капитан ростом был побольше Базиля раза в полтора. Влезть ему туда по моему мнению было невозможно, но он все-таки протиснулся с риском застрять в одном из проходов лабиринта. Да и полез он туда скорее всего не от жадности, а от характерной для него азартности, охватившей его по понятным причинам.

Долго мы его ждали. Вылез он оттуда весь исцарапаный, в рваной рубахе, молча сел в лодку и извиняющимся голосом сказал: «Ну, вроде бы все взяли». Базиль на эту капитанову выходку не обиделся, а если и обиделся, то быстро отошел и даже базар о несправедливых подозрениях и выяснение отношений не начал. Капитан же стыдливо кашлял, прятал свои глаза от нас, смотря то направо, то налево, и молчал. Через полчаса молчания дон де Мелу попросил у Базиля прощение за то, что он в горячности полез пещеру проверять и заверил, что отсель будет честным и справедливым человеком по отношению к нам и будет полностью доверять нам с Базилем.

Молча глядя на закутанные в парусину мешки с сокровищем, забрызганные морской пеной и водой, мы догребли наконец до корабля. Солнце еще не взошло, команда спала, а вахтеный матрос так храпел, что мы сначала подумали, что на корабле какой-то зверь завелся, который рычит и хрюкает. Поднялись по веревочной лестнице, штормтрапу, на борт, на цыпочках прошли в арсенал, где капитан хранил оружие, часть корабельных карт и кое-что из личных ценностей.

Там мы мешки с драгоценностями спрятали в рогожный куль и постановили, что сокровища делить начнем следующей ночью. Однако потом передумали. Сами понимаете, работа эта непростая и нервная. А капитан, как мы уже знали, человек горячий, вспыльчивый и не ровен час на помощь команду может позвать если что.

Поэтому решили, что дележ отложим до Лоренсу-Маркиша, а пока перенесем мешки с камнями в отдельную каюту, где Базиль и я будем сокровища с оружием в руках посменно от команды охранять. Конечно, это была излишняя предосторожность, поскольку кроме капитана на корабле никто и не знал о том, что клад вообще есть, но береженого, как говорится, Бог бережет.

Предложили мы это, а сами в сомнении, примет ли капитан такое наше условие. Смотрим на него и ждем. Но ждать нам пришлось недолго. Самые наши мрачные подозрения дон Жоаким развеял почти сразу. Он поклялся на Библии, что ничего против нас плохого не замыслит и не сделает, и окончательно устранил наши сомнения, предложив нам свою каюту. Сокровище мы перенесли туда, а капитан еще дал нам оружие, пороху, пуль и другой аммуниции, чтобы это сокровище охранять от него самого, да и от команды.

ГЛАВА XX

Что дальше?

Кладоискатели делят сокровища. Рассуждения Филиппа по поводу дальнейшего маршрута. Чтобы не ссориться с капитаном, Ефремов дал понять де Мелу, что он, возможно, останется управляющим его фазенды, но предварительно хотел бы посмотреть на нее. Прощание с Базилем.

Май, лета 1782 от Рождества Христова.

И вот так без больших проблем и слава Богу, на этот раз без штормов, вернулись мы в Лоренсу-Маркиш. У местных ростовщиков в торговых домах обменяли камни драгоценные на золото, поделили его между собой. В ожидании следующего корабля на Сейшелы для Базиля и в Каапстад для меня, мы остановились уже не в капитановом доме, хоть нас он и уговаривал принять его гостеприимство, а в постоялом дворе. Выбрали гостиницу подальше от порта, чтобы пьяной матросни да грузчиков близко к нашим деньгам не было.

На следующий день Базиль отправился в городскую купеческую гильдию затевать бизнес для себя. Денежное обеспечение и гарантии среди местных банкиров у него были весьма солидные, поскольку о его благополучии в Лоренсу-Маркише при помощи тщательно продуманного бахвальства, подкрепленного честным словом дона Жоакима де Мелу, узнали все.

А я сел за стол в комнате своей, положил подбородок на руки и стал думать, что же мне дальше делать. И сколько ни думал все к одному возвращался: кроме капитана не найду я здесь советчика, каким путем мне до Каапстада лучше добираться. Хоть и стал я заправским матросом, и к морю отношение свое к лучшему поменял, но на земле я как-то себя уютнее чувствовал и склонялся к сухопутному пути до Каапстада. Поскольку там аглицкие корабли чаще бывают и оттуда я быстрей доберусь до дома, чем я буду сидеть здесь и ждать у моря погоды.

Карт Африки у меня не было, а купить в порту можно было только ненужную мне карту побережья, что предполагало, что в Каапстадт мне опять морем плыть надо. А от моря я просто устал. Смотреть на него или провести денек в морской прогулке - это одно дело, а жить в море для меня горе.

В разговорах на постоялом дворе, где я общался с народом местным, бывалые люди говорили, что на хорошей телеге-фуре, запряженой быками, по степям африканским можно до Каапстада не менее способно дойти, чем плыть на юг против пассатного ветра и против течения вдоль побережья. Одна заповедь - это не ссорится с местными жителями, а вторая - не слечь от малярии где-нибудь в саванне без сознания и без помощи.

Со зверями, о которых меня тоже предупреждали, больших проблем не будет, поскольку ихние обычаи я уже изучил и умел с ними обходиться. Хищники охотятся только ночью, а ночью можно спрятаться в пещере какого-нибудь из холмов, которых в южно-африканской степи много и называются они почему-то «копи».

Мне это показалось странным, потому что в России копи - это пещеры под землей, шахты и ходы подземные, а здесь вроде как все наизнанку. Но это и понятно. Я ведь на другой стороне земли сейчас и, конечно, наша зима здесь - лето, а наше лето здесь зима. В общем, все по-другому, наоборот. Но, как говорится, ветра в рукавицу не поймаешь, и обстоятельства не переделаешь, надо все как есть воспринимать.

Насчет местных племен, посоветовали мне обзавестись подарками: бисером, тканями и тому подобное, чтобы отдариться и гарантировать себе гостеприимство. Это мне показалось делом надежным, не хлопотным. Я знал, что купец из меня никакой, а бродяга я опытный и в одиночку или желательно, с какими-нибудь попутчиками, я, конечно, с риском, но быстрей и надежнее, чем по морю доберусь до Каапстада. Сложностей несомнено было много. Одному мне непосильно было проштудировать их все, поэтому я решил вновь обратиться за помощью к капитану де Мелу.

С этими мыслями я дошел до дома дона Жоакима и постучал медным кольцом в прочную тяжелую дверь. Долго стучал. Потом услышал женский голос, и я стал на всех возможных языках обяснять, что я друг капитана. Маленькое квадратное окошко в двери приоткрылось, и в нем появились черные глаза и розовые щеки дочери капитана. Она наше житие у них в доме запомнила, меня сразу узнала и открыла дверь.

Я, конечно, вошел, поклонился как положено в пояс и спросил дона Жоакима. Дочь сказала, что отца до вечера не будет, и если я не возражаю, то могу его подождать во дворе, где у них беседка стояла со столом, а рядом ручеек протекал с водой чистой. Поскольку я сидел долго, то успел попробовать эту чистую воду и узнать, что она была весьма вкусной. До вечера было часа два, и я их провел в беседах с управляющим и с дочками капитана Жоакима.

С приходом капитана настроение и у меня и у его домочадцев поднялось, поскольку домочадцам капитан принес подарки, а мне ободряющую весть. Если я захочу остаться, то у него для меня есть должность управляющего на его фазенде, которая расположена прямо на границе провинции Мозамбик и где начинаются земли южноафриканских племен - свази, тсвана да и других кафиров[66].

На мою упрямую просьбу дать совет как до Каапстаду сподручнее добраться, капитан сдвинул брови и подтвердил, что есть два пути. Один по морю, что сейчас делать не сезон, поскольку ветер встречный, да и течение тоже сильное. Другой по суше, где скорость немного выше, но риску больше, потому что местные племена свое понятие имеют против чужестранцев и ни за что обидеться могут, а обида в кровь может вылиться.

Он посоветовал мне обжиться здесь, побольше узнать об Африке, а потом рассудить, надо мне ехать обратно или нет. И до того он это сурово мне присоветовал, что я решил не злить мою последнюю надежду добраться до Каапстада, а дождаться пока он по-настоящему поверит в то, что я действительно скучаю по России-Родине, и жизнь в Африке, какой бы интересной и прибыльной она не была, для меня непригодна.

Я согласился отправиться на фазенду, посмотреть что и как, добавив, что только после этого я могу сообщить окончательное решение. Капитан, глядя мне в глаза, сказал, что это разумно, что во мне есть деловая рассудительность, я мог бы стать в Африке богатым и влиятельным человеком. Я на это ничего не ответил, промолчал.

На следующий день после долгих расспросов и поисков нашел я Ля Биша в порту, который там шхуну для себя присматривал, и предложил ему со мной пива в местной таверне выпить. Базиль брови вскинул и говорит:

---

[66] Кафиры — пренебрежительное название африканцев, принятое среди буров.

- Филипп, с чего на тебя охота к пиву нашла? Ты вроде бы не горазд до выпивки. Чего взыскался?

Я ему отвечаю:

- За столом расскажу.

И пошли мы в соседний с таможней дом, где размещалась местная пивная. Сели за стол, и говорю я Базилю по-товарищески:

- Домой, - говорю, - хочу. Сил нет здесь сидеть, ждать у моря погоды. Мне дома спокойней и лучше будет.

Он в ответ вздохнул, почесал затылок и говорит:

- Я думал ты останешься. С деньгами и с твоей настойчивостью ты мог бы стать здесь знатным человеком, если бы мы вместе с капитаном большой торговый дом открыли.

Я ему отвечаю:

- В богатстве сыто брюхо, да голодна душа. А моя душа давно домой рвется. Видно здесь ее деньгами, сокровищами да хорошей жизнью не накормить. Купец я никакой, и решение я уже принял. И глядя сейчас на тебя в нем окончательно утвердился. Вот в твоем характере есть торговая жилка, и когда о делах люди говорят, глаза твои загораются интересом. У меня такого интереса нет. Видно мне судьбой написано в унтер-офицерах ходить либо в отставке в мещанах жизнь доживать. Но меня это не пугает.

Если честно, я пришел попрощаться с тобой, поскольку ты был хорошим товарищем и в занзибарской неволе, и в пиратской вольнице. Спасибо тебе. Без передачи капитану Жоакиму, сообщаю только тебе, что примерно через неделю правдами и неправдами, а я уже точно буду или ехать или идти пешком в направлении Каапстада, чтобы оттуда на корабль и самым кратчайшим путем до России.

Опустил голову Ля Биш. Молча поднял кружку с пивом. Мы чокнулись, отпили по большому глотку. Допивать не стали и поставили кружки на стол. Базиль встал, пожал мне руку, сказал: «Ну, прощай». Не оглядываясь вышел из таверны и пошел обратно в порт договаривать с местными купцами беседу, которую он прервал, когда я увидел его. Я расплатился с трактирщиком и как бы в тумане пошел из порта в дом капитана, где мне предстояли сборы в дорогу.

Шел я по улицам и думал, что много мы находим в жизни, но много и теряем. Теряем здоровье, теряем деньги, вещи разные. Но больнее всего и труднее всего терять друзей. Дружба остается, и поэтому воспоминания о потеряных друзьях щемят душу. Получается что ты им многим обязан, а долг этот вернуть уже не сможешь, потому что, наверное, никогда их больше не увидишь.

В таком вот настроении брел я по пыльным улицам городишки Лоренсу-Маркиша, не замечая вокруг себя ничего, пока не остановился перед открытыми воротами в усадьбу дона Жоакима де Мелу.

Во дворе шла работа. Дворовые люди раскладывали по амбарам и по складам товар, привезеный капитаном, ребятишки бегали под ногами и мешали им, а над всем этим высился дон Жоаким, громовым голосом отдававший распоряжения и команды. Увидев меня, он замолчал. Я подошел к нему и спросил:

- Когда выезжаем?

ГЛАВА XXI

Сборы на фазенду

Как собрать обоз на юге Африки. Советы капитана.
Ночная встреча с Марией Исабель у колодца.

Май, лета 1782 от Рождества Христова.

На фазенду сразу не уедешь. Поскольку фазенда от моря довольно далеко, и весь товар - инструмент для пахоты и сбора урожая, скарб всяческий, все, что нужно для поддержания приусадебного хозяйства и всего дома в порядке - туда только на волах можно привезти, то надо собрать целый обоз с поклажей. Волы здесь самый принятый гужевой транспорт. Лошади здесь гибнут от укусов мухи це-це. Хотя есть некоторые, которые выживают и становятся привычны к мухе оной. Но они больших денег стоят и только для хозяев зажиточных доступны.

Для перевозок же грузов всяких здесь, и для того, чтобы людей в телегах возить, применяются только волы. По шесть волов в упряжку. Сбруя здесь сгодится хоть кожаная хоть веревочная, не жесткая, но обязательно особой прочности, чтобы вытягивать повозки из глубоких африканских буераков. Повозку и по ровному-то тащить непросто без прочной сбруи, поскольку дорог практически здесь нет, и колеса в землю мягкую врезаются. Отчего телеги скорости никакой не имеют. Но воловьи упряжки хоть и не торопятся, но силы в них достаточно, чтобы по любой земле фуры за собой тянуть. Обратно, це-це-муха окаянная им не страшна.

Капитан Жоаким в море довольно-таки долго был и товару он привез много, да и в Лоренсу-Маркише с новыми деньгами тоже отоварился значительно. В общем, собираться нам было непросто, хотя что-то запланированое на фазенду было уже управляющим припасено и приготовлено к отъезду. Накуплено было много зерна для посева, сельскохозяйственного инвентаря и другого струмента нужного в поле и по дому.

Кромя чисто хозяйственных нужд дон Жоаким занимался и торговлей с местными. Из фазенды много раз он своих дворовых людей в местные племена отправлял с жестяным, мануфактурным, а для женщин еще и с галантерейным товаром, а также кухонной утварью. Для местного населения капитан в этот раз закупил ткани на одежду, железо, из которого они себе копья делали, медь для украшений, бисер, зеркала и другие предметы редкие в местных краях, но к которым уже стали привыкать и даже полюбили африканцы.

Его дворовым людям с местными легче торговать было, потому как они языки знали. Торговля с племенами у них ловчее получалась. Да и приятельство дона де Мелу с вождями племенными от этого укреплялось. И это была, пожалуй, главная задача капитановой торговли с местными. Для этого-то в наш обоз кроме фазендовских надобностей были подготовлены также нужные ему в купеческом деле товары.

Так что грузили мы повозки наши цельный день. На утро нам осталось только запрячь волов и двинуться в дорогу. Времени у нас это много не займет, поскольку обоз наш состоял из четырех фур. К слову сказать, снаряжаются они не так, как мы запрягаем в две оглобли, а к телеге прикрепляется толстый шест, и волы приторачиваются в прочную сбрую по краям. С собой мы намечали взять пару верховых лошадей на какой-либо чрезвычайный случай, чтобы послать гонца в Лоренсу-Маркиш, если с нами что-то произойдет нежданное.

Над каждой телегой на дугах уже были укреплены из домотканой парусины сделанные, полукруглые навесы. Это спасение от палящего солнца, а то и от легкого дождя. Хотя, честно говоря, в местной степи легких дождей мало. Если дожди и выпадают, то настоящий дождь льет как из ведра и не только парусина, но и никакой навес не спасет.

С повозками нас собиралось ехать шестеро: управляющий Жоржи Круз, четверо местных рабочих да я, хоть и знакомый с Африкой человек по своим сафари с Занзибара в глубинку африканскую и обратно, однако все еще малоопытный. Так что хоть немножко знаний у меня было о местных условиях, но этого все равно было мало. Для полного понимания нужно было бы, чтобы я здесь родился или пожил здесь с десяток лет, и стал бы как африканец урожденный.

Меня, к счастию, наметили на телегу в паре с Крузом. Для меня это была удача, поскольку хотя с лошадьми я был знаком, но моего знакомства с волами было, по моему мнению маловато. А без опыта управления такой упряжкой в саванне одному в такой фуре-телеге передвигаться дело безнадежное. Волы не слушаются, вожжей и окриков моих не понимают, а останавливаться да переналаживаться постоянно не будешь. Кроме того, понятно было, что чем меньше у нас остановок в дороге будет, тем лучше. Ночевать в степи надо как можно меньше. И звери, да и военные отряды из недружественных племен, что по саванне бродят, могут ущерб нанести.

Так что Круз, этому делу с детства обученный, на протяжении всей дороги будет показывать мне как с волами управляться. Мне самому хотелось такой опыт приобрести, потому как в жизни все может пригодится. Да и дон Жоаким хотел меня более способным к африканской жизни сделать.

Сам капитан собирался нас догнать позже со своим товарищем верхами. Весь вечер накануне отъезда он мне объяснял, что меня ждет в дороге и больше напугал, чем успокоил. Во-первых, де Мелу сказал:

- Вы идете без охраны, а это уже рисковано. Вся надежда на то, что моего управляющего во всех окрестных племенах знают хорошо и уважают его. То есть местные нападать вряд ли будут. А вот могут из тех поселений, где живут разочарованные своей жизнью выходцы из смешанных фамилий, не то белые, не то черные. Родители от которых по разным причинам отказались, а они за это на родителей своих осерчали.

Вот и стала здесь у нас формироваться новая народность, на португальском языке она ассимилядуш[67] называется. Живут они на отшибе и от местных и от португальцев. Связей ни с теми ни с другими они, конечно, не теряют и знают и местные повадки и португальские привычки.

Как в каждом народе попадаются среди них такие головорезы, каких ни португальцы, ни местные даже во снах не видели. Эти люди, как правило - отчаявшиеся, озлобленные на весь мир лиходеи, которых из дому прогнали. И мотаются они по саванне без пристанища, промышляя грабежом и разбоем. А опасны они тем, что от африканских народностей знания об Африке взяли, а от португальцев - умение с ружьями обращаться.

Пара-тройка таких башибузуков не с копьями, а с пистолетами да ружьями могут попытаться повозочки грабануть, поскольку

---

[67] Ассимилядуш — термин, который получил более четкое юридическое наполнение и использовался позже, с XIX века по 60-е годы XX века. Смысл данного понятия был в том, чтобы считать детей, родившихся от смешанных браков, гражданами Португалии со всеми присущими этому статусу правами. Правда, в колониальную эпоху эта «привилегия» имела избирательный характер.

товар в них очень нужный для их житья в африканской глубинке.

Второе, на что обратил внимание дон де Мелу, это вода и разная-прочая гиль в виде насекомых и другой мелкой твари. С водой было ясно и понятно. Пить ее надо только когда уверен, что она не гнилая. А вот насчет мошкары всякой, которая по словам капитана опасна до ужаса и всякую болезнь в себе несет, легко не разберешься. Всякие здесь мухи летают. Но самая страшная, про которую мне рассказали, это та, что кожу людям прокусывает и под нее свои яйца откладывает. Из яиц ейных под кожей черви выводятся. И ползают они там под кожей, и выковырнуть их оттуда только ножом можно. Да еще надо это так сделать, чтобы не повредить эти личинки. Чтобы зараза ихая в теле не осталась.

Есть, конечно, мошки и безвредные. Но Бог его знает, какая из них безвредна, а какая несет в себе заразу. Вот скажем, комар. Комар, казалось бы, он и в Африке комар. Ан нет. В Африке комар малярийный. А малярия людей косит как смерть косой. Эту болезнь я еще в Ламу со всей серьезностью почувствовал. Но слава Богу и здоровью отогнал от себя с помощью местных старичков-знахарей, которые каждую травинку в степи африканской знают и любую болезнь вылечить ею могут.

Огнестрельного оружия нам капитан с собой не дал. Сказал:

- Обойдетесь пангами, топорами да лопатами, случись что. А если у вас с собой ружья будут, и дело обернется совсем лихо, то вы, не приведи Господи, стрелять начнете, и тогда вас как вооруженных ружьями людей уж точно в живых не оставят, поскольку опасность в вас большую увидят.

Много мне разных других объяснений пришлось послушать, но слава Богу, мое сафари с бывшим занзибарским хозяином у меня еще в памяти крепко застряло, и это капитана успокаивало. Но все равно, долго мы сидели, за полночь. Фазендовские дела обсуждали. Где мы останавливаться по дороге должны, и на каком месте нас капитан догонит на своем коне. В общем, обстоятельно все обговорили. Такой уж дон Жоаким был деловой человек, что ничего из внимания своего не выпускал.

Все, конечно, я не запомнил, что он мне говорил. Но даже расчитывая на то, что я буду не один в дороге, и мне всегда помогут, я на всякий случай все-таки перебрал в уме основные советы капитана. И главное, что у меня нарисовалось в мозгу, это то, что чем меньше я буду выпячиваться, тем лучше будет. Потому как легко попасть в беду, да трудно из нее выбраться.

Поскольку из гостиницы я хоть и переехал во флигель, что к хозяйской конюшне был пристроен, но особенно еще не распаковался. И все мои пожитки в одном мешке да кожаном подсумке были уложены. Поэтому сборы у меня были несложные. Все уложилось в одну торбу. Сна у меня ни в одном глазу. Поворочался я на своем топчане и решил постоять на улице, подышать свежим ночным воздухом.

Вышел я на двор, луна уже высоко была, да и звезды на далеком-далеком темно-синем небе были огромными и числом им была тьма. Да и расставлены они были не так. В Индии они были по-другому расположены. А уж с российским небом почти что ничего общего не имели. Я ни Стожаров[68] не нашел толком, да и Большую Медведицу пришлось поискать. Нашел я ее где-то сбоку, почти на горизонте.

Созвездия все какие-то были незнакомые. Одно из них капитан мне особо показал, поскольку для определения направления оно здесь очень важно. Южный крест называется. На крест оно особо непохоже, но представить, что это крест можно.

Капитан уже давно ушел к себе спать, а ко мне вышел управляющий, у которого для меня тоже несколько советов было. Что Жоржи Круз говорил я в общем-то не слушал, только

---

[68] Стожары (Волосожары) — старо-русское название созвездия Плеяд

на небо глазел, привыкая находить созвездие Южного креста сразу. Управляющему это надоело, он в свой домишко пошел спать, а я двинулся во флигель при конюшне.

Я и пяти шагов не сделал, как услышал шепот. Закрутил головой, как филин. И у колодца, что рядом с конюшней был, увидел Марию Исабель, дочку хозяйскую.

Что, думаю, случилось, что она через весь двор от своего любимого ручья, где беседка стояла, аж к конюшне пришла. Не беда-ль какая? Но шума нет, стало быть и беды немного. Подхожу, а она в землю смотрит и тихо говорит:

- Уезжаешь?.. Надолго?

Я и не знаю, что ей сказать, только спросил:

- А что тебя обеспокоило, девица?

Она в ответ:

- Ты. Я тебя как увидела, сама не знаю почему у меня дыхание прервалось, глаз от тебя оторвать не могла. А за ужином как ты рассказывать начал про странствия свои, как ты один по жизни бредешь, то сердце биться начало еще чаще. Да и во дворе посмотрела я как ты работаешь, как к людям нашим дворовым относишься и поняла, что ты тот самый человек, которого я здесь в Африке встретить уж надеяться перестала.

Уж очень ты разумный, хозяйственный, веселый, незлой да и нежадный. Мы с сестрой сразу заметили, что ты не вертихвост. На женщин смотришь с уважением. А еще я в твоих глазах мужественную грусть прочитала, которая, как ты, наверное, знаешь, женщинам очень по нраву. Я сейчас не про замужество говорю. Но я бы всех своих женихов прогнала, если бы ты меня об этом попросил и обещал быть со мною всю оставшуюся жизнь.

Меня как холодной водой окатило. Открываю рот, как рыба, глазами хлопаю, а что сказать, не знаю. Потому что с женщинами красивыми не каждый день общаться приходилось. А такую, как дочь капитана Жоржи де Мелу, вообще ни разу не видел.

По местным понятиям Мария Исабель, конечно, уже в летах. Годов ей двадцать, может двадцать пять от роду. Но лицо у нее розовое, молодое. Сама стройная как березка. Ростом, и статью вышла. Одета аккуратно. Платье на ней нарядное. Хоть и капитанская дочь и слуг у нее полно, но без дела она не сидит. Видел я, как она по дому работает.

Но больше всего вот чем она меня поразила. Лицо у нее открытое, приветливое. Глаза добрые, глубокие, темно-зеленым изумрудным цветом светятся. Волосы волнами по плечам раскинуты, мантильей кружевной прикрыты. Губы как коралл, шея лебединая...

Чего говорить, красивая и хорошая девушка, и видно, что она ко мне чувство имеет. А я-то знаю, что на чувство ее ответить взаимностью не имею права. Поскольку намерен навсегда из Африки уехать, а взять ее с собой не могу. А она заслуживает не простого короткого мужицкого интереса, нацеленного лишь на красоту телесную да на страсть, а настоящего большого чувства. И получается, что хороша Маша, да не наша.

Подумал я сразу ей открыться, что пребывание мое в Мозамбике будет краткосрочным, но опасение, что капитан де Мелу узнает и мою надежду добраться до Каапстада в срок по этой причине убьет, мне на рот замок повесило. Взял я ее ладони в свои руки, посмотрел в глаза, вздохнул, повернулся, и под ее неровное дыхание молча пошел к себе во флигель. Хотя больше мне хотелось повернуться, подбежать к ней, обнять крепко, прижать к своей груди и нежно поцеловать ее в коралловые губы.

Но что-то подсказывало, что дорого это желание мне стоить будет. Только позже я понял, как один вечер может всю жизнь человеческую видоизменить и глубокий шрам на ней оставить. На долгую память.

ГЛАВА XXII

В дорогу

Отъезд с грустью. По дороге обоз Филиппа догоняют
дон Жоаким с дочерьми. Тревожная ночь.

Май, лета 1782 от Рождества Христова.

Даже краюшки солнца еще не было видно. На горизонте только отсветы зари на небе, а уже оживился двор. Гул голосов людских мешался с мычанием волов, звоном ведер, из которых волов поили, и другими хозяйственными шумами. Вот ворота распахнулись, и все четыре воза медленно и солидно в путь отправились. Я ехал с управляющим на первой телеге. Жоржи Круз занимал меня разговором о жизни на фазенде и об управлении упряжкой. Я его внимательно слушал, но не мог не обернуться назад и посмотреть на дом, в котором получил я гостеприимный приют, но которого я почему-то стал чураться. Этот дом стал для меня символом не только согревающим душу, но и царапающим ее нескладностью моего поведения и косолапого ответа на чувство Марии Исабель. Может показалось мне, может нет, но обернувшись, я в одном из окон взгляд ее поймал. Это был взгляд глаз не только красивых, но и полных решимости и надежды добиться своего. И надежда эта перемешана была с женской грустинкой, которую всегда испытывают женщины при прощании...

Ну ни шатко, ни валко, шли мы полный день и довольно ходко. Дошли мы до ручья с водой чистой да прозрачной, да и с деревьями по берегам, точь в точь наши ракиты или ивы. Остановились, распрягли волов, развели костер, стали еду готовить да капитана ждать, который нас собирался здесь догнать и с этого места сопровождать до самой фазенды.

Про еду хочу сказать отдельно. Еда в дороге здесь - это в основном каша из местных клубней, мухого называются, да мясо-солонина копченое. Много не съешь, потому насыщаешься сразу малым количеством мяса приготовленного по рецепту буров. Так здесь называют белых поселенцев, что совсем на юге Африки живут и по вельду[69] со своими обозами кочуют в поисках новой пахотной земли или полей для выгона скота. Эти люди нам в дороге попадались. К морю шли со своими повозками: молчаливые, замкнутые, и с чужаками дружбу водить как-то не очень склонные.

Еще солнце не село, как увидели мы вдали облако пыли красной и потом услышали топот копытный. Кроме хозяина со слугой никого мы не ждали и то, что уж больно много копыт стучало, нас удивило и даже немного испугало. Подумали, что может быть тревога какая, война с местными племенами, и отряд нас спасать едет. Но увидели мы сквозь пыль, что, действительно, едет к нам капитан на гнедом коне, со своим слугой на буланом жеребце. Едут они по обоим бокам от небольшой коляски. А кто в этой бричке мы, понятно, разобрать не смогли, поскольку дверцы были закрыты.

---

[69] Вельд — южно-африканская лесостепь, часто перемежающаяся пустыннными участками.

Подъехали они. Хозяин спешился. Подходит к коляске и помогает выйти своим дочерям, старшей - Марии Исабель и младшей - Аманде Мирабель, а за ними вытаскивает из коляски старушку из местных, но в платье европейском. Мы, конечно, удивились, а капитан говорит:

- Мне надо, чтобы фазенда для вас домом была, а не сараем. Дочери меня уговорили, чтобы помочь вам обустроить фазенду поскладней, да поуютней, по-человечески, короче. Кроме того, я и сам хотел на фазенде побыть какое-то время вместе с дочерьми, по которым я за время своих плаваний очень скучал.

Я поинтересовался насчет того, а где хозяйка, супружница его, то есть. Капитан в ответ что-то буркнул о ее нездоровье да и занятости по другим домашним делам и торговле. Я сразу рассудил, что вопросы на эту тему были лишними, и с моей стороны просто неуместными. Да и капитану, как мне показалось, они не очень приятны были.

Мы всей компанией расположились на траве на берегу ручья, поужинали и отошли ко сну, поскольку устали все с дороги шибко-сильно. Но поспать нам не особо удалось. Где-то после полуночи один из местных, которые в дозоре стояли, увидал три огонька на холме, что справа от нашего лагеря возвышался. Из чего управляющий сделал вывод, что мы в поле зрения лазутчиков боевого отряда какого-то местного племени. Само по себе это не удивительно, поскольку мы по их земле шли, и нападений нам ждать было не обязательно, но возможно. Окромя того, ведь нам еще как минимум полдня пути предстоит да с нами теперь женщины были, о которых заботится надо и в случае беды спасать. Так что подумать было о чем. Но в остальном ночь прошла спокойно, хотя и не очень мне спалось. Утром отправились опять в дорогу.

Не проехали и пары часов, как повстречались нам работники с фазенды, что находилась по соседству с капитановой усадьбой. Говорят, что местные племена против белых поселенцев обиду держат из-за несправедливого, по их мнению, использования пастбищ и водопоев.

Хотя, вернее всего, причина для распри была очень простая. Местным скот поселенческий очень по нраву пришелся. Португальцы и буры его племенам не продают, а кроме того, местные не привыкли скот покупать. Скорее обменивать или отбирать как добычу военных рейдов, по нашему нападений, на соседние кланы или даже племена. Местный скот, который в племенах как символом достатка считается, португальским фазендейруш[70] особенно не нужен, поскольку молока он дает мало. Один удой не больше кружки. Да и мяса в нем меньше, чем в европейском скоте. А обменивать на что другое тоже у местных особенно желания нет.

То есть весь конфликт из-за того, что местные даже привезеный из Европы весь скот в Африке считают своим, а поселенцы такого понятия не имеют и свое добро защищают как могут. Вот и обмениваются мелкими драчками. Одни нападают, другие отбиваются. По очереди, то поселенцы на местных, то местные на поселенцев. Особенно достается португальцам. Местные племена даже несколько раз на Лоренсу-Маркиш нападали, где и форт, и солдат регулярных довольно. Даже спалить пытались, но успех у них был переменный. Если поселение от пожаров еще как-то страдало, то форт им взять ни разу не удалось.

Ну так вот, как раз сейчас местные под началом племени свази решили со всех прилегающих ферм и фазенд дань взять скотом. А которые хозяева возражать будут, то ущерб будет не только хозяйствам, но и жизням их. Короче говоря, военное время, и все владельцы фазенд объединяются в летучий отряд, чтобы от нападающих отбиваться вместе. Кроме того, есть

---

[70] Фазендейруш — хозяева или работники плантаций или ферм в португальских колониях Африки.

надежда, что из Лоренсу-Маркиша подмога отрядом солдат придет.

Весть о войне, естественно, никого из нас не обрадовала, поскольку ехали мы не на войну, а по хозяйственным мирным делам. В этой ситуации, наверное, более всех должен был бы сокрушаться капитан, который, полагая, что договор о мире с местными племенами еще в силе, неосмотрительно дочерей с собой взял на фазенду.

Но если и сокрушался дон Жоаким де Мелу, то на лице его это прочесть никак нельзя было. Он тут же обустроил наш обоз таким образом, что коляска в середине, фуры с быками впереди и сзади, а мы на лошадях по двое с каждого бока коляски с ружьями наготове. Возвращаться в Лоренсу-Маркиш, по мнению капитана и управляющего, было более рисковано при таком раскладе. Обратно, даже верхом или в коляске, то целый день пути, а с волами и того больше. А до фазенды часов пять-шесть не более.

Резон в этом даже я усмотрел. Хотя не очень понимал в чем такая тревога, и решатся ли местные на нас нападать. Дескать, у нас ружья и так далее, а у них окромя стрел да луков и нет ничего. Но Жоржи Круз, с кем я ехал в паре с правой стороны коляски, объяснил мне, что помимо племен на дорогах озоруют бандиты из ассимилядуш, вот их мы и опасаемся. А с местными капитан всегда язык найдет.

Теперь насчет правой стороны. Так мне хотелось на другую сторону коляски переехать, поменяться со слугой капитановым, чтобы не ощущать на себе напрямую взора Марии Исабель, которая у окна с этой стороны коляски сидела. Но как это сделать, чтобы ни Марию Исабель не обидеть и капитана не встревожить, не знал. И ехал поэтому, согнувшись, не слушая рассказов управляющего и стараясь не глядеть в окно брички.

ГЛАВА XXIII

Фазенда

Ефремов приезжает на фазенду. Ожидание нападения. Обустроившись, Филипп, однако, не меняяет свое решение об отъезде. Колдовство фадо. Слезы Марии Исабель де Мелу.

Май, лета 1782 от Рождества Христова.

В любом случае, худо-бедно добрались мы до фазенды, и я честно говоря, удивился. Никак я не ожидал, что это будет такая обжитая усадьба, окруженная обработанными участками земли, выгонами для скота огражденная. Да и дом меня поразил. Он хоть и одноэтажный, но очень большой по площади. К нему пристройки всякие сделаны. Вокруг усадьбы куренем домики работников стоят, не лачуги какие-нибудь, а по местным меркам вполне удобные для проживания жилища. Разумно размещены стойла для скота, амбары и тому подобное. Так что одна фазенда как деревня выглядит.

Не ожидал я еще и такого количества работников здесь увидеть. Мужиков тридцать с семьями. А семьи у них большие. Так что всего на фазенде больше ста душ жило и работало. На мой вопрос какого племени они, управляющий ответил:

- Это в основном люди из народностей шона - яо, маконде, макуа и ломве, есть и свази, которые из своих племен по разным причинам уйти должны были или проданы поселенцам в крепость. Народ работящий, земледельцы неплохие, хотя свази больше понимают в скотоводстве.

Понятно, чтобы приветствовать хозяина и управляющего, все работники собрались в кучу. Управляющий им про ситуацию на местном языке рассказал. Говорил он недолго, и все слушавшие его понимающе кивали головами. А потом молча и серьезно разошлись по своим делам, но у рабочих мест положили копья, щиты да панги, чтоб они под руками были. Старшим ребятишкам тоже с копьями было велено выйти в степь вокруг фазенды, следить, не крадется ли кто.

Словом, военные приготовления много времени не заняли. Видно люди к этому привычные были, и ни страха, ни волнения на их лицах я не прочитал. Какая-то унылая повседневная обреченность была, но не больше. Так целый день занимались мы хозяйством. В одной руке струмент плотницкий или какой другой сельскохозяйственный инвентарь, а в другой - оружие у кого какое есть. А на следующий день прискакал гонец из летучего отряда и сказал, что опять мир с местными. Так что волнения и военные приготовления все откладываются.

Утром я пошел к колодцу за водой заполнять поилку для быков. И было мне грустно. Люди вроде мне на помощь идут, даже постоянное гостеприимство обещают, а я от них бегу и бегу. И получается, что на их чувства и внимание рукой махнул. Работаю и живу с ними как бы спустя рукава. Это чувствую не только я, но и дон Жоаким с управляющим видят, что я как на иголках. А печалило меня то, что с каждым новым взглядом на Марию Исабель у меня все больше и больше дух захватывало.

Видно, любовь подкралась ко мне против моей воли и крепко обняла меня. А что делать с этой любовью в моем положении я не знал. Брак по-христиански у меня в душе и в сердце чтой-то не просматривался.

А капитану еще больнее то, что дочка его ко мне интерес проявляет и при моем к ней умилении и до греха недалеко. Так что позвал он меня к себе как-то наутро в кабинет для откровенного разговора и говорит:

- Ну, признавайся, открой мне свое решение.

Что мне сказать было? И решил я, что вежливый отказ лучше грубого согласия. Пытаюсь ему объяснить, что у меня к заморским странам и путешествиям интерес прошел, и хочу я домой, доживать свою жизнь на родине, хоть и без любви. Поскольку, моя любовь, наверное, здесь останется.

Опустил голову дон Жоаким и глядя в стол, как бы не говорит, а сквозь зубы цедит:

- Я о твоем решении уехать отсюда давно догадался и не одобряю. Деньги у тебя есть, и фазенда эта могла бы быть твоей не только за твою часть клада, но и за то, что ты мог бы быть моим зятем. Я вижу, что ты настроен на дорогу. Но имей ввиду, что пойдешь ты один и дочь мою я с тобой не пущу. Я очень опасаюсь, что ты не только состояние, но и жизнь свою потеряешь по дороге. По этой причине и поскольку ты ее не понимаешь да и не очень принимаешь, дочери моей с тобой не по пути. Так что, светлый путь тебе. Попутчиков тебе я смогу дать только через земли свази, а дальше как знаешь. Куда идти-то потом ты себе представляешь?

- Дорогу-то я найду, - отвечаю ему, - от дел отрывать не хочу тебя, капитан, да и столько внимания не заслуживаю я. Прав ты. По моему отношению к тебе и к дочери твоей, я и того добра, что ты уже мне дал, не заслуживаю, а на большее мне зариться совсем грех. То что ты меня отпускаешь - за это спасибо. Пойду я пешком, так незаметнее. С местными сейчас мир, как я понял, так что за жизнь мою тебе беспокоится нет надобности, а здоровье и жизнь, все это еще и от случая зависит. Случись какая напасть - и нет здоровья, а сложится все удачно, здоровье только укрепится.

Капитан спрашивает:

- Состояние-то свое в суме потащишь с собой? Или как?

Я только головой мотаю:

- А как по другому?

- Коль ты мне веришь, я тебе под свое честное имя, которое на юге Африки все знают, дам тебе расписку на твои камни да золото, и в каапстадских банковских и адвокатских гильдиях за эту расписку да за слово, которое я тебе скажу, тебе дадут денег столько, сколько мы сейчас договоримся.

Договорились мы к общему согласию. Капитан дал мне расписку и шепнул слово заветное, что я должен был в гильдии сказать, чтобы там деньгами обзавестись. По мнению дона Жоакима, коих мне не не только на дорогу хватит, но и на то, чтобы в Каапстаде меня благополучно приняли как не последнего и очень обустроенного человека по денежному состоянию. А на первую часть пути даст он мне провианту и лошадь свою с условием, что не пойду я прощаться к Марии Исабель, а уеду украдкой на исходе ночи, так, чтобы никто этого и не услышал.

Пошел я к себе в гостевую светелку, сел на кровать и на душе у меня сумеречно ужасно. А тут за стеной на веранде собрались мои хозяева: дон Жоаким де Мелу, управляющий его, Жоржи Круз, Мария Исабель с Амандой Мирабель да служапка ихняя из местных. Слышу я звон гитарный, до того он мне душу ранил, а когда Мария Исабель запела, мне вообще на глаза слезы навернулись.

Льется песня томная-претомная, сердечнейшая, и поет ее голос, точно благовест малиновый. Так за душу и щиплет, так и берет в полон. Подошел я к окну, что на веранду выходило, гляжу сквозь мутное стекло на освещенную светильниками веранду и вижу, Жоржи на гитаре струны перебирает как по сердцу скребет. Аманда Мирабель под песню Марии Исабель танцует. Все как завороженные песню слушают да на танец смотрят. Даже семьи работников во дворе собрались и никто, даже ребятишки, слова не молвят, до того внимание их песня и танец этот захватил.

А как описать этот танец, так никаких слов не хватит. Аманде Мирабель еще и шестнадцати нет, а в танце этом двигается она, как стройная рябина на ветру. Станом гнется, а из черных глаз так и жжет огнем. Прислонил я лоб к стеклу и смотрю, смотрю... И вдруг меня как обожгло. Вспыхнули перед моим взором глаза Марии Исабель. Взмахнула она ресничищами. Ей Богу, вот этакие ресницы, длинные-предлинные, черные и точно сами по себе живые, как птицы какие крыльями машут. А в глазах ее грусть как смарагд-камень[71] мерцает.

Вышел я на крыльцо, стою у притолки, смотрю на лицо Марии Исабель и никак не разберу, смугла она или бледна она, алеет ли румянцем. Только вижу, что на нежном виске жилка бьет. Жоржи Круз последний раз по струнам ударил, и песня кончилась. Мария Исабель веером закрылась, а Аманда Мирабель села рядом с отцом и обняла его за шею и голову ему на плечо положила.

Я стою и не знаю, что сказать. Дон Жоаким спрашивает:

- Чего молчишь?

А я как-то очень просто и бестолково пытаюсь ему объяснить, что я песней да танцем околдован. А язык у меня заплетается. Трудно мне передать ему как такой простой человек как я красоту и талант оценить может.

В ответ на мой бубнеж дон Жоаким поднес мне чарку оловянную красного вина и говорит:

- Вот как на тебя наша песня португальская любимая - фадо - подействовала. У нас таких песен-фадо много. Мы их из родной

---

[71] Смарагд — старо-русское название изумруда.

Португалии привезли сюда, они нам здесь о родной земле, где наши деды жили, напоминают.

Молчу я, уж очень эти песни сочувственные, прям как наши страдания. Извинился я, выпил вино за их здоровье и вернулся к себе в светлицу гостевую. Упал руками на стол, голову на руки уронил и так просидел до полуночи. А потом решил, что ждать утра нет мне смысла и как соберусь с силами душевными, тут же на коня, и на юг.

Вздохнул я, перекрестился, опять вздохнул и начал собираться. Пожитков у меня был опоясок с распиской внутри зашитой, сумка кожаная да мешок. Поэтому, не думая, что я туда кладу, набил я их тем, что под руку попалось и опять сел на скамью.

И вот сижу на скамейке перед свечой тусклой и думаю, о том, как я утром буду ехать в направлении, указанном мне капитаном, и что меня будет ждать на пути. Слышу шаги. Поворачиваю голову, стоит в дверях капитан, за руку Марию Исабель держит, прощайтесь, говорит. Она смотрит на меня, из глаз слезы текут, а я сижу как к скамейке прибитый, дурак дураком. Молчу и рот открываю. И не знаю, что мне делать, что сказать.

- Бессердечный ты человек. - дон Жоаким мне говорит, а сам Марию Исабель по голове гладит, глаза у него грустные не за меня, а за дочь свою любимую. - Честно говоря, просилась она за тобой на твой край света идти, зная наверняка, что пропадете вы там оба. Но я, поскольку дочерей своих больше жизни люблю, ее ни с тобой ни даже с более опытным человеком в саванну никогда не отпустил бы, чего бы мне это не стоило.

Конечно, мне было бы спокойней, если б ты остался здесь, мужем ее был бы. Поскольку хоть и загадочная душа у тебя, но мужик ты честный, без подлостей, а это важнее всего и для меня и для Марии Исабель. Оставить тебя здесь против твоего согласия я не могу и не хочу. А дочь свою привел я к тебе по ее просьбе. Хотела она тебе в глаза последний раз посмотреть. И просьба эта законная. Правда, что она увидеть там хочет я не знаю.

Я сижу, молчу, на сердце кошки скребут. Чувствую себя последним мерзавцем, который к страданиям людским равнодушен, но сделать с собой ничего не смогу. Смотрю на Марию Исабель, а она головой к капитановой груди припала и всхлипывает так по-детски, что у меня самого слезы к глазам подкатили. У дона де Мелу желваки по скулам ходят. Обнял он дочь, посмотрел на меня как на самолюбца бессовестного, повернулся и увел Марию Исабель в мрак ночи.

Я еще минут пять посидел. Свечи огарок прогорел до конца. В темноте взял мешок и свою дорожную суму, проверил расписку капитанову в поясе и с тяжелым сердцем вышел во двор. Конь был оседлан, в лачугах уже началось шевеление. Я сунул ногу в стремя, постоял так немного задумавшись потом вскочил на гнедого, дал ему шенкелей[72] и грустной рысью поехал в направлении на звезду Сириус, туда, куда мне капитан путь указал.

[72] Шенкель — часть ноги всадника (от колена до щиколотки), обращенная к коню, позволяющая управлять лошадью, давать ей команду двигаться вперед.

ГЛАВА XXIV

Умханга

Самостоятельное путешествие по африканскому вельду. Ефремова нагоняют дон Жоаким де Мелу и его товарищ. Филипп в гостях у племени свази. Умханга - праздник тростника. Наш путешественник торопится вперед, но болезнь скашивает его.

Май-июнь, лета 1782 от Рождества Христова.

И вот еду я легкой рысью, мелким скоком на юг, по протоптанным местными да португальскими торговцами тропкам в направлении, которое мне было указано, да и самому казалось наиболее подходящим. На моем пути встретилось много поселений. Дорожки и тропинки пересекались как кружева, поскольку часто по ним местные из деревни в деревню ходили. И справа и слева хижины какие-то мелькали, деревушки, и реже фазенды поселенцев.

Местные деревушки мне нравились. Дома стоят, как ульи круглые, соломой крытые. И народ вокруг них как муравьи снуют: и мужики и бабы, и детишки малые. И все снуют по какому-то делу. Без дела никто не сидит. Не принято у них это. Вечером отдохнуть - это да, а днем - будь добр, найди себе занятие, а то запишут в бездельники и в общении начнут отказывать. А одному в Африке, сами понимаете, жизнь не сахар.

Народ больше всего был занят землей. А как все земледельцы, они приветливы и гостеприимны. Так что ни с водой, ни с перекусом у меня проблем не было. Там кашей местной попотчуют, где-то мяса жареного предложат, молоком напоят, бананом или каким другим фруктом угостят.

Скотом они, конечно, тоже занимались, но больше пахарями были. Да пашут-то они не на волах, а мотыгами да палками копальными. Народ, который мне встречался днем, смотрел на меня и гнедого моего без удивления. Стало быть, и белые люди им здесь попадаются время от времени да и лошади не шибко их пугают. Хотя, у них в обиходе они пока еще не приняты. Только у белых. Хоша я в отличие от них тоже белый был, а они почерней тех, что мне в Индии попадались, они от меня не шарахались и уж тем более спину не гнули. Народ, в целом, достойный, гордый и одновременно покладистый. Я уж в этом убедился на ночевке в одной из деревень.

По их понятиям отказ в гостеприимстве - это позор для дома. Поэтому объяснениями причин моего путешествия они не особенно интересовались да если бы я даже начал их им рассказывать, они не шибко меня бы и поняли. Они просто видели, что я один в дороге и нуждаюсь в приюте. А остальное, по-моему, их особо не волновало. Поскольку опасности я для них никакой не представлял и тревогу в них не вселял. Старался быть приветливым и улыбчивым к местным людям.

Ночь прошла у меня спокойно. Только изредка я слышал, как с легкой тревогой ржал мой гнедой, видимо, чуя в саванне хищников, но особо он копытами не бил, и я на своей лежанке отдохнул как следует. Утром меня покормили и всей семьей от старого до малого вышли провожать. Стоят они у двери, смотрят на меня. Я оседлал гнедого. И только собрался ногу в стремя сунуть, как подошла ко мне старушка с корзинкой-плетенкой, в которой немного съестного провианту было и мне сует ее. Я взял, отвесил земной поклон хозяевам. Начал предлагать им монету золотую, но они повернулись и пошли все в дом.

Взгромоздился я на гнедого и поскакал на юг. Обернулся пару раз и видел уже вдалеке хижину, где меня привечали и хозяев, молча смотрящих мне вослед.

Солнце второго дня моего путешествия стало клониться к закату, как я за собой топот копытный услышал. Оборачиваюсь, смотрю - сзади два верховых, один из которых сам дон де Мелу, а с ним его сосед по фазенде Жозе Барбозу. Подъехали ко мне и говорят, что решили они проводить меня до земель племени свази.

Беспокойства большого о моей целости и сохранности у них не было, потому как народ здешний не пуглив и к иностранцам относится с уважением и с интересом. Беспричинно обид им не вчиняет. Главное, конечно, по честности признались они мне, для них было меня проводить, и тем самым камень с совести снять, что меня в дорогу одного отпустили. Но заодно, а я про себя подумал, что это было первопричинным, они решили воспользоваться моментом и обсудить кое-какие дела, которые у них были с королем племени свази. Вспомнили они об этом, когда я уже уехал, и дон Жоаким начал со своим товарищем мой отъезд с его распиской обсуждать. И решили они догнать меня по дороге, проводить как положено до земель короля свази. И, окромя того, чтобы мне компанию составить, они имели в виду обговорить со мной вопрос не пожелаю ли я свои деньги в оборот торговый со свази-племенем вложить.

Ехали мы и перебирали и дискутировали все эти возможности почитай целый день. Въехали в уютные долины между холмами зелеными. Смотрим - впереди огромная деревня, больше на город похожая. Дома сделаны аккуратно из ветвей да тростника.

Вокруг домов и всей деревни частокол, а на воротах в этом частоколе, на столбах привратных коровьи черепа поверху. Обычай у них такой. Спутники мои мне сказали, что такие поселения по-местному крааль называются. В этом большом краале под названием Мбабане король свази живет со своими тремястами женами. Жены, правда, не все здесь сразу вместе живут, только те, кого он приглашает из соседних краалей, где у них постоянное место обитания. Тещам, кстати, в крааль королевский ходу нет.

Когда спутники мои рассказали про это, я подумал какие только в людях пристрастия ни бывают. Кто, как я, лошадьми увлекается, кто имеет дарование и любовь к плотницкому или каменному делу, а здесь, вишь, король по женской линии какую приятность себе обеспечивает. Триста жен, шутка ль сказать... И все, наверняка, за ним наперебой ухаживают...

За время моих странствий азиатских немало рассказов про гаремы я наслушался да и насмотрелся на хозяйский гарем, где у него жен с дюжину было. Но чтобы несколько сотен жен, я повторяю, жен, а не наложниц было, таких даже рассказов я что-то не припомню. Позволил я себе не поверить спутникам моим, но правда, она иногда невероятнее любой выдумки бывает. И в случае с королем эта правда была самой, что ни на есть истиной. У короля, действительно, было много жен, но по-моему, они были в большинстве своем женами номинальными и звание «жена короля» было у них больше вроде как знак уважения.

Дон Жоаким со своим товарищем Барбозу про свои дела говорили с королем. Я не вмешивался и весь окунулся в местное торжество, радость для всего народа свази, равного которому я до сих пор не только не видел и не слышал, но и представить в своем фантазерском уме не мог.

Праздник этот у них называется «Умхланга» - сабантуй на всю страну. Что в общем-то неудивительно, потому что страна-то небольшая. Племя свази состоит из разных кланов, которые живут вроде как сами по себе. Въехав в крааль я даже вначале думал, что все племя - всего несколько тысяч человек. Но когда перед теремом короля местного - Собхузы только девушек полуобнаженных несколько сотен танцы свои начали и танцевали несколько часов подряд, чтобы свою любовь к монарху продемонстрировать, а может и в жены к нему попасть, я почти окаменел от неожиданности такого события. Я подумал, что если племя нашло столько девушек, желающих стать женами короля, то сколько еще осталось нежелающих, и сколько же может быть мужиков в этом племени. Я так думаю, не меньше десяти-двадцати тысяч. Да и те воины, которые в охране короля были, на меня большое впечатление произвели. Если у них и другие мужики такие же, то с этим племенем лучше ладить по-хорошему.

А праздник начался как крестный ход, только без икон и хоругвей, а с различными дарами, которые несли участницы. Девушки шли той особенной грациозной походкой, какая свойствена африканкам. Они плавно переступали, выпрямив спину и неспешно покачивая бедрами. При каждом шаге крепкие незрелые яблоки их грудей весело подпрыгивали. Они вышли на площадь перед троном короля и опустились на колени, поднося дары в глиняных, разукрашеных разными рисунками, здоровенных горшках да искусно сплетеных из разноцветного лыка корзинах.

В некоторых горшках было густое просяное пиво, кислое и пузырящееся, в других, простокваша из коровьего молока - имаас, основной продукт питания местного населения, а в третьих - большие ломти жирного мяса, жареного на открытых углях. В корзинах лежали хлебные лепешки, всякие овощи да фрукты и какие-то неизвестные мне предметы.

После поднесения даров, которые служители двора королевского разложили по обоим сторонам от помоста, на котором сидел Собхуза с королевой-матерью и с его приближенными, дарительницы, пятясь задом, отошли шагов на двадцать и построились в ряды.

Раздался грохот барабанов, звуки маримб[73] и свирелей. Сотни ног ударили по земле дружным тактом, и этот звук очень удачно дополнил музыкальное сопровождение. Но наряду с музыкой очень мне на сознание подействовала стать танцующих и то, какое дарование они имеют владеть телом своим. Руки, талии, грудь и бедра танцуют как бы по отдельности, но в то же время вместе, и смотреть на это, аж дух захватывает.

Девушки танцуют, а зрители выбегают к ним, чтоб вместе с ними поплясать, под ноги им всякие подарки кидают: бананы, раковины дорогие, шкурки зверей разных. Девушки до танцев тоже без дела не сидели, они для того, чтобы танец обустроить получше, накануне в ночь отправляются за тростником, несут его к королевскому терему, и сплетают из этого тростника щиты для защиты от ветра и циновки, чтобы на землю положить дабы от танцев пыли меньше было. Поэтому праздник и называется «Танец тростника».

Но праздник праздником, а дела делами. Пришлось мне за эти дни и в хижинах свази посидеть, и на обычаи их посмотреть. Как они свои проблемы решают, как гостей принимают, как с ними обходятся. С помощью провожатых моих расспрашивали меня о том, откуда я и как в эти края добрался. Удивлялись, переглядывались и, по моему мнению, не во все поверили. На пользу мне пошло, что спутники мои уже бывали здесь. Пользовались авторитетом и уважением, да и торговые дела были уже налажены, что помогло Собхузе да и двору его в целом быть обеспеченому всем необходимым не только для мирной жизни, но и для возможных воин с соседями. А поскольку народ они, в целом, воинственный и горячий, и как я уже говорил, гордый, то стычки с соседями у них были как привычка, образ жизни, так сказать.

---

[73] Маримба — африканская разновидность ксилофона, в ряде случаев, это щипковый музыкальный инструмент, в некоторых районах Африки его называют цанца.

Ну так к делу. Почтение к дону Жоакиму со стороны короля помогло им во всем да и мне тоже. Дал мне король провожатых до самой границы своего племени с землей другого африканского племени - амазулу, и обещал, что по дороге до земли этого племени - зулу нас никто не тронет. А что дальше будет, за это он не ручается.

После переговоров с королевскими советниками дон Жоаким и его товарищ Барбозу решили поворотить своих коней назад, и моего гнедого с собой захватили, поскольку, по их мнению, в моем прохождении через земли зулу мне конь только в обузу будет. Моя верховая езда может зулусов только насторожить, а может даже и озлобить, поскольку лошадей они немного видели, только у буров, а с бурами они не всегда и не очень- то ладят. Примут меня за бура и ссадят копьем с седла.

На прощание протянул я руку дону Жоакиму. А потом не удержался и обнялся с ним по-русски. У него в речи какое-то заикание обнаружилось. Держит меня за руку, как будто отпускать не хочет, и что-то имеет в виду сказать. Потом махнул рукой, сели они на коней с товарищем, и не оборачиваясь направились в обратный путь. Мой гнедой с ними запасным пошел. Смотрю я им в спины, вижу что только гнедок мой голову назад повернул, вроде как на меня последний раз посмотреть хотел. Мне аж слезы на глаза навернулись как я подумал, что прощаюсь не с конем, который как бы уже моим стал, а думаю о потере дона Жоакима де Мелу который мне настоящим другом стал. Но больше всего тоскливо на душе у меня было из-за нелепого расставания с Марией Исабель.

Закинул я мешок с нехитрым скарбом за спину, кожаную сумку с деньгами да бумагами всякими подмышку поплотнее заправил, подтянул опоясок, в котором у меня вексельная записка спрятана была, вдохнул поглубже свежего воздуха и широким бездумным артикулом зашагал за моими провожатыми на юг, где в Каапстаде я расчитывал, что все мои напасти окончатся.

Шел я и лелеял надежду, что вернусь я в Россию живым и здоровым.

Провожатые мои ходоками были отменными. Да и я шел за ними ходко, как будто у меня крылья к спине ангел мой приторочил. Через пару дней такого хода дошли мы до границы королевства Собхузова и продолжил я путь уже один. Но так вошел в азарт хода, что и усталости не ощущал и только смотрел по сторонам на природу местную.

Вокруг меня то тут, то там росли какие-то новые для меня деревья, огненно-пунцовые листья которых как огненные вспышки смотрелись на окружающей зелени. Попадались кактусы, которые были больше похожи на канделябры. А один мне попался как извивающаяся серая змея.

Еще одно дерево меня здесь очень удивило. Оно состоит из ствола и полдюжины голых ветвей с острыми сучками, поднятыми вверх. Словно искуственные подпорки они поддреживают плоскую как крыша крону из нежнейших листьев. И сквозь эту крышу вы можете видеть небо как сквозь зеленую паутину или кисею. Ствол кажется покрытым черным лаком.

Кругом вообще множество совершенно незнакомых, но удивительно красивых деревьев. У одних на редкость густая темно-зеленая листва. Такая темная, что сразу бросается в глаза по сравнению с другими деревьями, покрытыми обычными листьями. Некоторые деревья в цвету казались объятыми пламенем. У некоторых среди густой листвы поднимаются вверх прелестные кисточки, они сверкают, как раскаленные угольки. То тут, то там можно увидеть каменные деревья. Даже сосны попадаются и кусты бамбука.

Птиц немного и они не поют. Цветы есть, но они блеклые, не сильно пахнут. Даже супротив наших они слабы, а с индийскими вообще не сравню.

Прошел я несколько перевалов через зеленые холмы и увидел вдалеке в степи большую скалу-копи, которая торчала из саванны как огромный, длиной в две версты длиной и полтораста саженей в высоту стол, накрытый скатертью из зеленых деревьев.

Горы-копи здесь по всей саванне попадаются. Чтобы понять, что это за гора, представьте себе ровную степь из которой по воле Божьей, вырастает скала размером со средний город. В высоту она саженей пятидесяти. По краям в зелень одета, а наверху плоская, камнями и кустами покрытая. И таких скал вокруг десятки. Так что заблудится там легко только потому, что они друг на друга похожи. Ориентироваться здесь легче всего по звездам и по рекам, каковые хоть и малы, но во множестве в южно-африканском вельде (так они саванну называют) имеются. Чтоб время и путь сократить, решил я копи эту не обходить. Залезть на нее, посмотреть, что впереди и тем самым день пути сберечь.

Забраться было, конечно, непросто. Но я-таки залез на самый верх где уже деревьев было мало, а произрастал низкорослый кустарник ветром к скале прижатый. Вдохнул я полной грудью. Свежий ветер с запахами травы и протекавших внизу ручейков закружил мне голову. Я даже присел, поскольку у меня в голове какое-то затуманивание появилось. С опасением стал я думать не болезнь ли ко мне подкрадывается. Смотрю вокруг себя, в глазах круги, звездочки и мушки всякие, но красота такая, что никакая разность ее закрыть не может. Сверху на много верст вокруг меня хорошо окрестности видны. Колки деревьев акациевых, ручейки синие струятся то там, то здесь и, конечно, колышущееся море травы, волны которого между островами скал-копий идут аж до границы земли с небом.

Виды видами, красота красотою, а спускаться-то надо, а склон-то почти отвесный. Забраться-то на него можно, а вот как вниз сойти? Слава Богу, у меня всего припасу немного, только то, что за спиной в мешке да за поясом. Потому спуститься мне даже по этой узкой крутой тропке сначала показалось делом несложным. Но это сначала. А как сполз я с первой более-менее пологой части до обрывчика небольшого, то увидел, что земля там влажная от ручейка, что струился с верхушки горы. Видно, дождевая вода наверху в распадке собралась и стекает. А по влажной земле, сами понимаете, с горы спускаться в три раза сложнее, чем по сухой земле на нее забираться. Того и гляди скользнешь и до самого дна все сто саженей с лишним, хорошо если на заднице, а то ведь и на голове проехать можно с риском свернуть шею.

Но осторожность моя, приобретенная еще в Гималаях и в Индии, меня сберегла. Так что через полтора часа осмотрительного да бережного спуска я уже у подножья копи был. Остановился я от этой горы в верстах в двух, где у основания пологого склона холма между рощицами деревьев типа ивняка, протекала речка с чистой холодной водой. Место мне выбирать не пришлось. По этой тропе, видно, и до меня путники ходили и ясно было, что там, где я остановился, они не раз бивак устраивали, а может и ночевку. Кострища погасшие вокруг, уголья да кости от жареной дичи. Так что я даже немного успокоился, что люди есть вокруг. Разделся я и в речку голышмя плюхнулся.

Речка была хоть и неглубокая, но быстрая и холодная, с песчаным дном. Так что с водой и песком удалось мне смыть весь свой пот, который на мне после лазанья по копи уже засыхать начал. Вылез я на берег, накинул на себя одеяло, что мне с собой свази дали, и дрожу. Оделся в сухую одежду, что на солнце прогрелась, а дрожь не уходит. Думаю, немножко подрожу, да и согреюсь, но не тут-то было. Видно, я какую простуду в холодной воде получил, а может, не приведи Господи, ко мне опять вернулась тропическая малярийная лихорадка известная под названием «денге».

Я рассудил, что после прохладного плоскогорья в теплой саванне жара простуду, конечно, выгонит. А после простуды и с лихорадкой легче будет справится. Я нашел на высоком песчанном берегу пещерку половодьем вымытую. Замотался в одеяло. И в этой вымоине, как в чулане, прикрытый снаружи ивняком, положив под голову мешок, продремал в полузабытьи до утра.

Отдохнуть во сне мне не удалось, потому что меня не оставляли видения всякие, трясучка да и боль во всем теле не утихала. По лбу и по всему телу холодный пот струился. Слабость в руках и в коленях, и в мыслях сумятица. Но хочешь не хочешь, а идти надо, потому что здесь я точно отдам Богу душу без погребения.

Я закинул мешок за плечи, на голову накинул одеяло, чтобы закрыться от солнца, и превозмогая острую боль в суставах и невероятную головную боль еле поднимая ноги зашагал вниз. Слава Богу, склон холма был не крутой. Через час пути вышел на плоскую равнину, где вперед меня вела узенькая тропка, протоптанная в саванне. Боль сковывала мое тело как раскаленные обручи. Я шел вперед шаркая по земле ногами, уже не отдавая себе отчета в том, что я делаю, а передвигаясь все больше из упрямства и нежелания сдаваться без сопротивления той самой страхолюдине безносой - старухе с косой.

В полубессознательном состоянии я прошагал так до полудня, а когда солнце встало точно над головой, меня бросило в жар. Я двигался не зная как я это делаю, в глазах у меня был туман. Одна мысль терзала меня: ведь я даже не знаю куда иду. Я стал чаще спотыкаться и с каждым падением мне было все труднее и труднее вставать. Порой я даже передвигался на четвереньках, а отдохнув и с зубовным скрежетом опять встав на ноги, я, качаясь, старался идти и смотреть вперед.

Что меня, пока еще я был в сознании, успокаивало - это то, что я шел по протоптаной тропе, а по местным понятиям, почти по дороге. Дорога дорогой, а вокруг пасутся стада антилоп, слонов и жирафов. Эти мне не помогут, а людей, которые могли бы помочь, я не видел. Я проковылял еще полчаса, затем рухнул сначала на колени, а потом упал лицом на красную африканскую землю, думая, что уже не встану. Красная земля была последним, что мелькнуло у меня перед глазами, когда я уткнулся лбом в эту тропинку. В голове у меня одномоментным вихрем пронеслись видения всех дней моей авантюрной жизни и моих малоудачных странствий.

ГЛАВА XXV

Элангени

Первопроходца подбирают воины крааля Элангени,
где правит вождь Сензангакона из зулусского клана
мтетва. Филипп встречает в этом краале белого
человека.

Июнь, лета 1782 от Рождества Христова.

Г лаза я все-таки открыл. Сколько времени мне на это
понадобилось я не знаю. А когда я их открыл, то увидел, что
лежу на спине, а надо мной синеет исключительной чистоты небо
на фоне которого две сомкнувшихся головы смотрят на меня в
упор. Что мне бросилось в глаза, так это белые-пребелые зубы,
которые на темных лицах так и сверкали. Вид был жутковатый.
На головах у них были уложены одинаковые черные обручи, а
на шеях висели странные украшения.

Я чувствовал прохладу на лице и теле, которую дарила
мне вода, льющаяся из кувшинов нашедших меня прохожих.
Подождав, пока вода высохнет, они начали растирать по моим

вискам и по груди какую-то мазь, и ровными, спокойными голосами обменивались короткими фразами между собой на новом и почти неизвестном мне языке, похожем на свази. Хотя я и был в полусознательном состоянии, но сообразил, что по крайней мере отдельные слова, которые я слышу, я уже слышал у свази на севере.

Говорить я еще не мог, сил не было. Да и спасители мои сами особенной разговорчивостью не отличались да и меня к разговорам не побуждали и вопросами не донимали. Так что ситуация такая. Я лежу хоть и с открытыми глазами, но в мои глаза опять приплыл туман и хотя надо мной склонились люди, я вижу только их нечеткие очертания. Я чувствую, что они растирают меня мазью. Как сквозь вату слышу их беседу. Между собой разговор у них простой: слово сказал один, слово сказал другой, поняли друг друга и замолчали. Просто делают дело, которое нужно делать. Я долго на божий свет смотреть не мог, потому закрыл глаза опять и стал набираться сил, поскольку боли мои от снадобья на меня намазанного, как бы утихать начали.

Когда я в другой раз открыл глаза, то увидел, что лежу пластом на носилках раскачивающихся, и несут эти носилки четыре молодых парня. Носилки были сделаны из двух длинных копий, а посередине веревки и кожаная шкура закреплена. На этой шкуре я и лежал. Впереди и сзади от нас шли вооруженные щитами и копьями воины. Хоть и небольшой, но сразу видно было, что не охотничий, а военный отряд. Это я понял по тому, как слышал время от времени резкие и четкие команды, которые выполнялись сразу же и неукоснительно. Носильщики мои менялись как по команде, четко и не останавливая и не задерживая движение.

Сбоку от отряда гнали стадо небольшое из лунорогих коров. Я такое название им дал, потому как рога у них больно на серп луны похожи. У нас коров с такими рогами отродясь не видел. Рога толстые, длинные и расстояние между концами этих рогов в размах человеческих рук. Цвета они разного: от черного до белого, но больше коричневого. В Африке я коров и раньше видал, но таких увидел впервые и засмотрелся на них. Уж больно они необычные были.

Когда мои спутники увидели, что я открыл глаза и зашевелился, положили носилки на землю и дали мне испить воды из сосуда, похожего на странной формы тыкву, пустую внутри. Испив из него воды, я почувствовал, что усталость моя уходит, и хотя слабость в суставах оставалась, я все-таки решил слезть с носилок.

Важнее всего мне было узнать, что со мной дальше будет. А было со мной следующее. Как только я глазами моргать начал да руками шевелить, два молодых мужика подхватили меня, положили мои руки к себе на плечи и повели пехом, поскольку я добросовестно старался из последних сил показать, что я еще живой и из болезни своей скоро выберусь. Это была моя последняя надежда, так как я знал, что дохляка могут и бросить в саванне на съедение гиенам.

Настроение у меня было поганое, хотя самочувствие по-тихонечку улучшалось. Мы сделали привал и меня начали кормить какой-то жидкой кашей и кусочками жареного мяса. Я это добросовестно прожевал, хотя челюстями двигал еще слабо. Отдохнув примерно с час, мы опять сначала пошли, а потом даже слегка побежали по тропинке, а вернее, по тропинкам, оставленным в вельде стадами, перегоняемым с места на место пастухами.

На следующий день пути земля стала суше. Леса поредели. Их сменили ровные пастбища, кое-где поросшие акациями. Эти изящные деревья формой напоминали грибы. С их ветвей свисали большие стручки, похожие на гороховые, которые очень любят и дикие и домашние животные.

Видно было, что мы вступаем в какую-то новую землю. Это было видно и по окружающей нас природе и по попадавшимся нам навстречу людям. Воины махали рукой своим знакомым, о чем-то весело переговаривались между собой. У них поднялось настроение, и они запели походный марш. Видно было, что они вступиили на землю, которая является родной для отряда. Цепочка воинов, как черная змея, скользила по прелестной, похожей на парк равнине, между округлыми холмами-копи из гранита.

Вскоре мы миновали первое из видимо принадлежащих этому племени больших стад. На равнине паслось несколько сотен лунорогих, а также небольших горбатых коров - зебу, которых я видел еще на Мадагаскаре. Правда, там они выглядят немножко по-другому и отличаются от местных, происхождение которых скрыто в тумане веков. Возможно, им вместе с пастухами потребовалось четыре тысячи лет, чтобы добраться сюда из долины Нила или с плодородных равнин, окруженных реками-близнецами Тигром и Евфратом.

Трава была густой и сочной, и гладкие бока коров лоснились. Встречались животные самой разнообразной окраски: шоколадно-красные, черно-белые, рыжие, пегие, густо-черные и белоснежные. Они провожали колонну бегущих людей пустым воловьим взглядом, а мальчики-пастухи, обнаженные, если не считать крошечных фартуков-бешу, сбегались отовсюду и молча, распахнутыми глазами разглядывали воинов в перьях и с коровьими кисточками. Они давно с горячим нетерпением ожидали дня, когда их самих призовут на воинтскую службу, и они последуют героической дорогой защитников племени.

Больше, конечно, они смотрели на меня - человека не просто с белой кожей, а какого-то синюшного, которого поочередно сменяясь тащут по двое воины на своих руках. Больше всего смеха у мальчишек вызывало то, как я пытаюсь облегчить труд своим помощникам, нескладно переставляя свои ослабленные болью в суставах ноги.

Вскоре мы достигли большого поселения, домов на пятьсот. Оно располагалось на берегу реки. В поселке содержалось несколько тысяч голов скота. Хижины, крытые соломой, походили на ульи. Внешний частокол был сложен из стволов дерева мопане[74], глубоко врытых в землю, и представлял собой довольно мощное оборонительное сооружение. Жители деревни высыпали на улицу поприветствовать возвращающийся отряд, который пригнал захваченный у соседей скот, а заодно и тащил с собой меня. Толпа, состоящая преимущественно из женщин и детей, запрудила обе стороны дороги. Люди пели, смеялись и хлопали в ладоши.

Мы пришли в небольшую акациевую рощу, раскинувшуюся за пределами главного частокола. В нескольких шагах от нее протекал ручей. Наконец-то мы выбрались из плотной, окружавший отряд, толпы. Отряд оставил меня с четырьмя воинами у ворот крааля, а сам практически рысью побежал в свою построенную из ветвей и глины казарму. Таких вокруг крааля было несколько.

Я с моими охранниками примерно с час сидел перед воротами, которые были устроены в частоколе. Два высоких столба с резными украшениями и с прибитыми к ним щитами, соединялись наверху перекладиной, к которой был прикреплен черепа быков с рогами, которых не у каждой лунорогой коровы можно увидеть. Около сажени шириной размах рогов на каждом черепе был.

Посидел я так сколько положено мне было, оглядывал округу. Смотрю, из ворот выходит здоровенный толстяк на голову которого нахлобучена огромная шапка из перьев. Что-то он скомандовал моим караульщикам, те подняли они меня и повели за частокол по прямой дороге вперед к дому, который мне показался самым большим в деревне. Перед дверью в спину пихнули и на коленях заставили в дом вползти. Ну что же тут делать? Мало того, что у меня руки и ноги беспомощны от

---

74 Мопане (лат. Colophospermum mopane) — лиственное дерево, отличающееся твердостью и устойчивостью к гниению. Произрастает, в основном, на востоке и юге Африки.

болезни, да и дверь тоже не высокая, поэтому на коленках в эту дверь мне было вползти не зазорно. Вползаю. Прямо передо мною на земле камнями выложенный очаг круглый широченный, в котором полно красных углей, и в разных местах стоят глиняные тарелки, в которых пища на этом очаге готовилась и грелась.

Поднимаю глаза. Вижу, что на помосте, шкурами леопардовыми покрытом, сидит весь перьями, шкурами и красками разукрашенный, здоровенный мужик со стальным взглядом, а вокруг него сгрудились дружбаны его такого же примерно вида, в облачении своем воинском, в шапках, как у моего провожатого. Но держат себя поскромнее рядом с главным вождем. Откуда-то из тени сбоку выходит мужичонка с белой кожей и говорит мне что-то на языке то ли на немецком, то ли на голландском.

Я этому мужичонке кланяюсь и отвечаю, что языка его я не разумею, а по-аглицки, португальски или на языке суахили пару слов понять и сказать смогу. Он так удивленно сначала на меня посмотрел, а потом пополз на коленях к помосту, где вождь местный, сидел, и что-то ему по-африкански сказал. Вождь уставился на меня глазами и дал мужичонке какую-то команду. А от взгляда вождя у меня аж мурашки по спине побежали.

Когда мне эту команду мужичонка перевел на аглицкий, я понял, что я наконец попал к племени зулу, о котором мне все говорили, какой это сильный и воинственный народ. Переводчик также сказал, что вождь этого клана зулу–Сензангакона хочет знать мою историю. Видимо на предмет того, кто за меня выкуп хороший дать может, богат ли я, большая ли семья у меня, и чего я в этих краях делаю, раз я не местный. Понятно, что они такой вывод сделали, поскольку я ни одного местного языка не знаю.

Рассказал я им свою историю. Сказал, что я не англичанин и не португалец. Прибыл сюда не по своей воле, из рабства бухарско-хивинского бежал, потом по Индии далекой шатался, и добираюсь я теперь по африканской земле до порта Каапстад, чтоб оттуда на корабле попутном в Европу, а затем в Россию воротиться.

Родни у меня ни здесь, ни в России нет, а друзья меня, наверное, забыли за девять лет моих странствий, да и если и помнят, то небогаты они и выкуп за меня заплатить не смогут. Тем более, что живут они отсюда за десятки тысяч верст. Денег у меня с собой немного есть. И я готов расплатиться всем что имею. Хотя, честно говоря, планировал по дороге на Каапстад их истратить на дорожные расходы и на провиант разный.

Говорю я это, а сам думаю, сейчас они сообразят, что я никакого интереса для них не представляю. Сиречь, как мне показалось по ихним лицам, у них надобности в деньгах не было, а нужно им было то, что пользу им приносит: украшения, ружья и другой уважаемый среди зулу товар. Вот и мыслю я, что угробят они меня сейчас здесь, чтобы со мной не возиться и концы в воду. Ведь про меня некому спросить, только что дон Жоаким да и тот уже, наверное, в Лоренсу-Маркише и со мной уже давно простился, возможно, навсегда.

Но опасение, кручина моя не шибко-сильно обоснованы были, вождь ихний, видимо, в лишней паре рук себе отказать не хотел. Вывели меня из крааля королевского и поместили в хижине на окраине. А на утро послали они меня на рубку дров, поскольку до пастуха я, видимо, не дорос, и скотом они сами любят заниматься без помощников. И вот я, еще не полностью одыбившийся от болезни, целый день рублю хворост, камни таскаю на двор к вождю, чтобы они там всякие печи строили для обжига посуды глиняной, а сам смотрю вокруг себя и диву даюсь.

Вся равнина вокруг городских стен-частокола застроена казармами боевых отрядов этого клана. Нетронутой оставалась небольшая рощица выше крааля по течению реки, как будто она была как святое для них место. Словно вход туда был воспрещен всем кроме вождя и ведунов- предсказателей.

Но участок ниже рощи оставался свободным. Днем, в разгар жары, берега реки были усеяны мужчинами и женщинами, их бархатисто-черная кожа блестела от воды. Они купались и мылись. На каждом дереве в радиусе нескольких километров были развешаны для просушки накидки и меха, перья и плетеные украшения. Легкий ветерок трепал и развевал их, стряхивая дорожную пыль.

По тропинкам к реке и от нее, группами шли стройные девушки и полные женщины, которые несли на головах воду в глиняных кувшинах или отстиранные одеяния. Все это было довольно тяжело, но в походке у них у всех была грациозность и даже какая-то легкость.

У воды молодые девушки заплетали друг другу волосы, умащивали маслом и натирали разноцветной глиной. Купание и стирка в реке разрешены были только ниже определенного места, отмеченного особенно высоким деревом или другой приметной чертой. И женщины наполняют кувшины для питья и приготовления пищи выше этого места.

За частоколом крааля еще ниже по реке для отправления естественных человеческих потребностей был отведен участок, заросший густым кустарником, куда на заре и в коротких сумерках ходили и мужчины, и женщины. В этом кустарнике жили вороны и коршуны, шакалы и гиены. Они служили поселковыми санитарами.

Даже огромный загон для коров посреди поселка помогал содержать поселение в чистоте. Он служил ловушкой для мух. Насекомые откладывали яйца в свежий коровий навоз, но копыта многотысячных стад, круживших по загону, втаптывали их в землю прежде, чем мухи успевали вывестись. Вокруг домов загоны для скота, а самого скота там видимо-невидимо.

Для меня жизнь у зулу чем-то даже нашу деревенскую напомнила. Только что люди черные и природа вокруг на нашу не шибко похожая. Но привыкнуть можно. Поработал я у них почитай неделю. Народ но мне привыкать начал. Кормят, языку учат местному. Но особенно ко мне приглядывался тот мужичонка-толмач, что меня вождю представлял.

ГЛАВА XXVI

Амазулу

Путешественник описывает обычаи и порядок жизни воинственного племени зулу. Праздник Чвала.

Июнь, лета 1782 от Рождества Христова.

Ну вот и подходит ко мне как-то раз этот местный толмач, что виду не африканского и говорит мне, что завтра почти все мужчины и девушки на выданье отправятся в главное поселение-столицу Табас-Индунас, где правит король зулусов Зулу Кантомбела и где в полнолуние начнется праздник Чвала. Пойдет туда и народ из Элангени - крааля вождя Сензангакона. Дело это обязательное для всех зулу, которые теперь называют себя «амазулу», то есть «дети неба» и народ этот - самый сильный на Юге Африки. Сославшись на поручение короля, толмач отвел меня к себе в хижину, посадил у очага, угостил молоком коровьим, слегка заквашенным, и начал долгую повесть о зулу или о зулусах, как их иногда называют.

Из всего его повестования я запомнил только, что зулусы - это самый многочисленный народ на Юге Африки. Входит в это понятие и амазулу, и их родственные племена, которые когда-то разошлись по разным обстоятельствам по разным направлениям и осели в разных уголках Юга Африки и даже стали иногда называться другими именами, но все равно остались амазулу. Все, в ком течет зулусская кровь, в том числе племена свази, матабеле, и другие, гордятся тем, что они амазулу. По характеру очень воинствены да самолюбивы. Да и как им не быть таковыми, поскольку они прекрасно сложены физически, да и голова у них варит неплохо. Язык зулу очень напомнил мне язык свази, через земли которых я проходил в своем путешествии по Африке и где я участвовал в празднике Умхланга. Натурально я предположил, что и предстоящее гуляние - Чвала будет чем-то похожим. Перед праздником вождь крааля Элангени - Сензангакона - поручил толмачу рассказать мне об обычаях и обрядах племени зулу.

Зулусы сохраняют приверженность к своим исконным верованиям. Зулусская религия включает в себя веру в бога-творца Инкулункулу, который выше повседневных людских дел. К миру духов можно обратиться только через предков - амадлози, с которыми общаются ведуны-предсказатели, но по жизни, как я видел почти всегда, предсказательницы. Все плохое, включая смерть, рассматривается как результат злого колдовства или действий обиженных духов. Еще один важный завет зулусской религии - ритуальная чистота. Для разной пищи часто используются разные приборы и посуда, а омовение нужно совершать до трех раз в день.

Как рассказал мне толмач, почти сто лет назад народность эта, обитала первоначально на землях великой африканской реки Конго, что как пояс пересекает материк африканский прямо с середины Африки до западного океана-моря. Потом они переселились в Южную Африку, там где живут сейчас, и вытеснили местное бушменское население. Зулусы живут небольшими кланами, но номинально признают власть верховного вождя - короля. В последнее время народность зулу растет по численности и военная мощь их нарастает.

Чтобы поддерживать с зулу хорошие отношения, к ним в гости часто приходят вожди соседних племен: коса, тсвана, басуту, а иногда даже и белые, поселившиеся примерно в тоже время, что и зулу, но на южной оконечности континента, на землях готтентотов и коса. Рост племени и его мощи, понятно, привел к необходимости усиления и расширения власти вождей. Особенного успеха добились два клана: ндвандве к северу от реки Умфолози и мтетва к югу от нее.

Название амазулу - «дети неба» - они получили лет сто назад, когда свое королевство основал прадед нынешнего короля Зулу Кантомбела. Сейчас у зулусов имеется несколько тысяч воинов. Армия для зулусов - это скелет и основа их социально-племенного устройства. Вся жизнь зулуса построена вокруг скотоводства и службы в армии. Причем, служба в армии может быть еще и важнее.

Народ, вроде, хоть и не дикий, но странностей хватает. Одежды у них почти нет, а та, которая есть, вроде срамная. Мужики одеты в короткие кожаные передники, на руках в районе плеч типа обвязок с перьями, ноги ниже колен тоже какими-то шкурками обмотаны. На шее у мужики ожерелья носят, сделанные из раковин и из зубов зверей разных. На головах у взрослых степенных мужиков и у особо в бою отличившихся - черные обручи толщиной в большой палец, сплетенные из волос животных разных и скрепленныс какой-то черной смолой-камедью. Эти обручи у них как знак уважения.

Бабы вообще с голой грудью ходят, правда в юбках из травы сплетенные или из кожи сшитые. В большинстве своем они упитаные, и хоть и с голой грудью, но на груди их смотреть приятно. На голове у них шапка как круглый кузовок из местного лыка сплетенный.

В целом, по причинам их необычности по сравнению с нашей жизнью, нашему человеку к этому народу привыкать непросто было бы, но можно. Но что меня больше всего порадовало, так это распорядок жизни ихней. Младшие старших уважают. Чистота повсюду. Закон соблюдается. По-своему народ честный и все свой долг перед племенем, вождем и приближенными служителями двора его исполняют справно.

Толмач особенно ко мне в друзья не ломился, и я тоже на него с опаской поглядывал. Как он, думаю, и почему от своих ушел к другому народу. Конечно, причина какая-то была и дай Бог, чтобы хорошая. А то, глядишь, он от своих-то за какой-нибудь окаянный срамной проступок скрывался. Таких людей я всегда опасался.

Рассказывал-рассказывал толмач мне про амазулу, а потом рассказ свой прервал и сказал, что зайдет за мной рано утром, чтобы идти на Чвалу, этот праздник местный, который король всех зулу устраивает. Дорога туда дальняя, а опаздывать на королевский праздник - это грех, за который могут и жестоко покарать. Как и обещал, пришел он ко мне до восхода солнца, сунул свою голову в дверь моей хижины и только начал было меня будить, да увидел, что я уже одетый и к дороге готов. Хоть болезнь меня еще и не совсем покинула.

Вышли мы, значит, с ним на тропинку. Смотрю, по другим тропкам из всех хижин тоже народ идет. Впереди мужики и воины молодые, потом женщины с робятами, а совсем малышня за спиной у матерей сидит. И вышли мы так на дорогу пошире.

Тропа по которой мы шли в Табас-Индунас из относительно неширокой дорожки превратилась в оживленный большак. Весь народ шел в королевскую столицу на праздник первых плодов. Мужчины выступали в составе своих полков, отличавшихся друг от друга облачением военным, украшениями и окраской боевых щитов. Шли седые ветераны, сражавшиеся на севере с басуто, а на юге с бурами, шли молодые воины, жаждущие впервые встретить противника и пролить кровь врага. Им не терпелось узнать, в какую сторону по окончании праздника

Чвала направит король их копье - в той стороне они обретут почет, славу, станут мужчинами, а возможно, найдут геройскую смерть.

Вперемешку с воинскими полками шли ватаги молодых незамужних женщин. Встречаясь по дороге, девушки прихорашивались и хихикали, бросая на холостяков томные взгляды вишневых глаз, а юноши выпячивали грудь и скакали, изображая пантомиму битвы - гийя. Они показывали, как омоют копья в крови и завоюют привилегию «войти к женщинам» и взять жен. Толмач объяснил мне, что молодым воинам жениться и «входить к женщинам» разрешает или король или его непосредственный индуна, то есть, командир полка, в котором он служит.

С каждым часом пути дорога все больше заполнялась народом, толпа сама мешала своему продвижению. Иногда нам приходилось по полчаса ждать своей очереди у брода, потому что мы должны были пропустить отряды воинов, которые переходили реку в этом месте, потому что в других местах река была очень бурной и порожистой. Воины шли пока в своем боевом облачении и раскраске. Парадный же наряд каждого воина, его перья и коровьи кисточки были тщательно упакованы и вручены для переноски молодому ученику - личному носильщику.

Наконец, часа в два после полудня, увлекаемые людской рекой, поднялись мы на гребень холма и увидели перед собой королевский крааль и столицу страны.

Стольный град раскинулся на несколько верст в одну и другую сторону на открытой равнине у подножия гранитных холмов с голыми вершинами. Самый дальний холм назывался Булавайо. «С его отвесных утесов, - прошептал мне толмач, - сбрасывают приговоренных к смерти».

Частоколы, построенные кругами, разделяли город на несколько околотков. В центре каждого такого околотка были огромные загоны для скота, который зулу считают мерилом их благополучия. И теперь, когда на праздник пригнали стада со всех окрестностей, все загоны были переполнены тучными разноцветными животными, которые своим мычанием усиливали гул толпы, оглушавший нас.

Мне удалось, несмотря на суматоху, расссмотреть некоторые городские достопримечательности. И я останавливаюсь на их так подробно, потому что повидав много разных городов и деревень я был очень впечатлен этим затерянным в бескрайнем вельде юга Африки городище.

Бросилась в глаза простота и в тоже время яркость ритуальных столбов - тотемов, на которых были прибиты щиты, рога и всякие другие украшения, добытые, видимо, в бою. То тут, то там стояли круглые, огромных размеров, по моим понятиям, сложеные из тростника хижины. Вокруг них в землю были вбиты столбы, на которых на ветру змейками развевались хвосты антилоп и как знамена - шкуры разных местных животных. Центральная площадь была очень красиво обрамлена бревенчатыми скамьями и в одном из углов стояли несколько барабанов.

Казалось, все, что было построено в городе, было как-то осмыслено, просто и с уважением к местности. Ничего лишнего, но и недостатку ни в чем не было, чтоб людей без крова не оставить. Были там целые околотки, где располагались полки, еще не пролившие ни капли крови, кварталы незамужних девушек, места, где проживали семейные пары. Хижины были одинакового размера, стояли в строгом правильном порядке. Соломенные крыши золотом сверкали на солнце. Земля между хижинами была чисто выметена и плотно утоптана сотнями босых ног.

- Вон королевские палаты, - толмач указал на огромное коническое сооружение, стоявшее особняком на отдельном огороженном дворе. - А вон там живут жены короля. - За высоким забором стояло десятка два хижин поменьше. - Мужчину, который войдет в эти ворота, ждет смерть.

Это мне было понятно, поскольку в Средней Азии, в Хиве и Бухаре, в арабских странах, да и в Индии я этих гаремов насмотрелся, а в один даже меня чуть на службу не определили. Слава Богу, удалось вовремя сбежать. А уж здесь, тем более, к королевским женам даже в гости не собирался, не говоря уж о...

Решили мы подальше от этого места держаться, да и время поджимало. Надо было бежать на центральную площадь, где должен был проходить праздник, и где под стук барабанов местные глашатаи громогласными голосами вот-вот объявят начало Чвалы.

И вот, перекрывая гул толпы, раздались крики, оповещавшие всех нас, что король зулу начинает праздник. Все хлынули на большую площадь, примыкавшую к королевкому краалю. Молодежь вышла вперед, а пожилые люди уселись вокруг площади, ожидая начало торжеств.

Два дня шла Чвала. Два дня молодежь плясала стенка на стенку. Девушки с одной стороны, парни с другой. Под удивительно четкий грохот барабанов, притоптывая ногами, девушки во весь голос кричали пронзительные, но в общем-то, красивые песни. Парни, танцуя напротив их, тоже бубнили в один голос басовитыми голосами какие-то боевые песни, размахивали короткими копьями, показывая девушкам свою мужскую мощь, умение двигаться и управляться копьем.

Были моменты, когда зрители ахали и шарахались назад от танцующих и понять их можно было легко. Потому как на них толпой надвигались люди в образе диком и воинственном, прям как в сказках про оборотней и упырей. У танцующих воинов в руках копья, глаза горят, зубы оскаленные. В ушах звенит гул их душу леденящих боевых песен. А когда они ногами дружно по земле топнут и копьями взмахнут, то как будто бы вихрь взметает песок тучею.

Танцы у них, конечно, не только воины танцуют, женщины тоже неплохо себя здесь проявляют. Мне, честно говоря, даже они больше нравились. По крайне мере, не пугали так. Танцующие девушки глаз радовали обличием своим да девичьим озорством. Стать у них стройная и телом своим они столько чувств выразить могут, что этим воинам устоять против женской красоты нелегко. К слову сказать, и слушать их вызывающие, как наши частушки, припевки, было приятно, даже не понимая их языка.

Два дня женщины и мужчины постарше разносили гостям угощения: жареное мясо, напитки типа нашего пива, а некоторым молоко с хлебными лепешками и разные местные плоды и травы.

Но праздник с танцами, хоть он и огневой и задорный, имеет одну особенность: он может и два дня и три дня продолжаться, но обязательно закончится. Люди вернутся к своему повседневному труду в поле или со скотом, а служивый народ - к выполнению своих обязанностей по королевской или военной службе.

До королевского крааля я вроде как дошел, но меня туда не впустили. Хотя вождь Сензангакона из крааля Элангени, где меня приютили, рассказал обо мне королю. Но король большого интереса ко мне не проявил и меня оставили за частоколом. Поэтому мне пришлось ночевать между военными бараками и смотреть на то, как у зулу армейский быт складывается без большой разницы что в обычные дни, что во время праздников.

ГЛАВА XXVII

Щиты и ассагаи

Краткое описание военных традиций и боевых искусств, а также вооружений амазулу. Филипп тоскует по родине.

Июнь, лета 1782 от Рождества Христова.

Поскольку я человек служивый, то интерес у меня к армейской организации всегда был, да и в путешествии не пропал. И для пользы наших российских защитников отечества нам невредно знать какой всякие в мире армии порядок у себя имеют, чтобы нашу еще лучше обустроить. Про европейские армии нашим генералам хорошо известно, да и с азиатскими армиями мы знакомы, а вот про армию зулусов в России знают мало. Я решил записать про нее отдельно и поподробнее.

По достижении совершеннолетия, то есть лет в восемнадцать-девятнадцать, все зулусские юноши призываются на королевскую военную службу. Новобранцы образовывают новый полк, которому дается имя и назначаются военные отличия, в

249

основном состоящие из особого цвета щитов и различных сочетаний церемониальных перьев, мехов и шкур животных. Иногда, если новобранцев немного, то они вливаются в уже существующий полк. Полк здесь называется «импи». Затем рекруты строят полковые бараки и проходят в их окрестностях военное обучение.

А иерархия у них, особо среди воинов, наглядная и заметная. По одежде, а более всего по щиту можно определить какого он роду зулусского, из какого крааля служить прибыл, сколько львов да противников на тот свет отправил. Есть среди зулусских вояк много таких, что не по одному льву и не по одной душе на совести имеют. Те за свое геройство уважаемы особо и их ставят во главе десятки. Они у них как бы десятники. Из этих десяток они сотню составляют, из сотни - тысячу, которой генерал командует, по-зулусски - индуна.

Честно говоря, сам я человек военный, и их военную организацию я зауважал. Случись чего, воевать с ними непросто, да лучше и не начинать. Как буры и другие местные племена с ними сосуществуют, я не знаю. Зулусы над всеми свой верх держат и с ними стараются не связываться. А зулусские роды, бывают, что и между собой сцепляются. Но схватки эти больше из-за гордости, желания над другими родами свой род возвысить. Но вообще они уважают друг друга. А если и схватываются между собой, то не по какой-то злобе а больше по гордыне, чтобы не скучать или по мелкому делу: из-за скотины, рабов и тому подобное.

Воины остаются в распоряжении короля до своей женитьбы, после чего переходят в запас и призываются снова только во время войны. Разрешение о женитьбе выдается лично королем сразу целым полкам, так что полк уходит со службы в полном составе. Естественно, король стремится как можно дольше удерживать воинов на службе. И бывают случаи, что мужчины не женятся раньше сорока годов. Что по местным понятиям уже почти старость.

У зулусов встречаются и люди уклоняющиеся от службы. Такие «отказники», как правило, становятся шаманами, чтобы не подлежать военному призыву. Ведь жизнь в армии не всегда сахар и парады перед королевским дворцом. Армия часто должна мириться с полуголодным существованием, а пар недовольства своего выпускать в ходе постоянно случающихся драк на палках с сослуживцами и полками-соперниками. Конечно, подобные драки иногда перерастают в настоящие побоища. Так, толмач рассказал мне о случае, как два придворных полка во время муштровочной схватки между собой разгорячились и пустили в ход ассагаи[75]. Схватка переросла в бойню и около сотни человек было убито.

Из того, что я увидел и услышал об армии, многое, конечно, вызвало у меня удивление, но что поразило меня - это организованность, гордость и отсутствие страха перед смертью.

Вот глядя на них как ведут они себя во время их суровой боевой подготовки, то и понимаешь, что боевой дух в зулусском воине главное. Тут уместно сказать о боевом духе. То, что ведуны-колдуны местные умели этот дух в воинах поддерживать чадом листьев разных да отварами всякими, тут спорить никто не будет. Но и без снадобий зулусская народность храбростью и отвагой отличается. Так что зулус на битву идет как на праздник и о смерти своей совсем не печется.

В голову мне плотно засели рассказы толмача про подробности армейской организации зулусов. Зулусский полк в составе около тысячи человек не является вооруженной толпой, а представляет собой стройную боевую структуру. Он подразделяется на батальоны старших и младших воинов. Эти батальоны подразделяются на дивизионы, дивизионы - на роты, а роты - на отделения. К примеру, та область зулусской земли, где находился и крааль Элангени, куда меня судьба закинула, поставляла королю самый многочисленный полк.

---

[75] Ассагай — зулусское копье с плоским колющим и режущим наконечником.

Назывался он «Хандемпемву» - «Черно-белая голова». В нем насчитывалось сорок девять рот в двенадцати дивизионах. Все эти подразделения возглавляются старшими офицерами, приказы которых абсолютны и не обсуждаемы.

Теперь немного об оружии, которым так хорошо умеют управляться воины амазулу. Щит зулусов делается из воловьей кожи и высотой более двух аршин, а шириной более одного аршина. У наиболее опытных воинов или особо умелых щиты легче и меньше, однако и большие щиты все еще в ходу. Я особенно много внимания щитам уделил. Очень на меня подействовали загадки рисунков на них, которые я осмыслить никак не мог, а сами они легко читали.

Зулусы знают, что щиты - слабая защита от нового огнестрельного оружия, которое есть у буров, но раскраска щитов, их резкое отличие от того, что окружает человека в саванне оказывает магическое воздействие на сознание противника, и поэтому щит рассматривается как важнейший элемент вооружения. Военные щиты всех полков принадлежат лично королю зулусов и в мирное время хранятся на специальных складах.

Основным наступательным оружием амазулу является ассагай. Зулусский ассагай - это копье с длинным широким наконечником примерно в пол-аршина длиной и коротким древком длиной в аршин.

Есть у них и метательные копья, которые позволяют вести бой на расстоянии. Однако главным оружием зулусов остается колющее копье. Для метания зулусы используют в основном дротик с наконечником длиной больше пяди[76] и древком длиной в полтора аршина, который они кидают довольно далеко, на расстояние аж до пятидесяти шагов. Но серьезные увечья могут принести на расстоянии не больше тридцати шагов.

---

[76] Пядь — старо-русская мера длины, примерно равняющаяся 20 см.

Кроме копий зулусы вооружаются деревянными палицами до аршина длиной. Высокопоставленные зулусы носят боевые топоры, которые являются как церемониальным оружием, так и боевым.

Излюбленное боевое построение зулусов называется «рога быка». Строится оно так. Группируются четыре полка. Один полк, который называется «грудь» двигается прямо на врага. Два полка - «рога» - стараются окружить противника и атаковать с флангов. Полк «львы» стоит в резерве. Также в резерве часто остаются самые молодые, недавно сформированные отряды, которые используются только для преследования противника и сбора добычи.

После сражения зулусская армия немедленно расходится по домам, чтобы совершить очищающие обряды, и даже королевская воля не может этому воспрепятствовать.

Много для себя я нового у зулусов увидел и узнал. Вспоминал я свою службу в российской армии, сравнивал, думал, что нам в зулусском военном деле могло бы пригодиться, рассуждал про это. Но все эти мои рассуждения сводились к тому, что нельзя на землю российскую заморские заморочки безоглядно и полностью переносить. А каждую хорошую идею надо сначала обстоятельно осмыслить. Вот я и осмысливал...

Но по ночам, когда сон не шел, армейские воспоминания уходили в сторону. Начинало вспоминаться мое с детства памятное житье. И эти воспоминания давили на душу и так загнетали на печенях, что я как бы пропадал от тоски по прошлому счастью.

Думаю, столько лет был отлучен и жил невенчаным и, наверное, таковым и помру и похоронят меня неотпетым. И охватывает меня тоска и порой ночью иногда встану я на колени лицом на север к России моей заветной и начинаю творить молитву... И молюсь... Так молюсь... И земля, куда слезы падали, вся от слез мокрая.

ГЛАВА XXVIII

С пастушком Чакой

Филиппа отправляют на поиски потеряного стада коз. Он сопровождает мальчишку-изгоя по имени Чака. Рассказ о Чаке. Схватка со львом. Уход в неизвестность.

Июнь-июль, лета 1782 от Рождества Христова.

Дней я не считал, работая в зулу-краале под названием Элангени, куда меня принесли воины отряда «Хандемпемву» и вождем в котором был Сензангакона. Один из самых коварных вождей в клане мтетва. Спину я там погнул знаменито и свои харчи отрабатывал как надо. Зулусы ко мне привыкли. Особо они меня, конечно, не обижали, но и не баловали. Без дела сидеть не разрешали. Я в таких условиях гордыню не ломал, но и не прогибался перед ними. Это им тоже нравилось.

Мужичонка, который у них толмачем был оказался буром по происхождению, однако по его собственным словам уже у зулусов стал он наполовину белым и наполовину зулу поскольку

254

стал жить и думать по ихнему зулусскому обычаю. Но его новые земляки продолжали звать его христианским именем Симон. Он, видно, хорошо растолковал им про меня, да и сами они видели, что я не бур, а человек совсем другого рода-племени. Я хоша и похож на буров был, но таковым, как все видели, не являлся. Языка ихнего не понимал да и видно было по мне, что в Африке я недавно.

Подействовали, конечно, на них и мои рассказы, которые толмач местный Симон переводил для них. Не просто им, видимо, было понять мои байки про Россию, про Среднюю Азию и про Индию. Не очень-то им, видно, верилось, что такие страны бывают на земле. Но рассказы мои им понравились, поскольку никогда такого не слышали. Наверное, я в них удивление внес, что из снежных просторов далекой Руси до них люди доходят. И при этом удивлении, конечно, они меня хотели в своем краале как в Кунсткамере держать заместо чуда заморского.

Тут я хочу спасибо сказать Симону да и кратко рассказать про жизнь его. Тяжелая у него была история. Как он оказался в этих краях, он точно уже не помнил, то ли он в этих краях охотился, то ли золото искал, то ли на свободу от предыдущего несчастливого существования убежал. Но как и меня, но только много лет назад, нашли его без сознания зулусы из племени мтева, и принесли к себе в деревню, удивляясь по дороге светлому по их понятиям цвету его кожи и одежде. Постепенно пришел он в себя, но разум и память свою даже с годами так до конца не восстановил. И несмотря па то, что в молодости парень был крепкий да и в целом неглупый, сейчас на склоне лет странностей у него прибавилось. И хотя он был принят в этом краале по человечески неплохо, держали его все таки больше за деревенского дурачка, который странный, но в целом невредный.

Тогдашний вождь этого крааля Македама был очень неглупым человеком. Приютив Симона много от него узнал о тех белых людях, которые селились хотя пока еще довольно далеко на юге и основали там свои усадьбы, но иногда уже навещали крааль вождя. Приемный бур стал у него как толмач для общения с бывшими соплеменниками Симона, которые все чаще оказывались на землях Элангени.

В этой связи моя ослабшая было надежда скоро вернуться домой все больше становилась уверенностью. Обнадеживало меня и то, что как мне еще раньше басуто сказали, а Симон подтвердил, что если идти дальше на юг, то на данном направлении я наверняка встречу своих если не соплеменников, то по крайней мере людей одного цвета кожи со мной - буров, которые уже больше ста лет как обосновались на юге Африки.

По словам Симона, буры, постепенно, шаг за шагом, идут на север, вторгаются на земли туземцев. Начинают с того, что получают разрешение у зулусских вождей на выпас скота на отдельных пастбищах в соответствующее время года, а позднее некоторые из них добиваются у них своего рода права или разрешения, позволяющие закрепиться на определенном участке земли якобы с целью не допустить на эту землю других имеющих на нее свои виды буров. Эти разрешения, временно дарованные в знак дружбы и добрососедства вождями, не имеющими на то никаких полномочий, через несколько лет воспринимаются бурами как обязательства зулусов, дающее им право на постоянное пользование землей, поэтому выдворить их с этих участков уже не представляется возможным.

Симон к приближению своих бывших земляков относился равнодушно. Видимо, ушел он от них по каким-то своим личным причинам и возвращаться к ним не собирался, поскольку зулусы клана мтетва хоть и не шибко к нему радели, но не обижали его и другим кланам обижать его не позволяли. Больше того, дали они ему жену, чтобы она его кормила, скота немножко по бедности, и со временем он стал жить по-зулусски, по принципу «в каком народе живешь, такого обычая и держись».

Поскольку Симон был все-таки по рождению бур и только по жизни намеревался быть и оставаться зулу, то, конечно, сначала к нему относились с недоверием, думая, что он лазутчик. Но потом, наблюдая двадцать лет его ежедневную жизнь, привыкли к нему и перестали замечать. А его это и устраивало.

Воином его, конечно, не считали, да и сам он не рвался на военную службу, так, выполнял мелкие поручения, ребятишек пытался грамоте учить, но мало кто этим интересовался. Хоть вождь Македама настаивал, чтобы грамоту в быт зулусский все-таки внедрять. Но главной работой Симона в краале было не скот пасти и не учительствовать, а с редкими гостями - бурами - переговоры помогать вести как толмач-переводчик. Я его не особо понимал, конечно, и он меня не очень, но поскольку мы могли общаться, то мы с каждой встречей становились все ближе и ближе. Вечерами, когда я приходил с работы, Симон приглашал меня в хижину, где жили его родственники. Они угощали меня самодельным зулусским пивом, кормили кашей, жареным мясом, фруктами, овощами разными, молоком козьим. Симон много мне рассказывал о себе, о своем почти родном краале Элангени, о его истории и легендах.

Зулу-мтетва крааля Элангени, вначале были не очень сильным зулусским родом, но славились своими невестами. Много женихов к ним из других соседних краалей приходили, и породнился Македама с другими родами зулусскими прочно. Дело это было разумное, поскольку родственные кланы на войне вместе выступали, а кроме того, породнение кланов делало зулусов мощным племенем, которое могло расчитывать на превосходство в этой части Африки. После всех этих браков клан Элангени крепко породнился с соседями и стал пожалуй одним из самых сильных кланов зулу-мтетва.

У этого Македамы дочка была по имени Нанди, красивая, но не счастливая. Сын соседнего вождя, молодой, лихой, без царя в голове парень Сензангакона по имени, привлек ее внимание. Ухаживал за ней. Даже обещал жениться. Обещание-обещанием, но женился он на другой. А у Нанди от него сын родился. Даже по-зулусским понятиям незаконный. Называли его обидным именем Чака[77].

Сензангакона, который после смерти Македамы кроме своего клана стал вождем еще и клана Элангени, сына своим не признал, а от Нанди как от жены отказался. То есть, стали они из-за этого изгоями. И в гостях им места не было, да и дома их не привечали. Даже в крааль их не пустили. Жить им пришлось по соседству в шалаше за околицей. А потом вообще Сензангакона выгнал их вместе с матерью из клана за то, что якобы по недосмотру Нанди собака загрызла овцу.

После этого много им пришлось скитаться по разным деревням-краалям в поисках крова и пищи, пока полуголодные и измможденные не вернулись они в свой родной крааль Элангени, и Нанди на коленях не испросила милостыню у нового вождя.

Поскольку к тому времени отец ее Македама, умер, и власть в краале полностью перешла к вельми жестокому Сензангаконе, то родственники Македамы помогать Нанди опасались. Понятно, что сам Сензангакона к Нанди относился мягко выражаясь, холодно. Если бы она сама о своей семье не заботилась, так бы они с голоду и померли, хоть родственников рядом полно. Так что в случае с Нанди поговорка о родной крови не сработала. И сгубила бы Нанди себя тяжелой работой в одиночку, если бы не помогал ей, работая подпаском и водоносом Чака, сынишка маленький...

Я к этому Чаке за его характер сильный и за то, что он матери помощник такой безотказный, уважение имел. А всякие разговоры на счет того, что он байстрюк-безотцовщина, не слушал. Хотя побавивался я гнева вождя Сензангаконы, который мне жизнь сохранил, но при случае, не смотря на запрет, самому

---

[77] Само имя «Чака» переводится как «ублюдок». Собственно говоря, это было не имя, а презрительная кличка, которой наградили его соседи и соплеменники.

Чаке и матери его помогал. Хижину отремонтировать, тяжести какие переставить, в сарай зерно перетащить.

И вот однажды ушло из крааля якобы из-за небрежения этого Чаки-подпаска небольшое стадо коз в дальний распадок. А там, как рассказывали охотники, лев-людоед завелся, который все это стадо мог если не съесть, то во всяком случае истребить или разогнать по вельду. Надо было что-то делать, чтобы коз не потерять.

Чака хоть и малец был еще, но лихости, озорства и бесстрашия занимать ему не надо было, да и с копьем он управлялся неплохо. Вызвался он стадо вернуть, а в помощники просил только одного из воинов. Но в воинах Чаке отказали, потому как мал он был, чтобы командовать. И вместо того, чтобы посылать с ним зулусского воина, которые были заняты воинскими повинностями и на мелкую работу отправлять их было зазорно, старейшины с неохотного согласия Сензангаконы, который послал бы Чаку одного на льва, тем не менее отправили с Чакой меня с наказом ему пригнать обратно коз, а если попадется лев, то убить его и вернуться героем.

Дали мне длинное копье, потому что в деревне знали, что с ассагаем я обращаться еще не научился, щит из коровьей шкуры без всякой покраски да и не очень прочный, и с улыбкой проводили нас с Чакой в «боевой поход». Велели по утру на следующий день вернуться, неважно, найдем мы стадо или не найдем.

Я за это предложение схватился обсими руками, потому как и мальцу мне этому помочь хотелось, да и воспользоваться возможностью сбежать на юг к этим самым бурам, которые так сильно на меня похожи. Собирался я в дальний поход секретно, хотя знал, что мои сборы никого не взволнуют. Куда я могу деться здесь один? Упрямство мое в расчет здесь не брали. И рано утром, еще до восхода солнца, я со своей торбой, завалящими копьем и щитом, Чака с заплечной сумой да с ассагаем, отправились мы на юг, где тот самый львиный распадок был и куда вели следы стада.

Шли мы по этим следам довольно долго, но я уж и через два часа пути окончательно понял, что одному мальчонке здесь бродить среди местного зверья рискованно. Тварей хищных здесь полно, всякого размеру, но больше крупных, которые для человека опасны. Когда человек большой, они вроде его побаиваются, звери-то, а когда мальчонка еще только отрок, то его и кабан с ног сбить может, и гиена-трусиха съест за здорово живешь. Со мной Чаке способнее было, поскольку я-то хоть и не столько опыта в африканской степи имел, как сам Чака, но мужик все-таки рослый, силу пока не растерял, да и к копью привычку сразу выработал.

Дошли мы до распадка, да в распадке том долго бродили, но коз пока не нашли. Смотрю, вечер надвигается. Козы не козы, а надо, думаю, к ночевке готовиться. Дело это непростое, надо искать в склоне какую-нибудь выемку или пещеру, забраться туда и закрыться ветками. А перед входом костер развести, чтобы диких зверей отпугнуть. Ночь в саванне - самое опасное время, поскольку львы, которые днем спят, на добычу в основном ночью выходят.

Пока мы ходили и искали себе какую-нибудь расщелину или пещеру в склоне, солнце стало склоняться к закату, тени стали длиннее, и в распадке уже сумерки начались. Чака по-детски начал волноваться, хотя внешне виду не подавал. Я по глазам видел, что он опасается чего-то да и головой вертеть он стал больше. Прислушивается к шорохам всяким. Я тоже уши не развешивал, думаю, после болезни только что оправился, в себя начал приходить и нырять льву в живот из-за невнимания и небрежения мне как бы не с руки.

И случилось вот что. В поисках места для ночлега мы вышли на группу деревьев, растущих на склоне. Проходя по этой рощице, мы услышали за спиной веток шорох, дыхание хриплое, а потом и рев, похожий на гром раскатистый. Обернувшись на рев и уперев заднюю часть копья в землю, я увидел, что на нас длинными прыжками налетает огромный лев с черной гривой. Чаку я отодвинул в сторонку, поскольку, как я уже говорил, он совсем маленький парнишка был. И хотя с ассагаем он хорошо обращался, но весу в нем и трех пудов не было, и лев его одной лапой мог бы на тот свет отправить.

Стоим мы плечом к плечу. Чака тоже свой ассагай выставил из-за щита, я копьем упертым на льва прицелился. В мгновении ока лев бросается на щиты, которыми мы загородились, а я свое копье в сердце ему нацелил. Прыжок у льва был мощный, но и нацелился я аккуратно. Точно в сердце копье вошло. После того, как мы из-под сраженного льва выбрались, я увидел, что копье мое сломалось под весом льва, и Чака добивает зверя своим ассагаем. Дело было сделано. Чака весь помятый, но, слава Богу, не исцарапаный львинными когтями, наклонился над убитым львом, поставил на него ногу, хлопнул себя по груди, потом показал пальцем на меня и чего-то закричал на своем языке.

Шутка сказать, льва убили. И он был под убитым львом, что по местным понятиям и обычаям он уже воин и ему теперь можно на голову зулусский черный обруч одевать, который только смелые воины да мужики, у кого много жен, носят. Этот обруч больше напоминает кольцо из черной смолы каучуковой и волосьев буйволиных сплетеное. Носится на голове как знак особой доблести. Кроме того, у него в доме теперь может лежать львиная шкура, чтобы все видели с кем имеют дело. И может статься, что станет Чака из изгоя полноправным членом племени.

Смотрел на меня Чака всегда немного высокомерно. Я - чужак, а он хоть и незаконный, а все-таки сын вождя соседнего племени. Мама тоже из королевской фамилии. Но на этот раз в его взгляде я увидел сурьезное уважение даже почет. Я тоже на него посмотрел с уважением и похлопал по плечу.

Но гордость-гордостью, уважение-уважением, а жизнь идет. Надо и поесть, да и на ночлег устроится. Нашли мы пещерку небольшую и заночевали там. Рядом с расщелиной, у которой мы остановились, слава Богу, вода была - по дну распадка ручеек мелкий протекал - да и сама пещерка была уютная.

Перед тем как заснуть мы с Чакой как могли поговорили за жизнь. Он сказал мне, что хочет стать великим вождем всех амазулу, и я у него буду доверенным человеком.

Я улыбнулся в ответ и сказал, что очень признателен ему за это, но сейчас все мои мысли о доме и хочу я туда как можно быстрее добраться. Мне народ зулу нравится, но как говорится, в гостях хорошо, а дома лучше. И хотел бы я, чтобы Чака, вернувшись в деревню, сделал так, чтобы меня не искали, вроде как я львом убитый. Чака вздохнул и говорит, что дескать насильно мил не будешь, а помочь он мне может не только ложью про мою якобы смерть, но и советом.

Он с матерью в этих краях много изгоем промотался по соседним краалям, доходил он аж до земель племени басуто, только через которые мне в Каапстад попасть можно было. По рассказу Чаки, если бы у меня хватило сил, уверенности в себе и еды на дорогу, то на направлении, которое он мне укажет, я через пару-тройку дней пути смогу дойти до лесотских гор. А там, как получится...

Чака повернулся на бок, и усталый мгновенно уснул. А я вылез из пещеры, посидел у костерка. Потом встал, вылез из распадка на край оврага, оглянулся на степь, раскинувшуюся вокруг меня, потом посмотрел на черное бархатное небо, посчитал яркие огромные, по сравнению с нашими, звезды, и опять спустился в распадок.

Там я подбросил сучьев в костерок, который мы с Чакой развели перед входом в пещеру, чтобы звери нас не навещали. Пошевелил угли, забрал свой мешок дорожный. Закинул его за спину. Опять посмотрел на черное небо, усеянное звездами. У меня было мелькнула мысль, чтобы взять ассагай Чаки с собой, поскольку мое копье было сломано, но я отогнал эту мысль от себя. Ведь я здоровый бугай, а Чака еще подросток, и ему без копья в вельде намного труднее, чем мне будет.

В последний раз взглянул на неуютную пещеру, где спал честолюбивый Чака[78], улыбнулся его надеждам стать великим вождем зулу, и с горечью подумал, как он будет завтра коз искать один. И с этими мыслями неспешно в развалку пошел я на юг.

Поднялся по склону на холм. Еще раз оглянулся с высоты по сторонам, на случай, если еще какой лев в округе бродит, но ничего такого не увидел и не услышал. Да это и понятно, это территория была заказана тем львом, которого мы с Чакой убили, и другому льву пока здесь делать было нечего. Обдуваемый

---

[78] Впоследствии Чака (в некоторых написаниях - Шака), завоевав себе огромный авторитет благодаря своему мужеству, смекалке и сноровке в военном подразделении Изи-Тсве, что означает «Люди из кустарника», стал командиром этого подразделения, а потом и возглавил все вооруженные силы клана мтетва. В 1816 году Чака стал инкоси (королем) зулу, сменив своего отца Сензангакона. В память о своем несчастливом детстве он оставил за собой это презрительное имя «Чака», что в вольном переводе означает «ублюдок».

Вначале подвластная ему территория была незначительной, всего лишь земли крааля его отца, но впоследствии он присоединял к себе все большее и большее количество земель. После победы зулусов мтетве над зулусами мдвандве Чака стал единоличным лидером всех зулусов и его нарастающая мощь очень серьезно воспринималась в Кейптауне, где понимали, что без помощи Англии кейптаунские боевые подразделения не смогут противостоять армии Чаки.

Власть психологически надломила Чаку. Им овладели параноидальные тенденции, подозрительность достигла высшего предела и смертными казнями подвергались даже близкие ему люди за незначительные проступки. Итогом этого стало то, что в 1828 году Чака был убит заговорщиками, среди которых был даже его сводный брат. Чака стал легендарной личностью в истории народа зулу.

прохладным ветерком, колышащим траву и ветки акаций, по дороге, освещенной яркою луной и звездами, шел я мерным солдатским шагом вперед, пока еще не зная, к счастью своему иду или к несчастью.

ГЛАВА XXIX

Горное королевство

Горы. Филиппу везет на попутчиков, на холод и снег, которые на голову свалились. Красота природы земли Лесото. Визит к вождю племени басуто. Гостеприимство по-лесотски. С гор на равнину.

Июль, лета 1782 от Рождества Христова.

Слева от меня небосклон стал сначала зеленеть, а потом алеть. Над красной полоской горизонта зажегся зеленый луч, и как-то неожиданно появилась макушка солнца. Степь сразу изменилась. Из бархатно-сказочной и загадочной она стала какой-то уже привычной и даже скучноватой. Ни звери, ни огромные птицы-страусы с роскошными перьями в крыльях меня уже не удивляли. Шел я напролом в свое будущее и думал, что еще попадется мне по дороге. Но слава Богу, кроме зверей ничего мне не попадалось. Я все время вперялся взглядом вперед, но и по сторонам на всякий случай глядел. Провел я в пути еще одну ночь в рощице, забравшись на дерево, и опять в дорогу.

Африканский вельд, несмотря на его скромность, все-таки казался мне удивительно прекрасным. Я проходил неровные места, где земля волнообразно поднималась и опускалась, уходя в бесконечную даль до горизонта, наподобие необъятного океана. Бледно-коричневые ее краски постепенно сменялись густо-оранжевыми, на смену которым там, где равнина скатывалась к лесистым холмам и голым скалам, где небо соприкасалось с землей, появлялись пурпурные и алые цвета. То тут, то там темной зеленью выделялись колки и рощицы деревьев и величаво по сторонам, как памятники старины, стояли каменные копи с плоскими вершинами.

Слава Богу, с водой у меня проблем не было. По дороге мне попадалось много кристально-чистых ручейков с каменистым или песчаным дном, так что пил я эту воду безбоязненно, а вот с едой проблемы начались. То, что мы с Чакой с собой взяли из крааля, я оставил в пещере для мальца, а сушеное мясо-билтонг, которое у меня еще с фазенды всегда было в торбе, давно кончилось. Нашел я в мешке своем какую-то маленькую щепочку этого мяса и шел, осторожно и бережно пожевывая его.

Ощутив себя на свободе, и голова и ноги мои стали такими легкими, что как разбежался я, так всю степь и перебежал, да все один. Оно и понятно, вельд - не проезжая дорога, встретить здесь некого. И слава Богу. Потому как если кого и встретишь, то можешь ему не обрадоваться.

И вот на горизоне показались не холмы, не копи и не месы[79], а настоящие горы, как наш Урал. Значит, подхожу к землям басуто. Я даже духом воспрял и зашагал как на марше, тем

---

[79] Меса — геологический термин для столовой горы, то есть достаточно большого холма с плоской вершиной, широко распространенного на юге Африки.

более, что идти стало удобно, под ногами хорошо протоптаная дорога, даже стали прохожие люди попадаться. Понимать я их не очень понимал, но они мне все в одном направлении дорогу показывали, а значит туда, где у них правитель их живет, и где мне разрешение на проход через землю басуто дадут.

Про Лесото мне много рассказывали. Товарищ дона Жоакима, Жозе Барбозу тут бывал пару раз и красоте этой земли и людям, живущим здесь - басуто, восхищение свое высказывал.

Лесото - это страна удивительная. Расположена она вся в горах высоченных, а одна над всеми возвышается. По-местному называется Табана-Нтленьяна. Добрался я с семьей какого-то местного крестьянина до столицы Лесото, расположеной на горе Таба-Босиу через высокие горы Таба-Путсва и Малути. Климат в Лесото после жары в саванне кажется шибко холодным. Хоть по нашему шли мы летом, но по местному это зима была, и на некоторых перевалах да и в низинах земля снегом была покрыта. Хоть и не как у нас с сугробами, а все-таки для Африки необычно. Даже когда я шел, то я в одеяло кутался, которое спутники мои-крестьяне для тепла как бы в подарок мне дали, а деньги за него отказались брать. Очень этим они меня расстрогали.

Племена басуто, которых иногда называют макати, совершенно не похожи на племена амазулу. У них даже свой язык, который называется сесуто. Они не любят воевать, по характеру робкие и застенчивые. В отличие от зулусов увлекаются мирными ремеслами. По сравнению с рослым и крепким зулусским народом представители племени басуто имеют хрупкое телосложение, болезненный вид. Сознание собственной неполноценности по отношению к своим темнокожим собратьям при их природной застенчивости не позволяет им в случае необходимости дать отпор вероломным соседним племенам. Хотя в эти горы немногие отваживаются забираться. Потому как в горах басуто как у себя дома. Каждую расщелину, каждую скалу знают. Это в степи они теряются.

Народ этого племени в целом покладистый и дружелюбный, что здорово отличает его от природы, которая красива какой-то холодной, неприступной красотой. Горы зеленые только местами, а в основном скалы, обрывы да ущелья с долинами. В общем, дорога была непростая, каменистая и не шибко-здорово проложенная. Меня иногда сомнение охватывало, а дорога ли это вообще? До того страшные вокруг были пропасти. Хоть я и прошел Гималаи и имею горный опыт, но все равно. Здесь без советов прохожих и без спутников моих мне бы трудно пришлось. Тем более, что в такое время года даже не все басуто рискуют в эти горы идти.

Сами крестьяне-спутники мои, которые родились в долинах Лесото, но в горах неоднократно бывали, несколько раз сбивались с пути, потому как зимой дорога от летней шибко-сильно отличается. Чтоб по горам уверенно ходить, навык нужен. Сил я оставил в горах Лесото много. Да оно и понятно, ведь переправы через реки порожистые и подъемы на скалы крутые изматывают сильно.

Но даже эта усталость была все-таки скрашена не столько холодной неописуемой красотой природы, сколько теплым и душевным отношением ко мне попутчиков да и встречных людей. Так что мои переживания о родной земле хоть и царапали душу в горах, но не так сильно.

Но все-таки до места мы добрались. И вот после довольно крутого подъема, который продолжался почти весь вечер и начало ночи, мы наконец достигли вершины горы, откуда нам открылась долина. Заливая горы, долину и протекающие по ней ручьи свои ровным сиянием, полная луна стала ярче освещать нам дорогу и сквозь темные купы деревьев, росших в долине, мы увидели внизу как будто сказочный рой светлячков, мерцающих на земле. Это было довольно большое поселение, где я надеялся получить помощь и гостеприимство.

Ну, пришли мы в крааль вождя племени басуто, так они сами себя называют, а страну свою называют Лесото. По сравнению с хоромами вождя зулу, крааль вождя басуто мягко выражаясь поскромнее будет, если не сказать большего. Но, как говорится, в бурю любая гавань хороша. Хотя и скромные были покои, но приняли меня радушно, с теплом.

В бунгало короля местного по прозванию Летсие, меня, конечно, не сразу пустили, но приняли зато потом с уважением и с почетом, поскольку я догадался королю привет от его старого знакомого Жозе Барбозу передать. Сам не помню, как я догадался это сделать, но помогло это здорово. Кроме того, история моих странствий очень впечатлила его. А меня впечатлило то, что король этот, а особенно один из его приближенных, аглицкий язык понимают. И мы с ним неплохо поговорили на мешанине тех языков, которые я в Африке к своим ранее освоенным добавил.

Королю я своим политесом и ухватками простецкими по сердцу пришелся. Он меня долго слушал, а потом велел на отдых проводить и покормить. Отвели меня в довольно приличную хибару, что была по соседству с королевской бунгалой. Зашел я туда, смотрю, а там шкур да одеял всяких много, в середине очаг, в нем огонь горит. Не успел я расположиться, как вошли три упитанные тетки с тарелками, на которых всякая еда была. Я, конечно, поблагодарил и за еду принялся.

А тетки, я смотрю, на выход засобирались. Но только две, а одна вроде как остается. Я спрашиваю: «Зачем?» А она отвечает так по-простецки рукомаханием и словами, что дескать она мне для тепла прислана и чтоб потом посуду забрать. Я не сразу на счет тепла понял, но когда она стала шкуры на лежаке разбирать и улеглась под них нагишом, сообразил, что она мне как бы подарок от короля. Видимо, он так полагал, что в холодную ночь мне под шкурой оченно даже неплохо рядом теплую женщину иметь.

Но у меня на этот счет свои заморочки были. Я еще Марию Исабель ни головой ни сердцем не мог забыть. Кроме того, болезней всяких-этаких я опасался. Так что по моему разумению мне лучше было самому себя под одеялом греть в одиночестве.

Замахал я на нее руками и начал из-под шкуры вытаскивать. А она нагишом, всем телом ко мне прижимается, оглаживает всего. Я, конечно, не удержался, грудь на упругость проверил, но потом спохватился. Взял в охапку ее одежду, в руки ей этот ворох тряпок и шкурок всучил, накинул ей на голову одно из хозяйских одеял, чтобы на улице она не простудилась. Потом развернул ее лицом к двери, хлопнул по необъятному заду в знак прощания, чтобы она из хижины ушла. Она голову повернула, посмотрела на меня с негодованием. И горделиво так из хижины вышла. Больше я ее не видел.

Выспался я хорошо. А на утро просовывается в дверь моей хижины тот королевский советник, который лучше всех по-аглицки говорил и заявляет мне, что обиду я королю вчинил большую, что от главной его милости отказался. Поэтому король велит мне из Лесото убираться. Но поскольку я знакомый его португальского друга Жозе Барбозы, то он не только разрешит мне продолжить путь беспрепятственно, но и даст мне провожатых до границы своего королевства.

Так оно и случилось. Пошел я со спутниками своими ходко. Мои провожатые менялись два раза в день. Как они устроили это, я до сих пор понять не могу. Видимо, у них это так было отлажено, из одной деревни до другой весть как-то заранее барабанными сигналами что ль передается. Понятное дело, в горах особенно не побегаешь, а новостями обмениваться надо. Тем более, королевские указы передавать. Вот они такой способ связи и изобрели.

Заканчивались горы Лесото, которые в общем-то можно было бы назвать зелеными, все-таки зелень там была. Но по правде говоря, в памяти не зелень осталась, а те страшноватые темно-коричневые, иногда похожие на адские ворота, места, где даже мне, бывалому путнику, жутко было. Дошли мы до местечка Игутхинг, где река буйная текла. Спутники мои малоразговорчивые тут что-то неожиданно разговорились. С очень серьезным видом поведали мне кое-что, что с их точки зрения могло бы мне пригодится на моем дальнейшем пути уже без сопровождения. Кратко суть того, что они мне рассказали, сводилась к следующему.

В низине на плоском вельде я имею шанс встретить людей, поселенцев тамошних, таких же белых как я. Договариваться с ними буду я сам, поскольку басуто с ними общаться особо охоты не проявляли. По их словам, поселенцы эти - буры, люди жесткие и к посторонним не восприимчивые. Часто от их рук басуто, оказавшиеся в их краях, ни за что страдали, часто их в полон брали и в работные люди определяли без их желания и согласия.

Там совсем недавно, лет двадцать назад, поселилась семья одного белого, который пришел туда с юга со своими друзьями и родичами с обозом и скотом. Про него рассказали еще, что в работе он зверь, а в доброте и силе поболе слона будет. Семья у него большая, дружная, и на его крааль даже боевые отряды воинственного племени зулу, которые мотаются по всему югу Африки и свою силу всем показывают, не посягают. Хотя на его скот зулусская молодежь поглядывает с тем, чтобы в порядке самоутверждения как воинов и добытчиков кой-каких коров в ходе рейда военного у него отбить.

В общем, сказав мне это, повторив несколько раз о том, что я должен быть поосмотрительнее на землях буров, и убедившись, что я понял их объяснения, провожатые мои посмотрели на меня, положили по очереди руки на мое левое плечо в знак прощания. Дали мне сумку дорожную с вяленым мясом да лепешками пресными. Показали рукой направление, и дальше я пошел один. На счет воды я особенно не волновался, поскольку рек и ручейков всяких, а также озерцов на равнине было довольно много.

Это была последняя моя беседа с проводниками басуто, потому что им надо было возвращаться домой, а мне - продолжать дорогу. И вот вступаю я как мне казалось, в самую что ни на есть последнюю часть моего незапланированного скитания по

Африке, по югу этого материка. Через бескрайние просторы, где построили свои заимки да усадьбы буры, которые, наверное, как наши старообрядцы, от людей уединились и стали жить сами по себе без большой симпатии к другим племенам и народам. Это, конечно, по рассказам, а что это будет на самом деле теперь мне предстояло самому узнать.

И вот стою на на склоне последнего горного хребта страны Лесото. Горы остаются сзади, а передо мной расстилается широкая холмистая равнина с неглубокими оврагами, рощицами акаций, озерцами. Со склона хорошо видно, что в этой части вельда то тут, то там в степи из земли выступают разнообразной формы и размера каменные утесы с плоскими как стол вершинами и по бокам заросшие деревьями. Мне уже было известно, что эти отдельно стоящие горы здесь называются копи.

Горы меня вымотали, конечно, здорово. И спустившись к их подножью, я понял, что выбора у меня нет. Либо рухнуть как подкошенный, либо преодолевая невыносимую усталость и немощь продолжать свое передвижение на юг.

Тащусь я по саванне как пьяный из последних сил. Солнце рдеет, печет, на солнце выгоревшая трава аж блестит. Одурение от этого блеску такое, что не знаешь, что делается и не знаешь где себя, в какой части света числить, то есть жив ты или умер и в безнадежном аду за грехи мучаешься. Конечно, где саванна похолмистее, там она все-таки радостнее, там хоть по увалам, оврагам и распадкам деревцы кое-какие произрастают и тень дают, да и ручьи журчат.

К полудню следующего дня я уже перестал надеяться на то, что у меня хватит сил и припасов добраться до людских поселений. И как всегда, когда надежды начинают слабеть, жизнь подбрасывает нам новые надежды в виде миражей. На этот раз впереди на горизонте я, сощуренными от солнца глазами, увидел желанное видение. А было это вот что.

ГЛАВА XXX

На бурской заимке

Ефремов видит мираж. В радуге далеко на горизонте видны низкие потемневшие от солнца дома. Навстречу ему едут всадники. Он представляется и его препровождают на усадьбу. Знакомство с бурами. Бурские лошадки.

Июль, лета 1782 от Рождества Христова.

Солнце было в зените, степь вокруг меня была от его света зелено-золотистой, воздух был чист и прозрачен. С трудом вскарабкавшись на холм я увидел впереди далеко-далеко, верстах в десяти, в дымке марева обработанные участки земли и, по-видимому, какие-то постройки, напоминавшие фазенду из которой я уехал уже почти два месяца назад.

Обработанные участки - это уже был первый признак того, что это не зулу, поскольку зулу в основном скотоводы, а землю обрабатывают здесь, как объяснил мне еще капитан Жоаким, только буры или другие какие племена, типа сото или коса.

Поэтому я вздохнул полной грудью и приободрившись как мог из последних сил побрел навстречу своей новой неизвестности.

Шагал я, конечно, довольно тяжело, но в общем-то, слава Богу, недолго. И полпути до видения своего не добрел, как увидел, что навстречу мне скачут два всадника уверенной рысью. Подскакали они ко мне, остановились примерно шагов за десять от меня. Лица у них были загорелые, но намного светлее чем у местных африканцев. Но, что больше всего встряхнуло меня и как бы обнадежило это то что по очертанию физиономий их, цвету глаз, широкополым шляпам, курткам и высоким сапогам понял я, что это люди не негрского роду-племени. И я значится уже на конечном этапе странствия моего по Африке, ни дна ей ни покрышки.

Они окликнули меня и стали спрашивать на своем языке что-то. Я на своем ломаном аглицком ответил им, что я российский солдат из плена возвращаюсь вокруг света домой. Переглянулись они и повторили вопрос, но уже на португальском. Я по-португальски много слов не знал, ответил как мог на том же языке и повторил свой ответ по-аглицки. Они о чем-то переговорили между собой, и один из всадников соскочил с коня и пошел в моем направлении. В руках у него было ружье, но стрелять он из него, по всей видимости, пока не собирался. Я тоже никакой робости не проявил, хотя вид у меня был оборваный и прямо сказать, почти дикий. Робеть у меня причины были. Я не знал, за кого они меня примут, но тем не менее, когда этот мужик подошел ко мне, как мог завел с ним беседу.

Парень этот был с меня ростом, широкий в плечах, с золотыми кудрями, лицо обветренное и от жара солнечного темное. На голове - шляпа с обвислыми полями, цвет которой дождями и ветрами из черного перекрасился в бурый. Руки мозолистые, глаза серые, спокойные и решительные. Одет в куртку и линялые плисовые штаны домашнего тканья, через плечо портупея с порохом и пулями висит, а второе ружье к седлу приторочено. По всему видно, что он хотя и белый, но африканец, поскольку в вельде чувствовал себя как дома и во встрече со мной вел себя как уверенный в себе хозяин, прнимающий незванного гостя по своим законам гостеприимства.

Держал он себя спокойно. Представился. Назвался Йостом ван Дайком. Представил и спутника, котрого звали Якоб Виссер. Он был его каким-то дальним родственником и приехал к ним в усадьбу погостить и поухаживать на предмет дальнейшего обручения за одной из сестер ван Дайка. Но это все я узнал позже. А пока всадники перебросились между собой несколькими фразами.

Дали они мне понять, чтобы я за ними на их усадьбу пошел. Я, понятно, согласился. Объяснялись они между собой на своем мне непонятном языке а со мной больше жестами да отдельными словами и фразами аглицкими. Когда увидели, что я их понял, развернули они лошадей, и мы двинулись на ферму в таком порядке: я посередине пешком иду, а они по бокам верхами. Протопали так примерно с версту, а потом один из всадников, видимо, поняв, что силы у меня кончаются, посадил меня на круп своей лошади.

Ехали молча. У меня сил на разговоры не было, а у них настроя на беседу. Я по их виду и определить не мог, что у них на уме. Обещаний мне никаких не давали и получалось так, что моя жизнь в их распоряжении. И хотя они и белые люди вроде, но вид ихий у меня большие опасения вызывал. Точно наши старообрядцы, что на заимках таежных зауральских да сибирских вдали от других людей живут и порой по таежным дорогам озоруют спрть неодноверцев. Худо-бедно, окромя расписки-векселя банковского у меня кое-какие деньги все же были и потерять их здесь среди людей, хоть и европейского роду-племени, мне что-то не хотелось. Подъехали мы к околице. Нам навстречу бежит стайка ребятишек, девчонок да мальчишек.

На крыльце широком, как наше гульбище[80] в богатых теремах, стоят женщины в посконно-пестрядинных платьях домашнего тканья и пошива, волосы чепцами прикрыты. А во дворе глаза пялят местные рабочие из туземцев.

По моим подсчетам, поскольку домов стояло здесь три больших и дюжины полторы маленьких, то поселок этот был семейный. Видимо, жили здесь родственники: отец да сыновья его с женами, да дочери с мужьями и их дети. Ну понятно, и рабочих местных десятка два-три с семьями. То есть, прям как маленький городок получался.

Все мои наблюдения, конечно, надо было еще проверить разговором, беседой. Видимо, хозяева тоже так считали, потому как молча провели меня в дом, посадили за стол. Мужики сели вокруг.

Напротив меня, по моему разумению, сидел хозяин. Это был человек огромного роста со смуглым открытым лицом, густыми волнистыми волосами свинцового цвета. Так странно отливала его проседь. По виду ему можно было дать с небольшим лет за шестьдесят. Он был в полном смысле слова великан, причем типический, простодушный, добрый и одновременно серьезный великан. Но при всем этом добром простодушии не надо было много наблюдательности, чтобы увидеть в нем человека много видевшего и пережившего, что называется «битого жизнью». Он держался спокойно, смело и уверенно, хотя и без неприятной развязности. В общем, пронзительный мужик.

Хозяин молча минут пять набивал табаком свою трубку фарфоровую и поглядывал на меня. Я, конечно, тоже молчал, ждал. Говорить ли мне спасибо за гостеприимство или извиняться, что без спросу на их усадьбу набрел. Хоша по

---

[80] Гульбище — терраса или галерея, окружающая здание по периметру на уровне подклета. Характерный элемент русского бревенчатого дома в XV-XVIII вв.

правде, они меня сами туда привели, может я и не стал бы к ним заезжать, увидев, что не очень-то они приветливы ко мне.

Закурив трубку и сделав пару затяжек, мужик этот трубку изо рта вынул и говорит мне на хорошем аглицком языке эдак приятным басом с повадкою.

- Откуда, - спрашивает, - и куда идешь? По разговору твоему ты не анличанин и не португалец. Кто ты? Из каких краев?

Я ему отвечаю:

- Русский я, из города Казани, что стоит на реке Волга, зовут меня Филипп Ефремов. В Африку из Индии приехал, а в Индию из России попал. В плену азиатском был долго. Бежал. Да не в ту сторону. Убег, да вместо запада на восток. Вот из-за этого теперь вокруг света домой возвращаюсь. А к вам я с фазенды дона Жоакима де Мелу на лошади уехал, - отвечаю я ему. - Но лошадь эту, которая мне им самим была дадена, он же обратно потом и забрал. Поскольку у зулусов, как он говорил, лошадь мне не впрок была.

В подтверждение слов моих, что знаком я с доном Жоакимом, вот его банковская расписка, которую он мне дал за деньги, нами вместе заработанные. А следую я в Каапстад, чтобы там на аглицкий пакетбот погрузиться и отправиться назад в Европу, а потом в Россию.

- Чтоб такое путешествие выдержать надо много силы и уверенности в себе иметь, да и страну любить родную. Но, по всему видать, ты с поставленными тебе судьбой, а иногда и недомыслием твоим с задачами пока справляешься. Здоровый ты парень и упертый, - говорит хозяин. - С таким здоровьем и силой тебе счастье свое искать надо здесь, в наших краях, на юге Африки, хоть в горном деле, хоть в сельском хозяйстве. Что так, что эдак будешь благополучен да и люди вокруг надежные тоже будут. Ты в Бога-то веришь?

Я ему свой православный русский крестик медный нательный с надписью «Спаси и сохрани» показал.

- Это мой. Я его не снимая всю жизнь ношу. Мне мусульмане его на полумесяц золотой предложили поменять, но мне мой медный крест дороже был. А значит это для меня многое. Потому что я веру свою христианскую ценю может поболе тех, кто по храмам божьим ходит только для порядку да для уважения в миру.

Он посмотрел на крестик и говорит:

- Я такого креста и не видел никогда. Что за вера у тебя?

Я отвечаю:

- Христианин, православный.

Бур мне:

- А кто у вас по религии главный, не папа ли Римский?

Я отвечаю:

- Нет, с католиками у нас дружба пока никак не складывается.

Хозяева переглянулись между собой, а потом, видимо один из его сыновей, с улыбкой говорит:

- Значит, Россия как и мы Папу Римского не признает? Правильный там народ живет в России. У нас тоже Папе не доверяют. Тебе самое место здесь. Мы - протестанты. Папу Римского с его видами на религию и церковью его не признаем.

Много от католиков притеснений пережили наши деды во Франции да Голландии, и вот уплыли сюда, чтобы на свободе свою веру исповедовать и свою жизнь благоустраивать. Первые поселенцы наши приехали сюда аж в 1652 году, больше чем сто лет назад, и привел их сюда Ян Рибек, наш национальный герой, кто вдохновил нас поехать на юг Африки. И как видишь, обустроились неплохо, жаловаться не на что. Уже четвертое поколение народилось. Мы здесь уже такие же африканцы, как и местные племена.

Мне его улыбка настроение сразу подняла. Попросил я у них разрешения передохнуть на заимке денек-другой. Сказал, что готов заплатить за это по справедливости.

На это Пик ван Дайк, так хозяина звали, говорит:

- Ты еще себя христианином называешь! Тоже мне христианин! На что же ты намекаешь? Что за гостеприимство деньги платить надо? Вот мы - христиане. Библию чтим и никогда еще в гостеприимстве людям не отказывали и тем более добротой своей не торгуем ни за деньги, ни за товар.

Я, конечно, извинился как мог, что обидел их предложением денег за гостеприимство, а тем временем женщины уже на стол накрыли. На столе и хлеба полно, и овощей, и маиса, и каши какой-то местной, но больше всего мяса: говядины, свинины. На ребрах, и жареного кусками. В отдельной тарелке - полоски сушеного билтонга[81]. Точь в точь как сушеное мясо, которое мне в дорогу повар де Мелу дал, даже, пожалуй, вкуснее. Про этот билтонг я до сих пор с благодарностью вспоминаю, очень он меня по дороге в Каапстад выручил.

Но это потом. А пока сижу я за столом, хозяева молитву прочитали, перекрестились и начали молотить харч, на стол положеный. Смотрю на них и думаю, ежели они работают так, как едят, то такие люди нигде не пропадут, даже в Африке, которая, как я понимал в то время, находится на краю света. После еды на стол фрукты поставили да кружки пивные такого размера, что в них полведра влезть может. Предложили мне трубку, поинтересовались на счет моих дальнейших планов.

Хотя буры между собой на своем наречии, похожем на голландский язык, говорили, но аглицкую речь даже мою понимали, и я подумал, что сейчас самое время с ними о дороге моей в Каапстад посоветоваться, чтобы не опасались они, что я у них надолго задержусь. Поинтересовался у хозяина, есть ли среди его знакомых те, кто меня в Каапстад доставить могут, чем быстрее, тем лучше. Денег сколько надо я достану и заплачу

---

[81] Билтонг- популярная в Южной Африке особым способом обработанная и потом обезвоженная говядина, нарезанная полосками.

по совести. Они опять переглянулись. Пик ван Дайк почесал затылок, о чем-то перемолвился с сыновьями. Те ему на его вопросы какие-то соображения свои высказали. Недолго он обдумывал все эти соображения, потом наклонился ко мне через стол и говорит:

- Попробуем помочь.

Я им честно признался, что домой, на родину я тороплюсь, и как бы высоко я не ценил их гостеприимство, долго я им пользоваться не собираюсь. Если хозяева не возражают, то завтра на заре я вновь в дорогу отправлюсь и был бы очень признателен, если бы они мне на эту дорогу карту нарисовали с описанием поточнее и где мне попутчиков найти можно.

Посмотрели они на меня с удивлением, а сын ван дайковский, Йост, пыхнул пару раз трубкой и как бы с насмешкой спрашивает:

- Куда же ты без лошади ехать собрался? Здесь лошадь в дорогу ой как нужна, много времени она сберегает. Но какая попало лошадь здесь не пригодится. Нужна приспособленная к местным условиям.

Об лошади его вопрос мне был понятен. Я еще на фазенде дона Жоакима де Мелу узнал, что здесь только те лошади выживают, которым против мухи це-це, что всю скотину неприспособленную губит здесь, специальный обиход делают. А поскольку обиход этот непростой, хлопотный, не все лошади его принимают, то и кони верховые здесь на вес золота, а без них путешествовать по югу Африки очень рисковано.

А Йост в лошадях, видимо, понимал, поскольку у него самого лошадка по моим понятиям была самое оно. Живучи при заставе в степи да и с отцом до этого на кучерском дворе я коня полюбил и понял тайну этого животного и оценить его всегда смогу. Бурские лошади да и лошади в Африке вообще, целого рассказа стоят.

Лошади от этой африканской мухи це-це устойчивость получают не сразу. Которые от мухи этой не страдают, таких мало. Много их которые в эту Африку тропическую из других краев привезенные как муха их укусит, сохнут и сохнут, пока не изведутся совсем и не околеют. Иногда, этой траты бывает более как наполовину табуна, что на усадебном пасется. Но зато которые после укуса оклемаются и остаются жить, с никакой породой лошадиной не сравнятся по ездовой пригодности на юге Африки.

- Одному тебе до Каапстада, конечно, не добраться, - говорит Лукас, один из братьев. - И проводить тебя мы далеко не сможем, поскольку делов на ферме полно, да и зулу проказничают. Перемирие недавно подписали, а покою все нет. До сих пор по окрестностям нашим конным разъездам приходится скакать по округе да смотреть, чтоб какие победнее фермы, где народу немного и которые защитить себя не могут, зулу не пограбили. Но до соседней усадьбы мы тебя проводим.

- А далеко ли до соседней усадьбы? - спрашиваю я.

- Не очень далеко, - отвечает, - верст девяносто, но не больше. То есть добраться можно даже за световой день.

Подивился я их измерению расстояния, но промолчал.

- А до Каапстада сколько? - спрашиваю.

- Как ехать, - отвечает. - Если без задержек каких да с попутными обозами, то и за месяц добраться можно. А ежели обоз задержится по каким обстоятельствам, избави Бог, зулусским, то и совсем не доедешь.

Не то, чтобы этот ответ меня успокоил, но решил я больше душу свою не волновать, а все опасности и печали переживать не загодя, а по мере их поступления.

ГЛАВА XXXI

Буры о себе

Путешественник слушает рассказы о новом народе, постречавшимся на его пути. Этот народ хоть и немногочислен, но его быт и взгляды на жизнь кажутся Филиппу необычными и интересными. Записки о бурах.

Июль, лета 1782 от Рождества Христова.

В ечер оказался длинным. Хозяин, видимо, проникся ко мне интересом да и Библия помогла как общий для нас закон жизни. Обратно, христиане все мы. Они не католики и я не католик, почти единоверцы. Вечером у буров занятий немного: Библию читать, псалмы петь да домашними делами заниматься. И новый человек для них, видимо, спасение. Пик ван Дайк набивал, раскуривал свою потрескавшуюся фарфоровую трубку и рассказывал мне про историю бурского народа. А сыновья его и другая родня, перебивая друг друга, тоже в разговор встревали.

Как по моему разумению, так их история с небольшой разницей очень похожа на историю наших беглых крепостных, переселявшихся на Дон, Кубань, Терек, Яик, в Даурию и основавших казачество. Отличие лишь в том, что наши бежали не от веры, а гнались только за свободой. Хотя и буры тоже не только веру, но и свободу свою берегут. Так что они похожи больше может даже на старообрядцев, что порешили в стародавние времена от реформ церковных рассыпаться по скитам в Поморье, за Волгой-рекой да за Уралом в сибирской тайге.

И вот что рассказал мне ван Дайк. С его слов я понял, что буры - это совершенно самостоятельный африканский народ, хоть и европейского происхождения. Привычки свои европейские они оставили в Европе и стали жить по-африкански, приспособились к местным условиям, приняли их как свои. Что для них осталось свято и неизменно, так это Библия, которая для них была основным законом во всем. Она давала им уверенность в жизни, силы в борьбе. Она решала все их жизненные задачи, находила ответы на все их повседневные вопросы.

Пока они рассказывали и угощали меня, я все на них смотрел и свое мнение о них складывал. И показалось мне, что в личном плане буры - прекрасные люди, правда, внешностью их Господь обидел. Лица у них как будто топором наспех высечены из твердого дерева. Да и сами они какие-то как крепкие дубы.

Их женщины привлекательны по молодости, а которые в возрасте, то шибко полные. По беседе видно было, что они за словом в карман не полезут и с мужиками себя свободно чувствуют, без ущемления. Образ жизни бура, конечно, для нас вобщем-то обычен. В его жилище, конечно, какой-то порядок есть, но местами оно все-таки запущено, убого и до крайности просто.

Их простота заметна во всем. Они готовы принять приглашение на угощение (лишь бы его было побольше). И с удовольствием поедут за тридевять земель на пирушку с угощением и танцами на всю ночь. Но ради молитвенного собрания буры охотно проедут и вдвое больше расстояние.

Сами они образованы только в Библии и об учебе своих детей беспокоятся только так, чтобы они землю умели обрабатывать, скот пасти да другие хозяйственные дела по дому да ремесла знали. Живут они сами по себе в центре большого земельного надела верстах в сорока-пятидесяти, а то и девяносто от ближайших соседей. Их мало интересуют события, которые происходят в мире. И вообще, живут они своим умом, а мнение окружающих принимают к сведению, если только они с ним согласны.

Трудятся они упорно. С каждым днем богатеют за счет урожаев и прироста поголовья скота, а некоторые в горном деле преуспевают. Расходы у них минимальные, и к старости они становятся весьма уважаемыми и состоятельными людьми.

Из значительных событий своей жизни буры могут вспомнить какой-нибудь случайный набег на местное племя туземцев, и три-четыре ежегодных поездки с семьями в ближайшее селение для присутствия на заседаниях духовной общины. К иностранцам относятся равнодушно, но сблизившись становятся дружелюбными и гостеприимными как с соотечественниками. Разумеется, что, живя как удельный князь, в изоляции от окружающего мира, бур в конце концов начинает смотреть на все оставшееся человечество как бы свысока, испытывая по отношению к нему чувство глубокого презрения.

В его характере очень мало политесу, хотя временами и он может быть добрым и даже великодушным. Под счастьем он понимает отшельническую жизнь в глуши, где он сам себе царь и бог, со своими детьми, слугами и служанками и домашними животными. Если власти и закон настигают его и здесь, облагают налогами и другими повинностями, то для него выход достаточно прост. Он продает ферму, укладывает вещи и богатства в фургон и отправляется в места достаточно глухие, точно как наши старообрядцы.

У буров существуют религиозные секты, которые разобщены между собой: допперы (по их словам, примерно половина всего бурского населения), православные реформисты, к которым принадлежала семья ван Дайка, и еще какие-то малочисленные секты. Из всех сект самыми непреклонными и неуступчивыми, с кем трудно найти общий язык, являются допперы.

Хозяин и особенно его сыновья рассказывали о воинской доблести буров. Пожалуй, глядя на них, не назовешь их трусливыми и малодушными. Скорей, наоборот, вид у них лихой и воинственный. Но окромя лихости у буров еще и сообразительности хватает. Если ситуация такая, что возникает опасность для его жизни или для жизни его семьи, он подключает хитрость. Поскольку хорошо знает местность, попытается уйти от открытого сражения. Но если он окажется в безвыходном положении, то будет драться ничуть не хуже других.

Если бы для счастливой жизни требовалась только лишь плодородная земля, то счастье и процветание дождем хлынули бы на на земли буров. Ресурсы этой постепенно осваиваемой ими благодатной земли поистине безграничны.

Мне рассказали о хозяйстве и делах буров. Некоторые районы специализируются на производстве только огородной продукции, другие пригодны для разведения овец, крупного рогатого скота, лошадей. В большинстве районов собирают несравнимые ни с какой другой частью земли урожаи пшеницы и других злаковых. Каждый год земля может давать по два урожая, с большим успехом на юге здесь растят випоград и табак. На севере выращивают кофе, сахарный тростник и хлопок.

Бурские края очень богаты полезными ископаемыми. Имеются металлы всякие, олово, золото, медь, свинец, железо, уголь. В общем и целом, по рассказам моих хозяев, я пришел в самую богатую местность во всей Африке.

Но меня больше всего устроил климат здешних мест, который очень здоровый и целебный. В зимние месяцы - с апреля по октябрь, дождей мало или практически совсем не выпадают, воздух холодный и бодрящий. А как сказывали мне мои собеседники, летом здесь тепло, но без изнуряющей жары. Из их разговоров я не сразу понял, что у них зима с летом перепутана. У нас апрель - весна, а у них - осень, то есть, все наоборот.

Бурское население небольшое. Несколько десятков тысяч белокожих людей, главным образом голландского али хранцузского происхождения. Имеется несколько городков, главный из которых - Каапстад.

Я вспомнил слова ван Дайка о местных племенах, которых он кафрами называл и понял, что русский и бур рассматривают туземцев с разных точек зрения.

Нам, что наш брат из российских народов и народностей, что немец какой с Европы западной, что арап, что азиат, что индиец, что китаец - все едино, мы всех уважать готовы лишь бы они нас уважали.

У рядового бура отношение к кафру совершенно иное. Он смотрит на «темнокожее создание» так, как будто оно передано ему в руки самим Господом Богом для того, чтобы он мог им распоряжаться по своему усмотрению, а главное превращать в крепостную и отсюда в безответную рабочую силу. И не следует его слишком строго судить за это, так как, имея от природы тяжелый характер, он к тому же еще и унаследовал от своих дедов неприязнь к туземцам, которую отчасти можно объяснить многолетней историей беспощадной и кровавой борьбы.

Неприязнь у буров и туземцев в данном случае взаимна. Труд туземца стал для бура необходимостью, поскольку тяжелую работу бур, хотя зачастую выполняет сам, но уже обвыкается с тем чтобы ему еще в подспорье была безответная рабочая сила, которая не возражая и не жалуясь помогала бы ему выращивать и собирать урожай, пасти скот да и в шахтах кирками махать.

За такими разговорами не заметили как наступила полночь. Хозяева поднялись и разошлись по своим комнатам с веранды, где мы сидели с трубками и с пивом. Вернулся в дом и я, и в указанном мне углу повалился на постеленную постель и заснул мертвым сном.

Утром встал я чуть свет, хозяева уже во дворе, на кухне плита огнем пышит, по двору работники шмыгают. Вышел я на крыльцо, посмотрел вокруг, смотрю, посреди двора двуколка запряженная лошадью около которой стоят мои хозяева в домашней одежде и один из братьев в дорожном прикиде.

Увидели меня и машут, чтобы я подошел. Подхожу с мыслью, что эту бричку они для меня приготовили, а они мне говорят, что сейчас мне самое время позавтракать. А двуколка эта не для меня. На ней Йост ван Дайк и Якоб Виссер к священнику поедут, чтобы обсудить кое-какие дела с ним на счет будущей свадьбы Якоба и Фиены, дочери ван Дайка.

Подозрительно мне стало, что они про мой отъезд молчат. Но на завтрак я отправился и правильно сделал, потому что завтрак был вкуснее и плотнее ужина: сметана, яйца, свинина жареная и блины отменные, по которым я очень соскучился. После завтрака хозяин мне и говорит:

- Не сочти за обиду, но придется тебе поработать у нас на ферме с недельку. Плотник нам нужен и твои, как ты говоришь, умелые в столярном деле руки у нас здесь на вес золота. После того как ты отработаешь свой урок - нам крышу надо починить - поможем мы тебе путь твой продолжить.

Лошадь мы продать тебе в дорогу не можем, потому как загубишь ты ее, а нам она в хозяйстве нужнее. Мой старший сын довезет тебя до соседней фермы Питера Брейгеля на дрожках, а оттуда поедешь как на перекладных с попутными обозами фургонными. За гостеприимство мы денег не берем, но работу твою оплатим...

Я отвечаю, что премного благодарен буду. Отработаю в меру своих сил, чтобы хозяевам было полезно, и дорожные мои оплачены были ими не задаром.

Я понимал, чтобы добраться, хоть это и сомнительно, до Каапстада в целости и сохранности, то лучше последовать хозяйскому совету: не путешествовать в одиночку, а двигаться на перекладных, на что они мне поспособствуют советами и записками рекомендательными к хозяевам бурских ферм, через которые мне предстоит проехать.

До того мне вдруг захотелось посмотреть на жизнь эту бурскую, о которой они мне до полночи рассказывали, что я сразу согласился.

Бур по-доброму хлопнул меня по плечу и говоорит:

- Правильно ты решил, к чему торопиться. Лучше поживи у нас, осмотрись, может быть, тебе и понравится. Я так думаю, что твое место здесь. Кончай свои странствия и оставайся с нами. Хоть я по глазам твоим вижу, что тебе домой хочется, но ты все-таки подумай. Что тебя дома ждет?

- Родные, друзья, - отвечаю, - да и на своей стороне и каша вкуснее.

- Может быть - говорит бур, улыбнулся, опустил голову, чтобы не заметил я его усмешки, и пошел к бричке провожать Йоста и Якоба. Потом повернул голову и через плечо уже серьезно промолвил, - Но об этом мы еще с тобой поговорим.

ГЛАВА XXXII

Прощание

Проникнувшись теплым отношением к бурам, Филипп испытывает уважение к их трудолюбию и простым нравам. Он чувствует себя обязанным этим людям за их доброту и ему предоставляется случай отплатить за это. Ефремов становится жертвой нового приступа тропической лихорадки. Его выхаживает приемная дочь хозяина Аники. Филипп отметает уговоры остаться.

Июль, лета 1782 от Рождества Христова.

Отработал я в краале Пика ван Дайка пять дней. За это время много наслышался и понял о бурах. У ван Дайка работал я в основном по плотницкому и столярному делу. Слава Богу, что навыки такие не растерял. И вот однажды сижу я на крыше, дранку заменяю да тростник, которым крыша была покрыта, перекладываю. Добрался до самого конька. На дворе вечер надвигается, мужики еще с пастбищ и пашни не вернулись.

Вдруг что-то сердце у меня екнуло, поглядел я на закат, смотрю, ребятенок в рубашке до пят по вельду к усадьбе бежит, а за ним несется небольшая, правда, но все-таки свора тварей хищных местных похожих на одичавших здоровенных шелудивых псов, их здесь гиенами называют. Никого кроме меня, кто помочь ребятенку бы мог рядом не было. Я с крыши скатился да со всех ног на помощь малютке бросился. А псы эти гиеновые уже и рубашку ейную зубами хватают. Я вообще-то бегаю быстро и успел вовремя. Девчушка, увидев меня, споткнулась и на землю упала. На дитяти и я рухнул, чтоб укрыть ее от псов смрадных.

Я тогда не знал, что они не нападают только на тех, кто выше их, а как упал, то они начинают тебя зубами хватать, куски мяса выдирать. Но лежать я не собирался и ждать, пока они меня до костей обглодают. Отбрыкнулся я от них кое-как, слава Богу сапоги на мне были тяжеленные, и по крайней мере пару псов этих поганых я поувечил. Прижал я малютку к груди да и обратно к околице усадьбы побежал, капая кровью на землю из ран. Добежал до плетня, дите на слегу оградную посадил, а сам дыхание перевести не могу. Женщины с кухни прибежали. Мать свою дочурку в охапку да и унесла, а остальные стали мне раны промывать да мазью какой-то смазывать, что жгла невыносимо. Тут от боли мои ноги подкосились, и я так на землю и сел. Подняли меня бабы, руки мои на плечи себе положили как коромысло. Притащили меня в дом, на кровать определили.

Лежу я в кровати, прихожу в себя от этой безумной схватки с гиенами местными. Кто без понятия, может спросить, почему спасал я этого ребятенка как собственного? Почему жизнью свою под угрозу поставил? А ответ-то простой.

Пока я к дому привыкал да слонялся по всем углам, обратил внимание на малолетку эту трехгодовалую. Отца у нее родного, как я понял, не было. А мать ее все время при делах: в поле, на кухне или на дворе. Она от других ребят как бы в отдалении была, и лицо у нее всегда такое было грустное, будто она хоть и дитя совсем, но свою одинокость понимает и страдает от нее.

Взглянул я на нее однажды и после этого все свободное время с нею проводил. Игрушку ей какую смастерю, а если расцарапает ногу себе об какую занозу, я ей придорожную траву к ранке приложу, чтоб кровью не истекла. Звали девчушку эту трехлетку Катлин, а я ее по-нашему Катюшей звал. Как она меня увидит, так грусти у нее в глазах меньше остается. Улыбается, протягивает руки ко мне и идет вприпрыжку навстречу. На заимке за обхождение мое с ней все на меня с улыбками смотрели, но мать девочки меня не привечала.

И понял я, что в Катюше в этой увидел я детей, которых у меня никогда не было и может быть уже не будет. А что испугало меня больше всего, так это то, что в Катюше в этой я самого себя увидел. Вроде бы среди людей живу и люди-то неплохие, но внимания, заботы обо мне мне не хватает и выручает меня в этой жизни только упрямство или упорство а еще, пока есть, выносливость, здоровье и сила. А у Катюши-то пока и этого нет.

И вот как солнце уже почти совсем за край земли спряталось все собрались отужинать на веранде за общим столом. Я с лежака своего слез, как мог напялил на себя одежду и к столу спотыкаясь пошел. Голова у меня чтой-то кругом идет, во всем теле жар обнаружился, ноги подгибаются. Гиеновские-то укусы вроде как струпьями покрылись, заживать стало быть начали и не очень беспокоят, но состояние мое все равно отчаянное.

Увидел это Пик вап Дайк и рукой махнул мне, чтоб я на постель вернулся. После ужина пришли они ко мне в комнату, окружили мою кровать. Женщины прохладными тряпицами лицо мое потом покрытое обтерли и переглядываются. Чего-то говорят между собою по-голландски. Лукас мне говорит, что от гиен у меня большого ущерба здоровью нет, раны затягиваются хорошо, а вот не болел ли я когда малярией.

Отвечаю, что с полгода назад дня через три по прибытию моему в Африку прихватывало меня, но не так сильно было. Местные знахари осложнение болезни упредили травами. Пик ван Дайк на это мне сказал, что организм мой ослаблен был дорогой тяжелой да и добили меня укусы стаи собак гиеновидных. Потому малярия меня и достала. Посмотрел он на меня печальными глазами и говорит:

- Мы тебя вылечим, но даже это не покроет тот долг, который у меня перед тобой. Я тебе по гроб жизни благодарен буду за то, что ты внучку мою любимую да невезучую спас от дикого зверья.

Пролежал я так в бреду и горячке дня четыре. Ухаживали за мной аккуратно и ласково, но чаще всех у своей постели видел я дочку Пика ван Дайка Анике, чадо которой я спас. Сама она вдовая была и дочурка у нее была единственной радостью. Муж ее на охоте погиб, а второго она себе не нашла, да и не искала. Хоша сначала она и не привечала меня лаской и вниманием, да и дочку все от меня отгоняла, но после случая этого что-то в ней переломилось. Стала она ко мне милеть женской лаской. Да и я к ней проникся чувством и уважением, а больше благодарностью за ласку и заботу ее.

Все было бы хорошо, если бы хозяину в одночасье не пришло в голову поженить меня на ней. Появилось это желание после того, как Анике перестала свое доброе чувство ко мне скрывать и заботилась как о любимом человеке. Пот со лба вытирала с нежностью, воду посвежее да похолоднее приносила. Отвары всякие варила. А в глаза мне смотрела с таким чувством, что у меня не осталось сомнений в том, что она к своему да и к моему несчастью в меня влюбилась.

Я, надо честно сказать, Марию Исабель в памяти сердца своего за время пути на юг со всеми моими приключениями степной дорогой не обмотал и в чулан не спрятал, но и к Анике у меня тоже доброе чувство обозначилось. К ней, каюсь как на духу, я тоже неравнодушен стал. И нахлынуло на меня желание приголубить ее за ласку ко мне и обхождение. Не в том, конечно, смысле, чтоб рукам зазря волю давать, но и пнем в ответ на ее чувства не стоять. Стали мы с Анике встречаться после работы вечерами то за околицей, то за овином, когда все отужинают и спать лягут.

Отец ее приемный, Пик, застал нас однажды друг у друга в объятиях да с поцелуями. Повернулся он и не говоря ни слова ушел в дом, а на следующий день утром за завтраком объявил мне о своем намерении поженить нас с Анике.

Теперь подумайте, ван Дайк на голову выше меня, в плечах в два раза шире, а в руке каждой он по арбузу может держать и только хвостик от арбуза будет виден. Брат его, сыновья и племянники такой же стати. Так что, если бы я гордеца из себя стал бы ломать, то сломан был бы, прежде всего, мой хребет, поскольку отец за дочь, да брат за сестру всегда горой стоят.

Сижу я за столом. Молчу. Голову опустил. Потому как не то чтобы Анике мне не мила была, но уж больно мне домой хотелось. Да и оставаться здесь с людьми другого, нового для меня уклада было бы непросто. Поднял я глаза, а «невеста» моя стоит за спиной отца и что-то ему на ухо шепчет. Прошептавши, она выпрямилась и ушла в другую половину залы, где села на длинную скамейку с печальным, но независимым видом рядом с сестрами да с матерью.

Отец молчал минуты три. Видно, ждал моего ответа и одновременно обдумывал чего-то. Я опять вздохнул. Тут он мпс и говорит:

- Я вижу не в радость тебе мое предложение. А ведь это не предложение, это, почитай, приказ. Ежели ты его не выполнишь, то завтра посадим мы тебя в телегу и в дикий вельд отвезем. А там без всякой помощи и без моего благословения, как знаешь, двигайся в свой Каапстад.

Я отвечаю:

- Значит, придется без благословения. Я все равно уйду, но уйду я с горечью в сердце, что обиду Анике и всем вам вчинил.

В комнате тишина, слышно, как мухи за окном жужжат. Затихли все, потому как всем неприятно, что на предложение отца Анике от ворот поворот дают. Думаю, в России меня бы братья да другие какие родственники как мешок с гнилой картошкой уже давно бы из светлицы выкинули. Но эти сидят, не шевелятся.

Ван Дайк говорит:

- Первой моей мыслью было с тобой в случае отказа покруче обойтись. Но за горло мы тебя держать здесь не будем. Потому хоть как ты и не состоявшийся жених моей дочери, но все же божье создание, живой человек, от которого всем нам и по хозяйству польза и по душевности радость была. За что тебе большое спасибо. Окромя того, за Катлин я тебе свою признательность до гроба обещал. Да и Анике просит за тебя. Видать, здорово ты ей приглянулся, а ведь у нее до тебя муж был - загляденье. Так что гостеприимство наше для тебя заканчивается хоть и с тяжелым сердцем. Но пойми, должны мы тебя поскорей убрать от Анике с глаз долой.

После этих слов все разошлись молча по своим делам, а я остался сидеть на лавке в пустой комнате. Потом встал, вышел за околицу и там до вечера один простоял, глядя на закат. Как ночь упала, вернулся я на свой топчан, около которого на табуретке были поставлены тарелка с мясом, крынка молока и полбуханки хлеба. Без всякого желания я пригубил молоко, а вот мясо и хлеб у меня не пошли. Не жевалось мне как-то. Откинулся на на топчане на спину и всю ночь в потолок глядел.

На следующее утро вся родня во двор вышла, посмотреть как я уезжать буду. Посреди двора дрожки стоят запряженные. В них на козлах Йост сидит. Все стоят, молчат. Только смотрят на меня в сердцах и с сожалением, как на смерть провожают, а я вроде как самоубийца, что рискую топать по вельду дикому не зная африканской жизни.

Выходит вперед Пик ван Дайк и говорит:

- Ветер тебе в спину, скиталец. Уезжай куда твои глаза глядят, да про нас не вспоминай больше.

А на крыльце Анике с дочкой стоят. Анике Катлин на руках держит, к груди прижимает. На меня обе смотрят и дышат как-то неровно. В глазах вроде как слезинки собираются. Повернулась она, поставила дочку на земь, взяла ее за руку, и побежали они в дом.

А хозяин говорит:

- С Богом. Пусть он тебе поможет, хоть ты и бродяга неприкаянный. Мы к тебе уже привязываться начали, да и человек ты, по большому счету, неплохой. Так что, ступай и береги тебя Господь.

Вынимает из кармана золотые кружки, по виду как российский рубль, только рубль серебряный, а эти золотые и продолжает:

- Вот тебе немножко денег честно тобой заработанных. За каждый перегон по вельду обозникам будешь давать один такой ранд, - показывает мне монету, - такой ценой все довольны будут. А харчи, что мы тебе в дорогу собрали, уже на дрожках.

Очевидно, что возражать я был не в позиции. Наклонил я голову и полез со вздохами и тяжелым сердцем на шарабан[82], в котором меня старший сын хозяина ждал, чтобы отвезти за околицу и потом к соседней, за девяносто верст, ферме.

Хозяев мои переживания, по крайней мере на вид, не взволновали, повернулись они и пошли в дом. До свидания по-ихнему, правда, сказали, но разлука их со мной судя по всему не очень-то взволновала. Я уже говорил, что люди они суровые и на комплименты и сентименты не шибко способные.

---

[82] Шарабан — тип открытой повозки с деревянными скамьями.

Сидим мы в этих дрожках с Йостом, он какую-то грустную песню напевает, да и у меня настроение не ахти какое. К удивлению моему в бричке для меня не только мешок с продовольствием и провиантом всяким был припасен, но и ружье какое-то старинное. Йост сказал, что в Каапстаде ружье я отдать должен вместе с запиской долговой ихнему адвокату, стряпчему то есть.

- До соседней фермы, - говорит мне молодой ван Дайк, - ехать будем неспеша. Назавтра уже будем там, если, конечно, по дороге ничего не случится.

И по голосу я чуствую, что не зверей он боится, которых там полно, ни слонов со львами и носорогов всяких, а воровских дюдей, которые в каждой стране и в каждом народе попадаются.

Останавливались мы только по крайней нужде, чтобы коням отдых дать да напоить их водой из ручьев и самим перекусить из запасов, что у нас в дрожках были. Так за разговорами доехали мы в один день до фермы, где Йост со мной простился, перед этим договорившись с хозяевами о моем дальнейшем пути.

В общем, сдал он меня с рук на руки, растолковал моим новым опекунам куда мне надобно. Мы договорились об оплате. Сколько мне за каждый прогон платить надо. На следующий день с пожеланиями доброго пути да с оставшимися деньгами сел я рядом с вожатым на козлы повозки, в которой кроме кучера еще один мужик был, а также три женщины и человека четыре ребятишек. И медленным ходом наш фургон поскрипел в дальний, прада уже не так изнурительный для меня путь.

Повезли меня мои новые попутчики дальше на юг. И выехали мы в конце концов уже на накатанную дорогу, где догнали другой обоз из четырех фур. И уже с этим обозом я поехал дальше от фермы к ферме на юг в Каапстад.

ГЛАВА XXXIII

По дороге к мысу Доброй надежды

Путешественник вместе с бурами едет на фурах в Каапстад. Угроза зулу. Караван повозок превращается в крепость на колесах. Опасность миновала.

Июль-август, лета 1782 от Рождества Христова.

Ехал я на этих фурах-фургонах от одного бурского поселения до другого, меняя обозы и их вожатых. От одного хозяина к другому, а все одно и то же. Про фуры же скажу пару слов. Волами, а не лошадьми запряженные. Грубой тканью на скобяном каркасе от солнца прикрытые. По бокам как правило, едет охрана - два, три, а с большим обозом иногда и больше всадников с ружьями наперевес, а в фурах сидят, видимо, домочадцы их да слуги из местных.

Запряжены же телеги здесь не так как у нас, а совсем наоборот. У нас две оглобли, а у них одна между волами, которые от оглобли по обоим сторонам шестериком идут под деревянным ярмом. Кроме кожаной сбруи много и веревочной, которую они без сожаления по мере износа меняют. Но что мне понравилось больше всего, так это то, что кроме крытых повозок у них еще были и открытые, где было можно лежать и ни о чем не думать под открытым солнцем и глядеть на небо.

В Африке порой такие редкостные сочетания облаков, каких я нигде больше не видел. Иногда я чаще смотрел на небо, чем на землю, раскинувшуюся вокруг меня. Одно время огромная полоса небесного свода была густо усеянна крошечными, ослепительно белыми облачками с зазубренными краями, одинаковой величины и формы и на одинаковом расстоянии одно от другого. Сквозь узкие щели между ними просвечивала дивная лазурь.

Впечатление такое, будто по небу проносится ураган белых хлопьев. Постепенно хлопья сливаются в бесконечные вереницы. Эти длинные атласные валы как бы плавно катятся друг за дружкой, восхитительно изображая величественную картину волнующегося моря. Но вот море застыло. Вот оно раздробилось на бесчисленное множество высоких белых колонн, почти одинаковой величины, выстроилось наподобие гигантской колоннады, уходящей вдаль и медленно потерялось за горизонтом, словно мираж, явившийся ко мне из врат далекого иного мира.

Вот так, упиваясь небесными образами, лежу я на возу. Приятность одна на свежем поветрии. Солнышко пригревает. Я, ничего не опасаясь, даже иногда дремлю сладко. На спине раскинулся, гляжу вверх, а ладонями глаза от лучей солнечных прикрываю. И эта приятность только прерывается на еду да на пересадки с фур обозов одного хозяина на телеги обозов другого хозяина.

Таких пересадок у меня еще три было до того момента, когда обозы такого рода стали многочисленнее, да и по количеству телег прибавили. Чаще попадались фермы, больше было земли обработанной.

Однако, по лицам встречных людей и тех хозяев, которые нас на своих фермах встречали, видно было, что жизнь у них хоть и переполнена благополучной работой да семейными радостями, но про настороженность они все-таки не забывали. Всегда была опасность, что нападут на них отряды лихих молодых зулусских воинов, которые по вельду шмыгают, чтобы отвагу свою показать, да и тучный скот бурский с собой в свой крааль прихватить.

А то, глядишь, во время рейда зулусы и пленниками обзавестись надеются. Берут они пленников себе, как правило, из числа чернокожих работников на бурских фермах. А коли белый попадется, то и его за выкуп в крепостной неволе-рабстве держат. Дело это почти беспроигрышное, так как буры, как и наши донские, кубанские и терские казаки, своих не бросают. И если их отбить нельзя, то платят разумный выкуп. А спасенные потом этот выкуп либо оплачивают из своих денег, либо отрабатывают на ферме того, кто их выкупил, в качестве батраков. Но в оплате труда их соблюдают по справедливости и без обманов. Народ здесь вроде как честный.

И вот осталось нам до Каапстада всего-то неделю пути. Впереди уже видны горы Дракенберг, через которые нашему обозу предстояло перевалить, как вдруг откуда-то из степи дозорный на коне в мыле прискакал и с криком «Зулу! Зулу!». Вожатый обоза нашего сразу все возы кольцом поставил, женщин и детей в середину, в кучу собрали, накрыли их рядном, сукном да шкурами, чтобы от стрел зулусских они не очень пострадали, а сами с ружьями кольцевую оборону заняли.

Не успели они все эти приготовления закончить, а уже из-за холма боевой клич, военная песня зулусская послышалась, от которой, честно признаюсь, у меня по спине мурашки побежали. Вспомнил я, как был в зулусском плену и видел их боевую подготовку, оружие и как ловко они с этим оружием умеют обращаться. Видел я и продуманность их боевых маневров, в частности, особо популярного маневра, который называется «бычьи рога». Это когда в середине строя у них так сказать, тяжело вооруженые с большими щитами и копьями воины, а с флангов на неприятеля растянутыми цепями бегут быстрые молодые, полные задора воины, которые хотят добиться победы любой ценой и завладеть не только оружием, но и душой повергнутого противника. По повериям зулусов, живот трупа надо обязательно вскрыть ножом или копьем, чтобы душа воина вышла и громким криком он ее провожает в полет.

Я за ружье ван дайковское схватился. Глядь, а шейка приклада с трещиной. Видать, где-то при перегрузках тюком каким надломилась она. Другого оружия у меня не было. Я у вожатого разрешения спросил знаками да несвязными словами, чтобы у одного из вьюношей ружье взять, поскольку у меня как у человека служивого к ружьям привычка есть, да и опыт военный имеется.

Он мне говорит:

- Время придет и подберешь ружье его, если он свалится. А беспокоится тебе за его способность с ружьем обращаться не надо, поскольку ты это ружье взрослым парнем в руки взял, а он, почитай, с этим ружьем родился и управляется с ним как со своими пятью пальцами и по меткости обойдет тебя как стоячего...

И вот слушаем мы зулусскую песню боевую, смотрим, как они из-за холма рядами стройными выбегают. В руках щиты да ассагаи. Сами друг на друга поглядываем: что будет с нами через полчаса, а может и через пять минут?

Тут смотрим песня стихла и из рядов воинов зулусских выходят трое вперед, как поединщики. Ногами об землю топают, копьями об щит стучат. Вожатый взял с собой здоровенного парня африканской наружности, но довольно светлокожего, из-за воза вперед вышел и чего-то крикнул зулусам. Те в ответ ему то же чего-то говорят. Поговорили они так с минуту, а потом пошли навстречу друг другу. Тут уж я ничего и услышать не смог.

Пока я мозгами скрипел, о чем они там говорят, смотрю, наши переговорщики обратно идут, а зулусы к своим отправились. Вожатый стал в центр круга, составленного из обозов, и, как я понял, кричит, что зулусы женщин и детей выпускают, а вот мужчинам да подросткам сражаться придется не на жизнь, а на смерть, поскольку зулусы этого рода обиду получили от буров. Те, дескать, шесть воинов убили, которые никого не трогали, а только разведку учиняли.

В лагере нашем тишина. Бабы и робята смотрят на вожатого и по всему видя, большое сумление на счет выхода из лагеря имеют. Однако вожатый, сославшись на клятву зулусов не трогать их, все же на трех возах и двух бричках наружу их вытолкал и перекрестил на дорогу.

У меня аж сердце захолонуло. Думаю, как же можно этим зулусам женщин и детей доверять. Но вожатый, смотрю, спокоен, да и другие мужики не шибко волнуются, сразу видно не робкого десятка. То, что они не робкого десятка, меня успокоило и даже порадовало. Думаю, погибать в хорошей компании это лучше, чем сгнить в канаве придорожной от болезни какой или от водки после того, как прохожим ноги целовал, чтобы дали что-нибудь Христа ради поесть.

Однако, по числу буров-то всего-то человек двадцать-тридцать, а зулусов, это только тех, что я на холме увидел, не меньше сотни. А сколько их за холмом, я старался не думать. Добавить надо к этому храбрость зулусскую, пренебрежение к смерти и неуважение к ружьям, и легко понять, что опасения мои развеялись не все.

На счет пренебрежения к ружьям. В тесном бою ружьем особенно не помашешь, так, прикладом пару человек ушибешь. В рукопашной схватке ты и без щита, конечно, можешь ты быть воином. Только сразу в покойники запланированным, поскольку зулусы копьем работают, как мясник топором: сильно, точно и умело. А наконечники у их копий не только колоть могут, но и резать как бритвой. Пока я в плену был, насмотрелся я как они упражняются в боевом деле, и получил уверенность такую, что они настоящие бойцы.

Как повозки с женщинами и детьми скрылись за горизонт, смотрю, зулусы на отряды разбились, из-за холма еще человек сто вышло, всего стало их человек за двести. Они по всей окружности нашего загона стали крики военные кричать, в щиты стучать и по шагу вперед делать. На нас страх нагонять. Буры, конечно, молча ждут, пока те подойдут поближе. А зулусы им прям на нервы действуют. Три шага вперед сделают, на два назад отойдут. И все это с песнями и с криками боевыми.

Не успел я присмотреться и не успело это все мне начать надоедать, как начался свист в воздухе над головой. Стрелы на наш лагерь полетели, некоторые с огнем. Смотрю, два-три навеса над возами уже горят. Подростки, которыя помладше, ружья свои отложили и куртками огонь тушить начали. И как они начали это делать, тут зулусы и пошли в атаку, правильно считая, что пока пацаны огнем занимаются, защитников лагеря с ружьями, естественно, будет меньше.

Разные я видел атаки. Видел я как конники бухарские да хивинские, как казаки яицкие лавой в атаку идут, как пугачевские цареотступники да и другие враги России с ором да криком на наши ряды шли. Но что встало перед моими глазами на этот раз я на всю оставшуюся жизнь запомню, наверное. Нападающие в своих нарядах страшно-необычных из перьев струсиных да из кожи. Лица для острастки белой, желтой да красной краской разрисованы. В глазах ярость, в поступи твердость. Многие обороняющиеся могли бы потерять спокойствие. Но я на буров посмотрел, а у них глаза стальные. Ни сомнения в них, ни волнения. И подумал я: нашла коса на камень. Я хоть зулусов еще в плену ихом узнал немного, но и с бурами достаточно времени провел, чтобы конечно, огромное к ним уважение испытать за трудолюбие и честность, а тут я на них и в бою посмотрел. И стало мне по-хорошему завидно, побольше бы таких людей, думаю.

Подошли зулусы уже давно на ружейный выстрел, а вожатый все ждет. Наконец, дал команду: «Огонь!» и первый ряд воинов, которые наступали на всех направлениях, заметно поредел. Поредел-то поредел, но не остановил он зулусов этот залп, идут они себе и идут. Я все ползаю вокруг, смотрю, нет ли для меня ружья свободного или какого другого оружия, чтобы и товарищей защитить и самому защититься. Ан нет, пока мужики из одного ружья стреляют, им робяты второе заряжают. Да так у них это отлажено отменно, что у меня от сердца отлегло и опять почувствовал я веру и надежду в нашу судьбу.

Вот второй залп, третий, и что-то с зулусами на южном фланге стало не то. А те буры, которые в другом конце нашего лагеря отбивались, громко «Ура!» закричали. Обернулся я и вижу, что нам в подмогу конница бурская, сабель в семьдесят, скачет. Налетели они на зулусов лавиной и при всем уважении к зулусскому воинскому мастерству начали рубить их как капусту палашами да обстреливать их ружьями да пистолетами. Так что вместе отбились мы от зулусов. И я так по разговорам понял, что надолго.

Мне потом рассказали, что женщины, которых мы на юг отправили, повстречались с этим отрядом, который в пограничном районе свой маневр отрабатывал на предмет защиты от возможного нападения. Вроде как дружины наши в старину были только из добровольцев. Так что для них это честь и польза была соотечественников своих от опасности защитить. Буры вообще своих людей и фермы свои берегут, поскольку они им большой ценой достались: тяжким трудом, здоровьем потерянным, а некоторые и жизнь свою на этих фермах сократили каторжной работой. Помогла им, в основном, вера, взаимовыручка и убежденность в том, что их дело правое.

Мне объяснили, что «вороги наши» сразу не вернутся, им время нужно на переформирование, а мы за это время уйдем дальше на юг, где буры уже полные хозяева, и южнее Дракенберга зулусы не сунутся. Потому что тогда это не разовые стычки, а война начнется. А зулусам война с бурами не к чему. У зулусов хлопот полон рот с местными племенами: тсвана, басуто, коса да и другими.

Подошли мы к Дракенбергу этому и опять удивление меня взяло. Красивые места, но как они телеги свои под такой крутой каменный склон переносить будут я так и не понял. Вожатый говорит:

- Дело привычное, да вниз спускаться немногим легче, чем вверх фургоны поднимать. Мы с особым уважением помним тех, кто первые со своими возами на Дракенберг поднялись и для буров новые земли на севере открыли.

Разобрали они свои возы. Волов за поводья взяли и за один день вниз спустились без больших потерь. Один лишь воз под самый конец спуска кувырком вниз свалился, но слава Богу, людей в нем не было, а поломки были небольшие и починили они его легко.

Шли мы еще дня три. На горизонте за невысоким перевалом гора обозначилась высокая, но плоская на стол огромный похожая. И название у нее такое же было, как я узнал, Столовая гора. Скала эта в десятки раз больше, чем те, которые я раньше встречал. Величественное зрелище. Высота ее, наверное, в тысячу саженей. А есть у нее и вершина высотой в пять тысяч саженей.

Поднялись мы на последний перевал. Без труда перешли через него. Увидел я перед собой вдали город большой. Не поселение и не городишко, а настоящий город с портом, с домами отменными. А некоторые строения каменные, которых у нас и в Казани немного.

Окрестности Каапстада мне показались весьма хороши. Огромные зеленые просторы холмистых пастбищ, пересеченные синими ручьями, ухоженные поля, равнины, покрытые разноцветием цветов с преобладанием старого и нового золота вперемешку и с голубыми вкраплениями, похожие на наши васильковые поляны.

Смотрю я на этот город, а на сердце так привольно, потому что это последний город в Африке на моем пути домой. Дышу полной грудью, ветер с океана чистый воздух приносит, соленый слегка на вкус, а ясность в глазах такая, что хоть до города верст еще пятнадцать под уклон будет, но каждую собачку на улицах мне отчетливо видать.

Довезли меня до города спутники мои, расплатился я с ними, попрощался по-людски и пошел по городу искать гильдию адвокатов.

ГЛАВА XXXIV

Каапстад

Приезд в Каапстад. Мошенничество Баккера. Отчаяние.

Август, лета 1782 от Рождества Христова.

Городом назвать Каапстад, конечно, очень даже можно, хоть и не похож он ни на один из тех что мне повидать пришлось. Усадьбы есть, одна самая роскошная, Констанция прозывается. И принадлежала эта усадьба, построенная уже сто лет назад, первому каапстадскому губернатору Симону ван дер Стелу. Хоть и старая она, но красивая. И мне она особенно в глаза бросилась. После скитаний по вельду, по лесостепи то есть, она очень меня поразила. Много, конечно, других домов кирпичных, но они попроще будут. Есть даже улицы мощеные, да и порт по размерам значительный, который смотрит на Столовый залив, видно, прозванный так за необычно гладкую поверхность. Посидел я на берегу, посмотрел на море, по которому я надеялся уплыть из Африки домой. Вздохнул... Надо дела делать. Я встал, повернулся лицом к городу, опять вздохнул...

И вот пошел я по этим улицам мощеным, застроенными чудесными голландскими домами, которые своим видом обещали уют и гостеприимство хозяев. Но я так понимаю, что внешность бывает обманчива. А я по виду истертый жизнью человек, кому во мне нужда есть? А из жалости если приветят, то хоть хозяевам это и в добросердечность запишется, а мне, здоровому мужику-бродяге это душу защемит и гордость как каблуком придавит.

Иду по улицам. Ружье и мешок мой дорожный на плече, руки в карманах, а в кулаке один из последних моих золотых зажат. Есть хочется, а в какую таверну здесь зайти и не знаю. Пошел по адресу, какой мне ван Дайк указал. Кому мне ружье передать надо было.

Стряпчий тот ван дайковский, Рогир Вермеер, очень привету обрадовался. За ружье, хоть и с треснутым прикладом, поблагодарил и понимание выразил о том, что я его не смог сберечь. А потом, видя, что я с дороги, и мне перекусить бы надо да и отдохнуть, повел меня в соседний трактир, чтобы угостить да про местные обстоятельства рассказать. Рассказчик он был мировой. И рассказал мне вот что.

Народ, понятно, здесь говорит по-голландски, но и англичане часто попадаются. Рогир рассказал, что регулярный приток сюда европейцев начался только после прибытия Рибека в 1652 году. В том же году под его руководством и был основан Каапстад как база обеспечения кораблей Голландской Ост-Индской компании свежими продуктами и мясом. Рибек работал на Голландскую Ост-Индскую компанию и должен был обеспечить стоянку для ее судов на пути в Европу. Оконечность Африки в то время почти пустовала. Жили там небольшие племена, которые поселенцы назвали готтентотами, а на северо-востоке обосновывались коса и другие банту-племена.

В начальный период город рос медленно, так как сказывался недостаток рабочей силы. Чтобы восполнить его, голландцы начали импорт рабов из Индонезии и Мадагаскара. Многие из этих рабов влились в колониальное общество, а потомки от смешанных браков индонезийцев, европейцев и местного населения образовали несколько особых этнических групп, называемых «цветные», причем капские цветные выделяются в особую общность.

Поели мы знатно, вкусно и от души. Попили пивка, я дух перевел и вышли мы на улицу. Рогир, размахивая руками, начал мне про окрестности Каапстада рассказывать и пальцами на все показывать.

Построен Каапстад на северной окраине Капского полуострова. Столовая гора, Тафельберг по-голландски называется, над уровнем моря высится чуть ли не на версту. Кругом ее отвесные утесы. Два из них свои названия имеют: Пик Дьявола и Голова Льва. А тонкие облака, которые над горой висят, горожане называют «скатертью». На протяжении многих лет неповторимый облик этой горы встречает мореплавателей из дальних стран, стремящихся в долгожданную бухту Каапстада пополнить запасы воды и продовольствия. Хотя, мрачные гавани порта с грязными и убогими портовыми сооружениями, уютным причалищем для моряков не назовешь.

Показал мне Рогир самую старую крепость в Каапстаде. Это замок Доброй Надежды, построенный лет сто назад. Здесь была база Голландской Ост-Индской компании на торговом пути в Индию, а также оборонительный форт для первых поселенцев.

Рогир рассказал мне как дойти до улицы, где банковские и адвокатские гильдии расположены. Я простился с ним с благодарностью и пошел по указанному адресу.

Нашел я эту улицу, где адвокаты и банкиры свои конторы держали, и к разочарованию своему узнал, что поверенный дона Жоакима де Мелу от преклонных лет скончался месяц назад.

А тот, кто его дела на себя взял, в отъезде. И его не будет две недели в городе.

И вот уж, действительно, поспешишь - людей насмешишь. До того я боялся упустить корабль в Англию поплыть намеченный, что махнул на советы рукой и стал сам искать себе стряпчего, чтобы он мои дела финансовые да и бытовые помог мне решить. Но как говорят о стряпчих, что волк каждый год линяет, но обычай не меняет. Так и они. На устах мед, а в сердце лед.

Увидел я вывеску яркую да красочную: «Адвокат Иероним Баккер». Приоткрыл дверь, смотрю, кругом мебеля дорогие бархатом красным обиты, а в углу комнаты стол стоит, за которым сидит очень даже представительный мужчина в белоснежном парике до плеч и в дорогом камзоле. Пальцы все в перстнях с драгоценными камнями. К столу трость с золотым набалдашником приставлена. Перед ним навытяжку стоят два молодца тоже в камзолах, но поскромнее. И слушают как хозяин во все горло их распекает за безделье и нерачительность.

Я, понятно, решил, что такому человеку, который за дело радеет и состояние себе нажил отменное, что даже в конторе у него роскошь, доверить мои финансы можно. Откашлялся я, постучал кулаком по косяку, чтобы внимание на меня обратили. Молодцы эти от стола отскочили, взяли меня под руки вежливо с политесом и с поклонами к своему главному повели. Посадили они меня в кресло напротив стола и управляющий представляться начал.

- Меня зовут баас[83] Иероним Баккер. Чем я могу быть вам полезен?

Рассказал я свою историю и показал расписку от дона Жоакима де Мелу. Баккер этот двумя руками расписку схватил, положил на стол перед собой, лорнетку к глазам приставил и начал губами шевелить, чего-то про себя читая. Больше всего

---

83   Баас — уважительная форма обращения к старшему по положению или по возрасту в ЮАР.

его глаза округлились, когда он до цифр дошел, сколько денег по этой расписке он мне должен дать. Откинулся в кресле и смотрит, но не на лицо мое, а вроде как на бурскую, крестьянскую одежду мою и на сапоги стоптанные. Как бы досадно ему такие большие деньги простецкому мужику неотесанному отсчитывать.

Но, видать, дон Жоаким в Каапстаде хорошо был известен, и его расписка дороже чем мои деньги по расписке стоили. Так что пришлось баасу Баккеру вести меня в комнату охранную, где у него деньги лежали, отвесить мне мое золото, переложить его в сундук именной и дать ключ от этого сундука, где я золото свое под его опекой хранить собирался.

Этот Иероним Баккер к моим деньгам большой коммерческий интерес проявил.

- Деньги в кармане только мнутся. - говорит. - Вложи ты эти деньги в дело, чтобы они на тебя работали и всю жизнь прибыль приносили. Не торопись в отъезд. Найдем мы тебе хороших партнеров по торговому делу.

Короче, Иероним уговорил меня не садиться на пакетбот, который, кстати, должен был со дня на день из порта Каапстад отплыть. И следующего пакетбота не ждать, который будет только через месяц, а вступить в компанию с местными купцами, накупить товару и на их корабле в Европу-то и отправиться.

Совет я его выслушал и обещал подумать. Монет тридцать золотых я сразу в карман отложил. Потому как мне они на покупку одежды да на житье-бытье нужны были. Вышел я из конторы с деньгами в кармане и пошел искать постоялый двор подороже. Много мне ходить по улицам не пришлось, и недалеко от порта я нашел большое здание, на котором было написано «Гаштет», что по нашему - гостиница.

Обустроившись в гостинице и умывшись в нумере, спустился я вниз в обеденную залу отведать местных блюд и хваленого каапстадского вина. А там на диванах сидит несколько человек с трубками в зубах кто откушамши, кто обеда ожидающие. Подсел я к ним, разговорился. И узнал, что бааса Баккера в городе этом каждая собака знает, а большая часть людей от него сторонится. Я потом узнал почему.

Нет, деньги мне мои он не заныкал, поскольку расписку эту давал мне известный и уважаемый человек, ссориться с которым, зная твердость и решительность дона Жоакима де Мелу, его силу воли и авторитет в торговых и банковских кругах Баккер не стал бы. Но хитрость его всплыла не в том, чтобы мне не отоварить расписку, а в том, чтобы обманом заставить меня вложить эти деньги в бездонную бочку по которой ветер гуляет, и заносит этот ветер деньги опять в банк на счет бааса Иеронима Баккера.

А пока я сытый и умиротворенный, в хорошем настроении вернулся к себе в нумер, лег на постель и стал думать о предложении Баккера, чтобы я свои деньги в предложеное им предприятие вложил.

Уже назавтра поутру я это по глупости и сделал. Накупил слоновой кости, каменьев самоцветных, кофе да и другого колониального товару. Торговаться я особо не торговался и купил все втридорога, опять же по рекомендации Иеронима Баккера у его знакомых торговцев. Мои сотоварищи по этому торговому предприятию близко Баккера не знали, сам он от них шарахался, да и мне они как с самого начала пройдохами показались, такими они и оказались.

В договоренный день рано утром выхожу из гостиницы разнаряженый как голандский франт в шляпе, в камзоле с кружевными рукавами, на ногах сапоги, ботфорты называются, аж выше колен сидят. В руках палка со слоновьим набалдашником и с серебрянным набором. Сажусь в карету в гостинице арендованую, и солидной рысью еду в порт, где наш корабль с моими товарами меня дожидаться должен.

Солнышко только всходило, в лицо добрый ветер, теплый да ласковый дует, настроение, соответственно, радостное и весьма оптимистичное. Скоро домой с товаром. Правда, деньги все истратил, но товар, который я закупил, как мне сказали, был очень ходкий и в городе Ливерпуле, куда мы собирались плыть, за него, как говорили мои компаньоны, огромную прибыль можно получить.

И так вот с мыслями о доме и о том, каким мощным купцом я стану в России-матушке с такими-то деньгами, подъезжаю к порту. Смотрю на гавань, на пирсы, крутанул головой и чуть из кареты не выпал.

Корабля моего с обнадеживающим названием «Эндэвоур» - «Предприятие» и в помине нет. Я бегом к портовым таможенным властям. Так и так, говорю, называю свое имя, фамилию, про товар им рассказываю, загруженный на «Предприятие». Они подтверждают, что товар действительно был загружен еще вчера вечером, и как погрузка закончилась, с вечерним приливом корабль с капитаном и полностью укомплектованной командой отплыл из Каапстада в направлении мыса Игольный, чтоб потом вверх на север плыть. У меня аж волосы на загривке встали. Я полчаса поверить не мог, что меня так дешево купили.

Нужно было мне бестолковому с корабля ни на шаг не ступать, следить за погрузкой. Да и за партнерами, видимо, тоже надо было следить. А мне, неразумному, захотелось понежиться в гостиничной кровати. С такими самоистязающими мыслями шел я пешком от порта до конторы бааса Баккера. Стучу в дверь сначала кулаком, а потом ногой. Никто не открывает. Полчаса я себе руки с ногами об дверь оббивал.

Потом соседи, которые на шум из окон и из дверей высунулись, видя отчаяние мое, сказали, что Иероним, если его нет дома, уехал к себе за город на ферму, поскольку в это время после отправки кораблей он там отдыхает с женой или с какими другими знакомыми женщинами. Тогда я из конторы напрямую домой к нему припустился и правильно сделал. Перед домом стояла его карета. Я к ней рванулся. Этого самого Баккера удалось мне прямо из кареты, в которой он на ферму собирался, вытащить.

Обошлось без женского визга, поскольку он в карете пока один был. Видно, спутница его опаздывала. А его вопли я в расчет не брал. Трясу его за горло и требую от него объяснений, что же он меня так подло под банкрутство подвел.

Иероним Баккер, когда я ему возможность говорить дал, хриплым голосом промолвил, что свою голову он к моим плечам пришить не может, а моя голова, по его мнению, для торгового дела не шибко пригодна, раз меня так легко одурачить можно было. От партнеров моих, которые меня облапошили, он открестился, сказал, что тут я сам решил, годятся они мне или не годятся.

Поскольку я ему был представлен уважаемыми людьми, которых, как я понимаю, он побаивался и не хотел, чтобы я им рассказал о бесстыдстве его, то предложил он мне в порядке мировой, билет на пакетбот. Сел я с ним в коляску, взял его за шиворот, и в этой коляске ни на минуту не отпуская из своей руки, доехал с ним до порта, и в конторе порта этот билет получил без всяких яких. Пока я билет рассматривал да с таможенниками разговаривал, слышу, из-под топота копыт мне в спину горсти гравия летят. Этот Баккер, видимо, шибко-сильно торопится на ферму, а брать меня с собой не захотел.

Засунул я билет в кожаную сумку, что висела у меня через плечо, и пошел к себе в гаштет, чтоб перекусить что-нибудь да не спеша обдумать ситуацию. Захожу. Навстречу ко мне хозяин идет, говорит, неплохо бы расплатиться за нумер. Потому как я с утра уехал и не обеспокоился об этом, что хозяина несколько напугало. Но сейчас он видит, что я честный человек и вернулся, чтобы заплатить ему за постой. Тем самым я как бы успокоил его сердце.

Успокоить-то я успокил может быть своим приходом, но не оставшимися карманными деньгами, каковых у меня в ресторане этой гостинницы только-только на пару обедов бы хватило. О тех что у меня в поясе на черный день были припасены я сам себе поклялся никому до России не говорить и, упаси боже не тратить. Хозяин брови сдвинул и говорит, что обеденными деньгами я и десятой части счета не покрою. Но раз я честно в бедности своей повинился, да рассказ о моем несчастьи расстрогал видно его, то мы сможем договориться. Договорились мы, что он забирает с меня мой щегольской наряд с перстнями, табакеркой дорогой, шляпой и сапогами вместе, а вместо этого дает мне робу матросскую, которую за ветхостью в гостинице какой-то моряк оставил в прошлом году. Она в коридоре в сундуке валялась на тот случай, если полы надо будет мыть, да подходящих тряпок не окажется.

Но сумку свою, где у меня билет хранился, и пояс с заветными, бурами подореными монетами золотыми, я хозяину бы не отдал, если бы даже он со всей своей челядью на меня бы с палками набросился. И потому пошел я по улице, спрятав сумку под рубаху, рассуждая, как же я в этом городе неделю до прихода пакетбота жить буду и как на пакетботе с питанием будет для пассажиров, за деньги или как.

Иду я по улице, а от мыслей темных голова тяжелая, раскачивается из стороны в сторону, и ногам из-за этого равновесия нет. Главная мысль, отчаяться и плюнуть на все и сгнить в подворотне одного из домов каапстадских или размахнуться на судьбу рукой и отчаяние мое забить кулаками и затоптать каблуками. И такая меня на себя злоба охватила, что все отчаяние из меня вылезло, а осталось одно ухарство, бесшабашность и уверенность в себе.

Как ни в чем не бывало я пришел в себя, вспомнил, что билет у меня есть да и в поясе как неприкосновенный запас - дюжина золотых монет припрятана. Думаю, что до корабля продержусь. Лешничать я не люблю, а работы в Каапстаде хоть отбавляй, что в порту, что в городе.

ГЛАВА XXXV

Вот и все!

Таверна. Неполучившийся загул. Встреча с шотландским капитаном и отъезд домой.

Август, лета 1782 от Рождества Христова.

После длительных скитаний по саванне Мозамбика, горам Лесото и вельду Южной Африки мне хотелось хоть и по скромному, но вновь окунуться в жизнь городскую. Спросил у прохожих где можно время со смыслом провести, в смысле, для души, чтобы голову делами и проблемами не занимать. Подсказали мне одну таверну на улице, ведущей к порту. На вид она была простовата, но тем не менее народ входил и выходил из нее, и я решил, что она пользуется славой среди местных людей, а также среди приезжающего в Каапстад торгового люда, рыбаков и моряков.

Вхожу. И вижу, что таверна эта - это просто комната, весьма внушительных размеров с дюжиной столиков перед высокой стойкой около задней стенки. Здесь было довольно уютно.

Несмотря на многолюдность и жару на улице, было прохладно. Пахло пивом, ромом, табаком и жареным мясом.

Пройдя сквозь толпу к стойке, посмотрел я на людей вокруг меня. Это были в основном купцы, моряки, солдаты местного гарнизона, несколько обозников с кнутами за поясом. Четыре-пять солидного вида горожан в шляпах и с трубками в зубах сидели за отдельным столом, прихлебывая пиво и играя в карты. Меж столами и за стойкой прохаживались или сидели несколько женщин, которые излишне громко смеялись и в роде занятий которых сомневаться не приходилось.

За стойкой стоял худенький коротыш с взлохмаченной головой в потертом лапсердаке с чужого плеча на два размера больше, чем ему было нужно, и грузная женщина, в кофте, которую она, наверное, носила еще в молодости и которая уже стала на два размера меньше, чем ей было нужно. Когда она наклонялась, грудь ее укладывалась на прилавок и отвлекала внимание посетителей от сдачи, которую, кстати, она никому почему-то не сдавала точно.

Посмотрев ей в глаза и прочитав в их подмигивании откровенное предложение выпить и «заняться делом», я скромно закашлялся и попросил только выпивку. Ясно дело, что получил я ром, так как других напитков кроме пива в баре не было. Выпив осьмушку рома, я понял, что ее мало, чтобы прогнать воспоминания и внезапно наступившую тоску.

Помня, что больше людей погибает в вине, чем в воде, я тем не менее посмотрел еще раз на стойку и хозяйка этой таверны, будучи опытной в кабацких делах, повернулась ко мне спиной, потянулась на полку, откуда взяла и молча поставила передо мной на прилавок бутылку рома. Я взял бутылку, лафитник и отправился к столикам, где сидели горожане. Все-таки там поприличнее компания, чем пьяная матросня, которая того и гляди начнет драку с солдатами или кучерами. Выпив три больших лафитника рома, я понял, что они не действуют. Откинулся назад и еще раз оглядел своих соседей.

В разговоры мне встревать не хотелось да и не настраивался я на трепотню, поэтому молча стал рассматривать играющих в карты. Играли они в знакомую мне еще с индийских времен игру покер. Показал мне ее один из англичан - колониальных чиновников. Я довольно сносно играл в эту игру. Она помогала мне иногда решить мои денежные проблемы, а иногда хватала за горло костлявой рукой голода. Но, тем не менее, подошел я к столу, где уже сидело пять игроков, и начал следить за игрой.

Через четверть часа я понял, что игроки, насколько я мог видеть, не слабаки, да и банкомет, по-видимому, мухлевать не отказывался. Я заметил, что карты у него мелькают так, что масть различить невозможно. Через полчаса пара игроков вывернула карманы, показав, что в них ничего не осталось, и вышла из-за стола.

Тут-то я и решил попытать свое постоянно ускользающее от меня счастье. Пошел разменял три золотых у хозяина таверны этой. Вернулся к игорному столу. Сел на свободный стул, положил перед собой разменянные деньги, слева от себя поставил лафитник с ромом, а справа, так чтобы у правой руки были они, положил заветные, на черный день припасенные золотые монеты.

- С золотом добро пожаловать! - говорит мне банкомет, шулер-мухлевальщик. - Милости просим.

Я молча взял у него из рук колоду, осмотрел ее со всей тщательностью. Попросил заменить карты и, уставившись ему в глаза, начал сдавать. Бывший банкомет скрипнул зубами, бросил странный взгляд на соседей, и игра началась. На первом же ходу я обанкротился, потом потерял один золотой на трех семерках, но, наконец, выиграл на третьей раздаче, когда у меня на руках оказались три короля.

Собрался я вылезать из-за стола, поскольку ром я уже весь допил, да и в карты мне особенно не везло. Но соседи мои, как только я начал оставшиеся золотые в карман себе убирать, стали меня за руки хватать и требовать, чтобы я доиграл игру. Я, понятно, одернул их, приготовился к драке, но тут мне повезло: в таверне желающих подраться и без меня было довольно. Увидев, что назревает драка, три матроса подошли к нашему столику и поскольку я был один против троих, стали на мою сторону да так, что они-то стояли, а игроки картежные через минуту лежали. К драке подключились кучера и другие горожане. В таверне стало гораздо веселее, чем мне было нужно. Под шумок я вышел на улицу, по дороге зацепив пару человек кулаком. Глубоко вдохнул свежий морской воздух и дал себе зарок по морским кабакам без дела не ходить.

Бродил я по улицам Каапстада и удивлялся своей бесшабашности, надеждам на везение, которого у меня отродясь не было. К вопросу от везении, то единственный, по-дружески отнесшийся ко мне приятель Рогир Вермеер, к несчастью моему, в отъезде был, а где он жил, меня не узнали, и ответа на мой вопрос, куда он уехал, я так и не получил. Во всем городе у меня оставалось два знакомых: Баккер, которому в аду место, и хозяин отеля, которого я чуть не подвел своим халявным пребыванием в его гаштете.

В одном случае ненависть, а в другом совесть отговорили меня от общения с этими людьми. И пошел я куда глаза глядят. А глядели они на море, откуда я домой поеду, то есть в порт. Прихожу в порт, насчет работы интересуюсь, грузчиком или еще что. А мне отвечают, что грузчики нужны будут когда работа будет. А сейчас все корабли, которые у пирса стоят, уже свои бригады грузчиков наняли, а те, которые в бухте, те уже загружены. И лихтеры туда ходят только по таможенным делам или чтоб пассажиров на борт доставить.

Посоветовали мне пройтись по портовым тавернам, где может чего-нибудь подвернуться. Это «чего-нибудь», понятно, работа за харчи. Но меня и это на тот день устраивало. В первой же таверне, какая попалась мне на пути, да и не самой лучшей в порту, хозяин-португалец после того, как я ему свою историю рассказал, да упомянул земляка его капитана Жоакима де Мелу, сказал, что найдет мне работу, если, конечно, у меня на нее силы и храбрости хватит. Я-то в начале не понял, подумал, что он мне контрабанду какую-нибудь предложить хочет или еще что противозаконное. Так он мне разъяснил, что работа моя будет простая: пьяную матросню из кабака на улицу выбрасывать, то есть вышибалой стать.

Нешибко для меня приятное занятие, но я решил его предложение принять. Настроя и сил на поиски другой работы у меня уже не было, а работа сама, как я видел ее, будет больше к ночи, поскольку днем пьяные - смирные, да и не все смогут напиться до ночи.

И вот неделя прошла. Синяки на моем лице да ссадины на всем теле каждый вечер да ночь обновляются. Новый корабль-пакетбот на Ирландию предназначенный уже в порту. Иду я на трап, а сам про себя думаю, был бы я капитаном, я бы такую рвань не то чтобы на палубу, на причал рядом с кораблем не пустил бы. Понятное дело, одежда рваная да еще и грязная. Глаз подбитый, скула рассечена после вчерашнего умиротворения посетителей таверны. Волосы всклокочены, поскольку нету расчески. От сапогов на ногах у меня, понятно, одно воспоминание. Показываю дежурному матросу свой билет, жду вопроса, «где украл?». Но ждать пришлось недолго. Матрос повернулся, пошел с моим билетом к капитану в каюту. Выходят двое, один из них, видать, капитан: лицо обветреное, бывалое. Держит он в руках мою бумагу на проезд, где мое имя было обозначено, и говорит:

- Ты правда русский?

И говорит он это, можете себе представить, на русском языке. Я обомлел, поскольку русского языка девять лет не слышал. Перекрестился. Нательный крест ему показал.

- Что же ты, братец, так оборвался-то и какой леший тебя сюда на конец света занес?

А я все стою, молчу и думаю: «Вот оно счастье-то привалило, свой, хоть и не русский по выговору, но все-таки знает язык и, конечно, бывал в России!». А капитан разговор продолжая, говорит, что сам он шотландец из клана Маккензи, а зовут его Бойд. Русский язык выучил в Архангеле и Санкт-Петербурге, куда часто по делам своим морским ездил и где подолгу жил.

Определил он меня в каюту довольно сносную, а по моим понятиям просто великолепную, поскольку последнюю неделю я вообще в бочках из-под селедки спал. На счет денег мы договорились, что питаться я буду с командой, и что помогать команде буду, то есть не только оплачу свое питание, но и от Довлина, куда мы приплыть должны были, до Ландона на перекладных добраться смогу. А там, как я разумел, российское посольство было и мои надежды на окончательное возвращение домой.

Наш путь вдоль западного побережья Африки был довольно скучным. Мои воспоминания о Восточной и Южной Африке захлестывали и переполняли меня. В одночасье я почувствовал тяжелую усталость от моих приключений на Черном континенте. И я решил оставить все в прошлом, не вспоминать и не думать ни о чем другом, кроме возвращения на Родину.

Для записей о коротких заходах в порт Луанда в Анголе, Секонди-Такоради на Золотом Берегу[84] и вообще о западноафриканском побережье у меня не осталось ни настроения, ни желания. Большую часть времени я либо стоял на палубе, глядя по курсу корабля на север, либо просидел в каюте. И на берег я выходил исключительно за компанию с другими матросами, чтобы немного постоять на твердой земле. Да и то возвращался обратно на корабль в тот же день, не поддаваясь на их уговоры провести ночь в веселой компании с кружкой эля в руке и в обнимку с хорошенькой девушкой.

Немного больше интересу у меня вызвал марокканский город Танжер, напомнивший мне Хадибо на Сокотре, Ламу,

---

[84] Золотой Берег — старое название Республики Гана.

Пате, Малинди, Момбасу, Занзибар. Но записывать про Танжер мне тоже не хотелось.

После Танжера мы поплыли строго на север и через месяц прибыли в Довлин. Из Довлина я собираюсь ехать напрямую в Ландон, где российское посольство имеется. А там как получится. Чем скорее домой, в Россию, тем лучше[85].

---

[85] Здесь найденная мною часть записок Ф.Ефремова прерывается. Как известно из его опубликованного дневника, он счастливо добрался до России при содействии российского посла в Великобритании графа А.А.Безбородко. Позже Ефремов был представлен императрице Екатерине II и получил назначение на государственную службу в качестве драгомана-переводчика на одну из российских таможен.

В конце-концов, а что такое ложь? Всего лишь правда
в маске.

(Дж. Байрон)

Эпилог

В небольшой, уютной московской квартире на столе, являющимся главным предметом мебели у тех, кто привязан к бумаге, пишущей машинке, чернилам или карандашу, а теперь и к компьютеру, горела лампа, луч света которой освещал стопку листов с ксерокопиями более чем двухсот страниц старой рукописи. Окружавшие этот луч света утренние сумерки придавали освещенной рукописи какой-то мистический образ, как бы голографическое изображение исторических событий.

В окне занималась заря. Лампа, горевшая на столе с каждой новой минутой становилась все менее нужной, но выключить ее у меня не поднималась рука. Я столько часов провел за столом с этой лампой, а сейчас, когда я только что положил на полку всю расшифрованную, переведенную на современный, иногда стилизованный под старину язык, рукопись, дополненную моими собственными наблюдениями, мне почему-то стало грустно.

Грустно от того, что читая и обрабатывая эти записки я как бы прожил кусок жизни этого малоизвестного русского первопроходца. Что усугубляло мое сентиментальное настроение, это то, что я сам был когда-то в тех местах, которые были обозначены в этих записках, успешно начал забывать их хотя это значительная часть моей жизни, и много лет спустя возобновил их в памяти только с помощью этой рукописи.

У меня в голове возник вопрос, чтобы сказал Филипп Ефремов по этому поводу? Ведь сам он по каким-то причинам не включил свои африканские впечатления в книгу о своих девятилетних странствиях. Он оставил их как бы только для самого себя и не рассказал о них исследователям или читателям. Чтобы он сказал, когда узнал бы о том, что я расшифровал записи, перевел их в свободной манере на более или менее современный русский язык с попытками все-таки сохранить стиль оригинала?

Я думаю, что, конечно, он бы нахмурился, поскольку самоуправство мало кого радует. Но будучи умным человеком авантюрного склада характера, он бы, наверное, смог пережить это нахальство с моей стороны, а может быть даже и рассмеяться на мои попытки стать как бы его соавтором.

Не к своему оправданию, а говоря по совести и по справедливости эти записи не появились бы на свет только от моего старания и протирания вспотевшего лба руками, а кресла другой частью тела. Я хочу сказать, что авторами этой части записок я лично считаю не только Филиппа Ефремова, но и ученых которые исследовали его жизнь и дневники, африканистов, большинство моих друзей, которые либо подтолкнули меня заняться этим делом, либо участвовали в работе, либо помогли договориться с редакторами о возможности посмотреть, чем я хотел порадовать общественность. Людей, которые любят читать и читают все подряд, которые есть и среди ученых, и среди просто библиофилов.

Я еще раз глубоко вздохнул, посмотрел на часы, все-таки выключил лампу, вышел в коридор, накинул на плечи куртку, вспомнив что-то, вернулся в комнату, подошел к полке, взял папку с исписанными листами и, повесив голову, отправился в редакцию на суд опытных в издательском деле людей.

Галифакс, Канада, 2011 г.